최문정 장편소설

태양의 여신

2 사랑, 죽음보다 투명한

최문정 장편소설

태양의 여신

2 사랑, 죽음보다 투명한

다차원북스

자신의 꿈을 버리고,

내 꿈을 위해 모든 것을 바친 내 어머니,

심태조 님께 이 책을 바칩니다.

차례

2권

1권

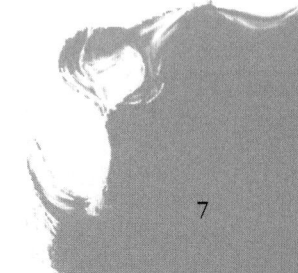

『태양의 여신』 주요 등장인물

히미코: 구다라(백제) 출신의 왜(일본)의 공주. 운명을 거슬러 왕위에 오름.

의후: 구다라의 왕자. 히미코를 사랑해 왕위까지 포기하려 한다.

와타나베: 왜의 왕자. 히미코의 그림자 같은 인물.

수인: 왜의 대비이자 실질적인 지배자. 후에 태황태후가 됨.

미도리: 왜의 기생. 히미코를 자신의 딸로 위장시켜 궁에 보냄.

순덕: 히미코의 생모.

카오리왕후: 왜의 왕후. 아들(헤이제이)을 통해 왕권을 잡으려 함.

미유키왕후: 왜의 왕후. 카오리왕후보다 서열상 위지만 모나지 않은 성품을 지님.

에바왕후: 다카미(와타나베의 아버지)의 어머니.

자운세자: 구다라의 세자. 의후의 이복동생.

연경왕후: 구다라의 왕후. 자운세자의 어머니로 의후 모자와는 상극.

다예: 의후의 어머니. 농부의 처였으나 구다라 왕의 눈에 들어 의후와 아영을 낳음.

아영: 의후의 여동생.

사로: 의후의 심복.

아마가시: 점례. 대비(수인)의 시종.

노사미: 본명은 고엔유로 카오리왕후의 막냇동생. 히미코의 시종.

수우: 와타나베의 이복동생.

휘녕: 구다라의 담로국(식민지) 공주. 히미코를 닮은 외모로 의후의 관심을 받음.

제10장
운명의 시작 2

수인은 자신을 부여잡고 울부짖는 아마가시를 보았다.

이상한 일이다. 눈물조차 나지 않는다.

수인은 망연히 아마가시만 바라보았다.

억, 억, 억억, 아마가시는 서럽게 울었다.

이제 모든 운명이 시작될 것이다.

1

"아직도 거기 있다고 하더냐?"

아마가시는 자신이 잘못이라도 한 듯 눈을 피하며 고개를 끄덕인다. 아이는 많이 아팠다. 벌써 달포가 흘렀건만 아직도 자리를 털고 일어나지 못했다. 그리고 달포째 와타나베는 아이 곁에서 떠나지 않는다고 했다.

"몸은 좀 나아졌다고 하더냐?"

"예. 많이 차도를 보인다고 합니다."

"그래. 알았다. 그리고 새 왕궁 건설은 어떻게 되었더냐?"

"벌써 달포 전에 완성되지 않았습니까?"

눈치가 없어도 너무 없었다. 하지만 그래서 아마가시가 심복으로 부리기 좋았다. 자신의 뜻을 아무에게도 알리지 않아도 되니까.

"누가 그것을 물었더냐? 그 일이 어떻게 되어가고 있냐고 물은 것이다."

"아, 예."

아마가시는 그제야 알아듣는다.

"아직도 완공되지 않았느냐?"

"보름 후면 다 된다고 하였습니다."

아마가시는 절을 하고 물러갔다. 또 구다라 소식에 마음이 좋지 않은 모양이었다. 구다라에 보낸 첩자가 보낸 서신이 도착할 때면 매번 저 모양이니. 수인은 한숨을 내쉬었다. 구다라에서 산 세월보다 여기서 산 세월이 훨씬 긴데도 아마가시는 항상 구다라를 잊지 못했다. 고향이란 원래 그런 법이니까.

수인은 서신을 꺼내들었다. 결국 일이 터진 모양이었다. 그러잖아도 의후의 세력이 너무 커지고 있다고 생각했었다. 아무리 세자가 혼인을 많이 한다고 해도 의후를 따라잡기에는 역부족이었다. 의후는 담로국 정복의 일등공신이었다. 사람들이 따를 수밖에 없는.

하는 짓으로 보아하니 구다라의 세자도 영 글러먹은 인간이었다. 겨우 이딴 수작이나 부려 뭘 어쩌겠다는 건지.

휘녕만 불쌍했다. 완전히 고래싸움에 새우등 터진 꼴이었다. 세자는 휘녕과 의후가 간음했다고 모함했다. 수인은 눈살을 찌푸렸다. 아니지, 어쩌면 실제로 간음한 것일 수도 있지. 어쨌든 의후를 잡으려던 계획이 휘녕만 잡고 말았다. 하례품으로 금속을 보내달라고 할 때부터 혼인이 불행으로 끝날 것 같은 예감이 들었었다.

이제 본격적으로 시작될 것이다. 모든 운명이 시작되는 나라, 구다라가 흔들리기 시작하고 있었다. 그리고 여기에는 그 아이가 있었다. 붉은 별을 가진 아이가. 수인은 아이 생각에 나오는 웃음을 참기 힘들었다. 세상은 원래 그런 것이었다. 구다라의 아이라, 그것도 구다라의 천민 아이라……

아이는 조금도 주저하지 않았다. 충분히 왕이 될 만한, 아니 왕위를 오히려 초라하게 만들 아이였다. 역시 그녀의 생각은 틀린 적이 없었다. 그때까지만 살려두면 되는 거였다. 그때까지만……

"마마! 마마!"

아마가시의 목소리에 수인은 고개를 들었다. 아마가시는 묻지도 않고 안으로 성큼 들어섰다.

"대체 이게 무슨 호들갑이냐?"

성마른 호통에 아마가시는 가슴을 움켜쥐면서 숨을 몰아쉬었다.

"전, 후우, 하, 후우, 께서……"

아마가시의 가쁜 숨이 답답하다. 수인은 자신도 모르게 일어났다.

"승하하셨습니다."

아마가시는 말을 마치고 자리에 주저앉았다. 그리고 통곡
하기 시작했다. 억, 억, 억억. 이제야 실감이 나는 모양이다.
언제나 한 발자국 늦었으니까. 태어났을 때부터 왕을 보살폈
던 아마가시였다. 수인은 자신을 부여잡고 울부짖는 아마가
시를 보았다. 이상한 일이다. 눈물조차 나지 않는다. 수인은
망연히 아마가시만 바라보았다. 억, 억, 억억, 아마가시는 서
럽게 울었다. 이제 모든 운명이 시작될 것이다.

2

추운 날씨에도 사람들은 모두 몰려 나와 있었다. 이제는
대왕대비의 칭호를 얻은 여인은 오늘따라 늙어 보였다. 히미
코는 가마 안에서 대왕대비에게 고개를 끄덕였다. 대왕대비
가 눈을 질끈 감더니 손에 든 횃불을 왕궁으로 던졌다. 불길
이 번져나가자 사람들은 숨을 몰아쉬었다. 달포가 넘도록 비
가 오지 않아 세상은 모두 메말라 있었다. 마른나무들에 불
이 옮겨 붙기 시작했다. 얼마 후면 꽃을 피울 나무들은 꽃도
피우지 못하고 타버리는 게 슬픈지 바람에 휘청거렸다. 타닥
타닥, 불길이 옮겨가는 곳마다 검은 연기가 피어올랐다.

둥둥, 북소리가 울렸다. 신악 연주가 시작되었다. 선왕에게 왕궁을 바치는 행사는 밤을 지새워 치러질 것이다. 히미코는 무릎 위에 놓인 거울과 구슬 목걸이를 바라보았다. 거울은 아마테라스 오미카미를, 구슬은 영혼의 정수를 상징하는 것으로 즉위할 때 물려받은 왕실의 보물이었다. 이제 그녀는 왕이었다.

궁녀와 내관들은 불이 번지는 것을 막기 위해 왕궁 담벼락에 물을 끼얹고 있었다. 날름거리는 불꽃은 집어삼킬 듯 왕궁을 뒤덮고 있었다. 그녀의 어린 시절이 타고 있었다. 하지만 재는 남겠지. 매캐한 연기 속에서 그녀는 그런 생각을 했다. 모두 다 태울 수는 없었다. 재는 남을 테니까. 그리고 내 기억도……

제11장
아시비키

"성군이 되십시오. 제 아비와 저는 비록 적이었지만

바란 것은 같았습니다. 이 나라를 대강국으로 만드는 것,

그것이 아비와 제가 바란 것이었습니다.

이 나라 백성들이 모두 행복해지는 것. 그것이면 됩니다.

그러니 위대한 왕이 되어 주십시오."

와타나베는 그 말을 뒤로 한 채 돌아섰다.

처음이었다. 와타나베가 히미코의 곁을 먼저 떠난 것은……

1

눈앞의 글자들이 어른거리기만 할 뿐 머리에 들어오지 않
았다. 구다라에서 온 사신은 히미코와 구다라 왕자의 혼인을
바란다고 했다. 바란다? 그녀는 분을 삭이며 그 말을 속으로
되뇌었다. 바란다? 구다라 왕이 바란다는 것은 곧 명령이나
다름없었다. 감히 왕실의 혼인까지 간섭하려들어? 하지만
그건 조건이었다. 히미코의 즉위를 허하는 조건. 그녀는 누
가 뭐라 해도 이 나라의 왕이었다. 구다라 왕 따위의 허락을
받는다는 생각만으로도 불쾌했다. 하지만 아직까지는 화친
을 도모할 필요가 있었다.

하루 종일 일이 손에 잡히지 않았다. 조정대신들에게도 말
할 수 없었다. 조정대신들에게 말하면 와타나베의 귀에 금방
들어갈 거라는 생각에. 와타나베가 다른 사람에게서 그 얘기

를 듣는 것은 원치 않았다. 일단은 조금이라도 늦추고 싶었다. 아직은 입이 떨어지지 않았다.

와타나베의 야유이 소리가 들리는 것만 같아 히미코는 귀를 막았다. 또다시 한숨. 물론 구다라에서 아무런 이의도 제기하지 않을 거라곤 생각지 않았다. 비록 왕의 친딸이라고는 하나 와타나베는 오랜 세월 세자의 자리에 있었으니까. 당연히 문제시될 거라고 생각했다. 하지만 이런 조건을 내걸 줄은 몰랐다. 하긴 어쩌면 이렇게 해서라도 우리나라를 완전히 장악하려는 걸지도 모르지. 히미코는 이를 갈았다. 우리나라가 쉽지 않다는 걸, 그렇게 약하지만은 않다는 걸 보여주고야 말겠어.

왕자라……. 너무 화가 나 왕자의 이름조차 묻지 않고 사신을 내쫓아버렸다. 어차피 누구든 상관없었다. 어쩌면 의후일 수도 있었는데……. 그 생각에 분노가 빠르게 사그라졌다. 의후, 처음으로 날 안아주었던 사람……. 그 사람 앞에서는 웃을 수 있었는데……. 그 사람이면 맘껏 기뻐할 수 있었을 텐데…….

그 생각에 히미코는 놀라서 고개를 내저으며 눈앞에 쌓인 서류 더미를 바라보았다. 할 일이 태산 같은데 의후 생각에 또 하루가 다 지나가버렸다. 망할 놈의 구다라 때문이었다. 즉위한 후로는 그래도 의후 생각을 거의 하지 않았는데, 거의 잊어가고 있었는데…….

궁녀 하나가 들어와서 촛불을 켰다. 촛불 아래서 서류를 보는 게 힘들어 되도록 낮에 끝내려고 했건만……. 히미코가 한숨을 내쉬며 다시 서류를 뒤적거리고 있을 때 궁녀의 목소리가 들렸다.

"덴무 경께서 드십니다."

스승님이? 히미코는 의아해하며 서류를 덮고 일어났다. 덴무는 히미코가 왕위에 오른 후에도 여러 번 문안을 왔었다. 하지만 이 늦은 시각에 왜? 불안과 초조함을 숨긴 채 히미코는 웃는 얼굴로 덴무를 맞았다.

"무슨 일이십니까, 스승님?"

웬만해서는 감정을 드러내지 않는 덴무의 얼굴은 굳어 있었다.

"세자께서는 또 뜰에 계시더군요."

히미코는 와타나베가 거론되자 긴장했다. 히미코가 왕위에 오르는 것을 지지해 왕족들을 질리게 만들었던 와타나베는 이젠 히미코 옆에 찰거머리처럼 붙어 조정대신들을 질리게 만들고 있었다.

"지난번에도 말씀드리지 않았습니까? 세자께서는 제 옆에서 왕이 되기 위한 실질적 수업을 받고 계신 거라고요."

"하지만 원래 왕의 자리에 오르시기로 했던 분입니다."

"그래서요? 세자께서 제 왕위를 위협하기라도 한답니까? 스승님도 알고 계시지 않습니까? 제가 왕위에 오르는 데 가장 큰 힘이 되었던 분이 바로 세자입니다."

덴무는 짐짓 한숨을 내쉰다. 폐세자를 원했던 덴무였다. 그리고 덴무의 의견이라면 항상 받아들이던 히미코였다. 하지만 폐세자만은 절대 불가능했다. 절대⋯⋯.

"세자께서는 이미 왕위를 포기하셨습니다. 하지만 아버지인 다카미도 그럴까요?"

덴무는 조용히, 하지만 단호하게 물었다. 히미코는 한숨을 내쉬었다. 즉위한 지 벌써 한 달이었다. 그동안 다카미는 병을 핑계로 움직이지 않고 있었다. 즉위식에도 참석하지 않았다. 하지만 그건 정말 핑계일 뿐이었다. 혹시? 히미코는 놀라서 덴무를 바라보았다.

"무슨 뜻입니까? 그러니까 지금 숙부가 역모를 꾀하고 있다는 말씀입니까?"

덴무는 망설였다. 그때 문이 열리고 궁녀가 다과상을 내왔다. 이름이 뭐라고 했더라. 히미코는 얼굴을 찌푸렸다. 입궁한 지 꽤 되었는데도 아직도 이름조차 가물가물했다.

언제부터인지 알 수는 없었지만, 히미코는 사람의 얼굴을 바라보지 않았다. 항상 먼 곳을 바라보거나 다른 부분을 쳐다봤다. 그래서 사람의 이름을 외우지 못했다. 얼굴을 모르

는데 사람의 이름을 외울 수는 없었다. 어떤 사람의 얼굴에
도 익숙해지지 않기 위해서였다. 익숙해지면…… 버리기 힘
들었다. 버리고 나서 떠오르는 얼굴에 괴로웠다. 그래서 히
미코는 사람의 얼굴을 보지 않았다.

하지만 이미 익숙해진 얼굴은 어떻게 해야 할까? 히미코
는 그 생각에 고개를 내저었다.

"무엇이 잘못되었습니까?"

궁녀가 놀라서 물었다. 히미코는 고개를 저었다.

"아니다. 물러가거라. 그리고 아무도 이 주위에 얼씬거리
지 못하도록 해."

궁녀는 조용히 물러갔다. 노사미와 달리 자신의 의견이 없
는 아이였다. 호기심도 전혀 없는 점이 마음에 들었다. 히미
코는 태연하게 찻잔을 들었다. 하지만 덴무의 시선을 붙잡고
놓아주지 않았다.

"다카미가 측근인 오기마치에게 아시비키(다리 베개. 아시
는 '왕'을, 비키는 '칼'을 뜻해 왕의 암살을 뜻하기도 한다)를 보
낸 것을 하인 하나가 보았답니다. 오기마치는 답으로 깨어진
옥(玉, 왕을 상징)을 보냈답니다."

히미코는 손을 들어 이마를 세게 문질렀다. 와타나베가 포
기하면 다카미도 포기할 것으로 생각했다. 아니, 그렇게 믿
고 싶었다. 하지만 다카미는 직접 나서기로 한 모양이었다.

하긴 와타나베를 왕으로 만들면 자신이 뒤에서 조정하며 실권을 휘두를 작정이었으니, 차라리 자기가 왕이 되겠다고 나서는 것도 이상할 것이 없었다.

다카미에게는 원래 군사가 많은 편이었다. 신변보호를 명목 삼아 부리는 군사의 숫자만 해도 왕군의 절반은 됐다. 게다가 군사들의 훈련에 항상 신경을 쓰는 편이었다. 그런데 거기다 용병까지 더한다면?

히미코는 노사미에게 조정대신들을 모두 들게 하라고 이르고는 밖으로 나왔다. 차분하게 생각할 시간이 필요했다. 하지만 나오자마자 야유이 소리가 들렸다. 언제나 조심스러워 짜증이 나게 만드는 와타나베의 야유이 소리. 와타나베는 히미코를 보자마자 고개를 숙였다.

궁금했다. 과연 모르고 있는 걸까? 다카미는 친아버지였다. 정말 모르고 있는 걸까? 한번 튼 의심의 싹은 자라기만 했다.

히미코는 와타나베의 맑은 눈을 보며 애써 미소를 지었다. 아니었다. 와타나베는 모르고 있었다. 만약 알았다면 당연히 히미코에게 알려주었을 것이다. 아니었다. 히미코는 속으로 되뇌었다. 아니야, 아니야. 그리고 애써 웃음을 지었다.

"오늘은 사가에 한번 가보십시오. 오랫동안 가족들과 만나지 못하셨습니다. 시간이 늦었으니 서두르세요."

생각보다 말이 차갑게 나왔다. 와타나베를 보내는 건 바보 짓이었다. 와타나베의 군사만 해도 엄청났다. 다카미의 군사 와 합쳐진다면 왕군과는 적수가 되지 않았다. 게다가 그 모 든 군사와도 바꿀 만큼 와타나베는 중요한 인질이었다.

"지금 가십시오."

히미코는 어리둥절해 서 있는 와타나베를 남겨두고 돌아 섰다. 이게 내가 오라버니를 위해 해줄 수 있는 전부입니다. 그러니 돌아오지 마십시오. 제발 절 떠나주십시오.

2

대신들은 무슨 일인지 몰라 웅성거리다 히미코가 들어서 자 입을 닫았다. 히미코는 터벅터벅 용상에 올랐다. 하지만 앉지는 않았다.

"전 이 왕위를 정당하게 계승했습니다. 이제 와 숙부, 아니 이젠 숙부라 부르지도 않겠습니다. 이제 와 다카미가 나선 다는 것은 말도 되지 않는 일입니다."

역모, 라는 말들이 오가면서 신하들의 표정이 확연히 드러 났다. 들켰다는 표정, 어리둥절한 표정, 놀란 표정, 당황한 표정…….

"만약 제 편에 선다고 해도 후에 특별한 혜택을 입지는 않을 것입니다. 그래도 제 편에 서겠다면 남아 계십시오."

히미코는 말을 마치고 대전을 나왔다. 신하들의 선택에 영향을 미치고 싶지 않았다. 문이 닫히자마자 신하들의 목소리가 높아졌다. 과연 얼마나 남을까? 노사미는 한숨을 내쉬었다.

"어리석은 말씀이었습니다."

"알고 있다."

히미코는 노사미에게 웃어 보였다. 하지만 어쩔 수 없었다. 비겁한 방법으로 왕위를 지키고 싶지는 않았다. 옳은 것이 좋은 것은 아니었다. 그녀도 알고 있었다. 특히 정치란 그른 것들로 가득하다는 것을. 하지만 바르고 싶었다. 곧게 서고 싶었다. 부러지는 한이 있어도. 그녀의 왕위계승 자체가 옳지 못한 것이었으니까…….

3

조정대신들 대부분이 다카미 쪽으로 기울거나 중립을 지키는 것을 택했다. 히미코는 남아 있는 대신들의 군사를 모으고, 대책을 논의하고, 전략을 짰다.

모인 용병들은 형편없었다. 하루 동안 급하게 모인 용병들의 대부분은 농사꾼이거나 장사꾼들이었다. 그중에는 히미코의 왕위계승이 정당하다는 이유로 아무 대가도 바라지 않고 싸우겠다는 사람도 많았다. 히미코는 차마 그 사람들을 바라볼 수 없었다. 그녀는 구다라 천민의 딸일 뿐이었다. 하지만 그 사람들을 돌려보낼 수도 없었다. 수적으로 너무 열세였다. 지금은 한 사람이라도 모을 수밖에 없었다.

"전하!"

노사미가 허겁지겁 대전으로 들어왔다.

"무슨 일이냐?"

"세, 세자저하께서 오십니다."

"뭐?"

벌써 시작인 걸까? 아직은 아무 준비도 못했는데? 대신들이 술렁이기 시작했다.

"백기를 들고 오셨습니다."

히미코는 눈을 감았다.

"전하!"

어느새 와타나베가 무릎을 꿇고 있었다. 히미코는 애써 와타나베의 시선을 피했다. 무사들이 와타나베를 둘러쌌다.

"모두들 나가 계세요."

"하지만 무장을 한 채입니다."

와타나베는 자신의 검을 무사에게 던져주었다. 그 무력한 모습에 화가 났다.

"누가 감히 세자의 검을 빼앗는 게냐? 모두들 나가 있어라."

"하지만……."

와타나베의 검을 든 무사가 어찌할 바를 모르고 눈치를 살폈다.

"세자께 검을 돌려드려라. 그리고 모두들 나가 있어라!"

히미코의 불호령에 모두들 물러났다. 히미코는 무사가 멀찌감치 던져놓은 와타나베의 검을 바라보았다. 우유부단하고 정이 많은 성격과 상반되게 와타나베는 검을 잘 썼다. 검을 들었을 때의 와타나베는 빠르고, 냉정하고, 차분하고, 싸늘했다. 두려운 적군이었고 믿음직한 아군이었다.

"어리석으십니다. 이젠 조용히 돌려보내드릴 수 없습니다."

"돌아가고 싶은 마음도 없습니다. 제 군사들도 모두 대기 중입니다."

히미코는 한숨만 쉬었다. 갚지 못할 빚은 져서는 안 된다. 아직도 히미코의 심장에는 와타나베에게 진 빚이 남아 있었다. 그래서 항상 심장이 무거웠다.

"군사를 받는 조건으로 풀어줬다 하겠습니다. 그러니 가십시오."

"전하!"

"가시라고 말했습니다."

하지만 와타나베는 움직이지 않았다.

"제가 아버지께 가면 전하는 지실 겁니다. 워낙 그······ 쪽 군사의 수가 만만치 않습니다."

"그럼, 차라리 중립을 선언하고 구경하십시오. 난 모르겠습니다. 정말 모르겠어요. 어떻게 생각해도 세자를 구해낼 방법이 없습니다. 내가 죽는 것 외에는."

"전하!"

"그러니 가십시오. 차라리 적이 되어 싸우는 게 편합니다."

"알겠습니다. 전하의 뜻이 그러하다면 가겠습니다."

툭, 심장이 떨어져내렸다. 와타나베와 있으면 항상 불안했었다. 그 불안한 기분 때문에 와타나베를 보내고 싶었다. 꼭 잡은 손을 먼저 놓을까봐 두려웠다. 차라리 그녀가 먼저 손을 놓고 싶을 정도로.

이젠 모두 끝났다. 오히려 맘이 편했다. 하지만 고개를 들었을 때 와타나베의 손에는 검이 들려 있었다. 와타나베는 천천히 검을 뽑아 들었다. 파리한 칼날이 긴 빛을 내뿜었다.

"무슨 짓입니까?"

와타나베는 천천히 검을 자신의 목으로 가져갔다.

"제가 죽으면 절 내쳐주십시오."

"세자!"

"세자이기 전에 이 나라의 백성입니다. 세자이기 전에 전하를 받드는 신하입니다. 불충을 저지르느니 차라리 죽는 것이 낫습니다.”

“세자이기 전에 다카미의 아들입니다.”

와타나베는 고개를 숙였다. 칼날이 와타나베의 피로 빛을 잃어갔다. 히미코는 검을 빼앗으려 천천히 와타나베에게 다가갔다. 하지만 와타나베의 말에 순간 걸음을 멈추었다.

“올바른 왕이 되고 싶었습니다.”

와타나베는 잠긴 목소리로 말했다. 처음이었다. 와타나베가 히미코 앞에서 왕이 되고 싶다는 말을 꺼낸 것은. 히미코는 숨을 죽였다.

“올바른 왕이 되어 아름다운 나라를 만들어야지, 항상 그렇게 생각했습니다.”

와타나베는 눈물로 얼룩진 얼굴을 들었다.

“그래서였습니다. 전하께서 왕위에 오르신 날 그렇게 기쁠 수 있었던 것이. 전하께서 가장 좋은 왕이 되실 수 있는 분이라는 것을 알았기에, 저보다는 훌륭한 왕이 될 거라는 확신이 있었기에. 미친 게 아니냐는 수군거림까지 들으면서도 전하의 즉위를 도왔던 것이 그래서였습니다. 더 아름다운 나라를 만들어주실 것을 믿었기에 그저 기뻤습니다. 전하 같은 분을 모실 수 있다는 것만으로도, 전하의 신하가 된다는 것만으로도 충분했습니다.”

이 상황에서 도망치고 싶었다. 그녀의 힘으로는 어떻게

할 수 없는 일들에서 도망치고 싶었다. 하지만 신은 언제나 선택의 여지를 남겨두지 않았다. 와타나베가 검을 쥔 손에 힘을 주자 팔뚝의 힘줄이 솟아올랐다. 그리고 히미코는 눈을 감았다.

"대답해주십시오. 아직도 제가 가길 바라십니까?"

히미코는 대답할 수 없었다. 무슨 말을 해야 할까? 고맙다고? 아니면 미안하다고? 떠오른 대답은 많았지만 그중에 적당한 것은 하나도 없었다. 결국 히미코는 대전을 나왔다. 등 뒤로 와타나베의 말이 울렸다.

"성은이 망극하옵니다, 전하!"

4

허리에서 목까지 뻐근하게 전율이 느껴졌다. 너무 오랫동안 앉아 있었다. 하지만 시간이 너무 부족했다. 일단 이쪽에서 눈치챘다는 것을 알았으니 다카미도 서두를 것이 분명했다. 시간을 끌면 히미코가 준비할 시간이 많아진다는 사실을 다카미가 모를 리 없었다.

출정준비가 완료되었다는 말에 히미코는 무거운 몸을 일으켰다. 내내 와타나베를 피했다. 하지만 계속 피할 수는 없는 노릇이었다.

병사들의 무장을 꼼꼼히 점검하고 있던 와타나베가 히미코의 모습을 발견하고 다가왔다. 히미코는 애써 웃음 짓고 있는 와타나베를 보며 무슨 말을 해야 할지 난감했다. 그런 히미코의 심정을 알았는지 와타나베는 먼저 말을 꺼냈다.

"모두 잘되고 있습니다. 너무 걱정 마십시오, 전하."

히미코는 조정대신들의 말을 생각하며 한숨을 내쉬었다. 대신들은 와타나베의 출정에 불만을 표시하며 계속 탄원을 하고 있었다.

"전하를 배반하고 다카미 편에 군사들의 동향을 전할 수도 있습니다."

"군사들을 선동하여 아예 역적의 무리로 끌고 갈지도 모릅니다."

"만약의 경우 좋은 인질이 될 수도 있습니다."

"어쨌든 출정만은 안 됩니다. 무조건 궁 안에 묶어두어야 합니다."

히미코도 와타나베를 궁 안에 묶어두고 싶었다. 와타나베와 다카미가 마주치는 것만은 피하고 싶었다. 하지만 역모가 진압된 후를 생각해야 했다. 역적은 삼대를 멸하는 것이 법이었다. 하지만 와타나베가 출정해 공을 세운다면 다카미를 제외하고는 다른 식구들에게 피해가 가지 않게 할 수 있었다. 게다가 잘만 하면 와타나베의 세자 지위를 지킬 수도 있었다. 그녀로서는 최선의 선택이었다.

히미코는 복잡한 생각에 말을 꺼냈다.

"지금이라도 늦지 않았습니다, 세자."

와타나베는 고개를 돌리고는 희미한 웃음을 지어 보였다.

"전하는 만백성을 위한 왕이십니다. 그저 그것만 생각하십시오."

다시 입을 떼려고 할 때 노사미가 끼어들었다.

"전하, 연단에 오르실 시간입니다."

노사미의 뒤로 대기하고 있는 군사들이 보였다. 히미코는 연단에 올라 군사들을 향해 손을 흔들어주고 참모진의 손을 일일이 잡아주었다. 모두들 황송해하면서 무릎을 꿇었다. 히미코는 그들의 얼굴을 하나씩 뜯어보려고 노력했다.

아직 솜털이 보송보송한 어린아이도 보였다. 백발의 할아버지도 보였다. 젊은 여자도 보였다. 히미코는 그들의 얼굴을 기억하려고 애썼다. 그 이유가 무엇이든 자신을 위해 모인 사람들이었다. 그리고 그중에는 살아서 돌아오지 못할 사람들도 있을 것이다. 기억해야만 했다. 아무리 괴롭고 고통스러워도 그들의 얼굴을 기억해야만 했다.

죽음을 몰고 다니는 사람입니다, 바람결에 수우의 말이 울렸다. 히미코는 그들에게 돌아서며 눈을 감았다. 죽음을 몰고 다니는 사람입니다, 당신은. 눈꺼풀 안 가득 자신을 위해 나선 백성들의 얼굴이 새겨져 있었다.

와타나베는 연단을 내려오는 히미코의 뒤를 따랐다. 대전으로 간 히미코는 품속에서 목걸이를 꺼내 들었다. 대대로 왕가에 내려오는 구슬 목걸이 중 구슬 하나를 빼어 금줄에 매단 것이었다. 와타나베는 놀라서 무릎을 꿇었다.

"전하, 그것은……."

히미코는 와타나베에게 다가가 목걸이를 걸어주었다. 와타나베는 어쩔 줄 몰라 하며 목걸이를 바라보고만 있었다.[1]

"전하!"

"아무 말씀 마세요. 내 것을 내 맘대로 하겠다는데, 아마테라스 오미카미인 내가 내 맘대로 하겠다는데 누가 말리겠습니까? 세자는 이 구슬 하나쯤은 걸 자격이 있습니다."

"전하."

와타나베는 덜덜 떨었다. 왕실의 보물이었다. 왕 외에는 아무도 손댈 수 없는 왕실의 보물이었다.

"왜 이것을 제게 주시는 겁니까?"

"유명한 점쟁이가 그랬다면서요? 제 곁에 있으면 세자께서 그 명을 다하지 못할 거라고."

"누, 누가 그런 망극한 말을 전했습니까?"

와타나베는 전혀 당황한 기색이 없었다. 알고 있었던 것이다. 그런 예언을 듣고도 아무렇지도 않게 그녀 곁을 지켰다.

"누군가가 그러더군요. 그러니 세자 옆에 있지 말아달라고."

아직도 그 말이 섬뜩하게 다가왔다. 당신은 죽음을 몰고 다니는 사람입니다. 상처에 치가 떨렸다.

"그때 그 사람에게 아무 말도 못했습니다. 하지만 전 결코 세자가 죽게 내버려두지는 않을 겁니다. 내가 내버려두지 않을 거예요. 구슬은 영혼을 상징한다고 하죠? 이건 내 영혼의 일부예요. 잊지 마세요. 세자가 죽으면 내 영혼의 일부가 죽는다는 것을요. 그러니 꼭 살아서 돌아와야 합니다."

히미코는 멍하니 서 있는 와타나베를 남겨두고는 대전으로 향했다. 이제는 기다리는 일만 남아 있었다.

5

벌써 보름째였다. 역모에 관한 소식을 듣고 나서는 하루도 편하게 잠들지 못했다. 와타나베가 출정한 후로는 대전에서 살다시피 했다. 대신들은 뻔질나게도 드나들었다. 하지만 히미코는 모른 척 용상을 지켰다. 초조해하는 모습을 보여주고 싶지는 않았다.

사흘 전, 전령은 와타나베와 다카미의 군사들이 정면대결을 벌이려 한다고 보고했다. 시간을 끌면 히미코가 불리했다. 하지만 정면대결만은 피하고 싶었다. 혹시나 다카미와 와타나베가 마주칠까 두려웠다.

"전하!"

전령은 대전에 들어서기도 전에 고함을 질렀다. 웅성거리던 대신들이 숨을 죽였다.

"전하, 역모가 진압되었습니다."

대신들이 환호성을 질렀다.

"주모자인 다카미는 죽었고, 나머지 군사들은 전부 흩어졌습니다. 기뻐하십시오."

히미코는 눈을 감았다. 망설였다. 묻고 싶지 않았다. 하지만 전령은 자랑스럽게 말했다.

"세자께서 직접 다카미의 목을 베셨습니다."

그 말을 듣는 순간, 그저 자고 싶었다. 잠을 자면 생각하지 않아도 되니까. 자고 싶었다. 잠을 자면 잊을 수 있으니까. 하지만 대신들은 놔주지 않았다. 자정을 넘긴 시간이었다. 대신들은 끈질기기도 했다. 식사조차 하지 못했다.

자꾸 되풀이되고 있었다. 오늘 일어났던 모든 일들이. 멍청한 대신들 같으니라고. 줏대 없는 영감들 같으니라고. 생각을 해야 했다. 뭔가 수를 내야 했다. 대신들은 굽힐 줄 모르고 다카미 가문의 몰살을 주장했다. 하지만 어떻게든 다른 사람들은 살려주어야 했다. 그게 그녀가 와타나베에게 해줄 수 있는 유일한 일이었다.

아마 지금쯤이면 와타나베가 환궁했을 터였다. 히미코는 한숨을 내쉬며 엎드려 있는 신하들을 바라보았다.

"전하, 삼족을 멸하셔야 합니다. 살려두면 화근이 될 것입니다."

신하들이 그렇게 주장하는 데는 나름의 궁리도 한몫을 했을 것이다. 아무리 다카미와 맞서 싸웠다고는 하나 아버지였다. 대의를 위해 싸웠다고 해도 효자로 소문난 와타나베였다. 그런 와타나베가 권력을 잡으면 자신들의 목숨이 위태로울 수도 있다는 생각에 신하들은 물러설 기미를 보이지 않았다.

"아무리 역모 진압에 큰 공을 세웠다고는 하지만 식구들을 모두 살려주시겠다니요! 그 속을 알 수 없는 자입니다. 자신의 아버지를 죽일 만큼 냉정한 자가 무슨 짓을 할 줄 알고 살려 두시려 하십니까? 아직도 왕위를 노리고 있을지도 모릅니다. 그래서 자신의 아비마저 죽인 건지도 모릅니다. 이 점을 유념하십시오. 전하, 사사로운 감정에 따르지 마시고 신들의 간청을 들어주십시오. 폐세자하십시오. 와타나베는 위험한 인물입니다."

사쿠라마치의 말에 히미코는 이를 갈았다. 감히 와타나베라니? 자신도 함부로 부르지 않는 이름이었다. 왕실의 이름이었다. 그런데 감히!

"세자라는 호칭이 있습니다. 잊으셨습니까?"

"전하, 통촉하시옵소서. 그자가 세자위에 있는 한 전하의 왕권은 계속해서 위협받을 것입니다. 전하, 통촉하시옵소서."

히미코는 냉정해지려 노력했다. 신하들은 결론이 날 때까지는 한 발자국도 움직이지 않겠다는 태세였다. 차라리 지금이라도 대왕대비에게 가서 도와달라고 해야 하는 걸까? 히미코는 약해지는 마음을 다잡았다. 히미코가 역모 소식을 전했을 때 대왕대비는 킥킥, 웃었다.

"내가 모르고 있을 거라 생각해 알려주시는 겁니까?"

어차피 대왕대비의 도움을 받을 거라 기대하지는 않았지만, 자야겠다며 드러누운 모습을 보자 이가 갈렸었다.

"내게 아들을 죽일 군사를 달라 부탁하러 오실 정도로 염치가 없는 분인 줄은 몰랐습니다."

대왕대비는 누운 채 낮은 목소리로 중얼거렸다. 잠긴 목소리가 맘에 걸렸다. 잠에 취한 듯한 낮은 목소리에서 물기가 느껴졌다. 아마 지금도 드러누워 있겠지. 다카미의 죽음을 전해 듣고. 대왕대비의 속을 도무지 알 수 없었다. 아니, 지금은 대왕대비가 문제가 아냐.

히미코는 계속되는 대신들의 탄원을 한 귀로 흘리며 생각하고 또 생각했다. 분명 방법이 있을 터였다. 너무 피곤하고 지쳐 앉아 있기도 힘들었다. 허리는 쑤시고 목은 딱딱하게 굳어 있었다. 하루 종일 역모 진압 소식을 기다리느라 긴장하고 있어서인지 머리도 지끈거렸다. 그래도 생각해야 했다.

"좋습니다. 벌하라고 주장하는 신들의 뜻을 따르지요."

마침내 히미코가 입을 열었다.

"그래도 역모를 진압한 공신입니다. 그 점을 유념하십시오. 만일 세자가 없으셨다면 역모 진압은 힘들었습니다."

고미즈노가 놀라서 나섰다. 하지만 사쿠라마치가 다시 끼어들었다.

"말도 안 되는 소립니다. 세자의 군사들이 없었다 해도 역모는 진압되었을 겁니다. 그렇게 공을 부풀리는 이유가 무엇입니까? 고미즈노 경은 세자의 집안과 무척 친했지요. 그래서입니까?"

고미즈노가 눈치를 살피며 입을 다물자 사쿠라마치는 계속 떠들어댔다.

"폐세자로도 부족합니다. 아예 참형에 처하는 것이 가장 좋은 방법입니다."

정말 짜증나는군. 히미코는 코웃음을 치며 입을 열었다.

"사쿠라마치 경의 말도 일리가 있습니다."

히미코는 더 이상 내분이 일기 전에 말을 막았다. 사쿠라마치는 자기 편을 들어주었다고 생각했는지 회심의 미소를 짓고 있었다. 히미코는 말을 이었다.

"사쿠라마치 경의 말대로 하지요. 폐세자가 아니라 아예 세자를 죽이도록 하지요."

히미코는 사쿠라마치가 다시 입을 열려 하자 팔걸이를 내리쳤다. 쾅, 하는 소리에 대신들이 고개를 숙였다.

"내가 말을 할 때 감히 내 말을 막지 말아주셨으면 합니다. 선왕께서는 어떠셨는지 모르겠지만, 난 그런 짓 따위는 용납할 수 없습니다. 세자를 죽이겠습니다. 그리고 다카미의 정실 둘과 자녀 모두에게는 사약을 내리고 다른 첩들이나 첩들의 자식들은 가담 정도에 따라 공노비(관유노예)나 관호(관유천민)로 삼을 것입니다."

생각 외로 강한 처벌에 신하들이 웅성댔다.

"전하! 아무리 그래도 역모 진압의 공이 큰 분이십니다. 죽이시는 것은 너무한 처사입니다. 세자위를 박탈하는 것만으로도 충분할 것입니다. 통촉해주시옵소서."

겐메이가 반대를 하고 나서자 사쿠라마치가 받아쳤다.

"무슨 말입니까? 전하께서 명하신 일인데 감히 반박을 하다니요? 이제껏 경도 처벌을 원치 않았습니까?"

사쿠라마치는 신나서 겐메이를 면박 주고 있었다. 기다리고 있던 일이었다. 히미코는 조금 더 기다렸다. 사쿠라마치의 말이 끝날 때까지……. 그리고 일어섰다.

"사쿠라마치 경의 말이 옳지요. 세자는 역모 진압의 공을 세웠다고는 하나 그 아비와 집안 전체가 역모를 주동했으니 그 화를 면치 못할 것입니다. 사쿠라마치 경의 말처럼 그 충성심이 의심스럽지요. 그래서 사쿠라마치 경의 의견을 따르기로 했습니다. 세자를 죽이겠습니다."

사쿠라마치는 자신의 이름이 거론되자 좋아서 어쩔 줄 몰랐다. 원래 와타나베 집안과는 사이가 좋지 않았던 인물이었다. 다카미에 눌려 자신의 세를 못 펴고 있었으니 오죽이나 좋을까. 히미코는 입을 다물지 못하는 사쿠라마치를 똑바로 바라보며 말했다.

"그래서 결정했습니다. 사쿠라마치 경, 경의 말을 따를 것입니다. 대신 경의 아비의 목을 가져오시오."

사쿠라마치는 히미코의 말에 사색이 되어 고개를 들었다. 히미코는 때를 놓치지 않았다.

"감히 어느 안전이라고 고개를 드는 겁니까?"

사쿠라마치는 금세 고개를 숙이고는 벌벌 떤다.

"전하! 어인 말씀이십니까?"

"세자는, 경의 말을 빌리자면 충성심이 모자람에도 불구하고 아비의 목을 베었소. 신이 아비의 목을 가져온다면 내 신이 정말 충심으로 나를 섬기고 있다는 것을 알 수 있을 테니, 아비의 목을 가져오시오. 세자는 대역죄로 추궁당할 것을 알면서도 자신의 아비의 목을 베었소. 나를 위해서 말이오. 그러니 신이 아비의 목을 베어 온다면 내 신의 말대로 세자의 목을 칠 것이오."

아무도 입을 열지 못했다. 아까는 서로 말을 하려고 애를 쓰시더니, 이제는 아예 입을 열 생각을 못하는군. 히미코는 서로 눈치만 보고 있는 신하들을 비웃으며 자리를 떴다. 너무나 피곤해 쉬고 싶을 뿐이었다. 노사미가 뒤따랐다.

"현명하십니다. 저는 그런 줄도 모르고 전하께서……."

노사미의 말이 더 이상 들리지 않았다. 와타나베를 본 순간.

그놈의 대신들 때문에 와타나베를 맞이하지도 못했다. 노사미는 조용히 물러났다. 히미코는 와타나베에게 다가갔다. 하지만 와타나베는 그저 한곳만 뚫어지게 바라보고 있을 뿐이었다.

와타나베가 바라보는 쪽으로 시선을 돌린 히미코는 이를 악물었다. 그가 바라보고 있는 것은 다카미였다. 이젠 푸르죽죽하게 변해버린 다카미는 아직도 눈을 감지 못하고 있었다. 다카미의 목을 도성에서 가장 높은 곳에 매달라고 한 것은 그녀였다. 밤에도 잘 볼 수 있도록 바로 옆에 횃불을 밝히라고 한 것도 그녀였다.

횃불에 아른거리는 다카미의 얼굴은 구더기로 반짝인다. 꾸물거리는 구더기들은 다카미를 갉아먹어 통통하게 살이 오르고 윤기로 번들거렸다. 히미코는 고개를 돌렸다. 달빛에 와타나베의 눈이 반짝였다. 아마도 울고 있는 것이리라. 그녀는 턱에 힘을 주며 눈을 감았다 떴다.

와타나베는 히미코를 보고는 무릎을 꿇었다.

"일어나세요, 세자."

와타나베는 일어나서도 고개를 들어 히미코를 바라보지 않았다. 와타나베에게는 그녀를 바라보는 것을 항상 허락했는데, 와타나베는 그녀를 보고 있지 않았다. 히미코는 시선을 피하는 와타나베에게 짜증스럽다는 듯이 말했다.

"그러게 내가 뭐라고 했어요? 차라리 다카미와 함께……."

"제가 선택한 일이었습니다, 전하."

히미코는 한숨을 내쉰다. 까마귀 한 마리가 다카미에게 날아가고 있었다. 까악, 까악. 여기까지 그 소리가 들리는 것 같다. 다카미는 죽어서도 포기하지 못했는지 뚫어지게 왕궁을 바라보고 있었다. 까마귀는 그 눈알을 쫀다. 히미코는 고개를 돌렸다.

"아직 저걸 치울 수는 없어요. 난……."

그녀는 말을 골랐다. 무슨 말을 해야 할까? 할 말이 없었다.

"난 모르겠어요, 정말."

"무엇을 말입니까?"

"궁녀들이 수군거리더군요. 세자께서 왜 그렇게 저한테……. 뭐라고 말해야 될까요? 궁녀들이 수군거려요. 제가 무슨 마력이라도 쓴 것이 아닐까, 하고. 그래서 그렇게 세자가 저한테 꼼짝도 못한다고. 그래서 세자가 그렇게 절 아끼는 거라고."

"대체 누가 그런 무례한 말을 전했습니까?"

"알고 있었군요, 세자도."

"망극합니다. 미리 그런 궁녀를 가려내서 엄벌에 처했어야 하는데, 그러지 못했습니다."

"아뇨, 그러지 마십시오. 괜히 소문만 부풀리는 꼴이 될 테니. 그런데 정말 궁금해요. 왜 저한테…… 세자는 왜 저를 위해 모든 걸 희생하는 거죠? 전 그리 예쁘지도 않고 그리 영민하지도, 그리 착하지도…… 아무것도 가진 것이 없는데 왜 세자는 그렇게 많은 것을 버리고 저를 택하신 겁니까? 대체 그 이유가 뭡니까?"

더듬더듬, 빙빙 말을 돌리다보니 엉뚱한 질문이 나왔다. 그런 질문을 하고 싶은 게 아니었다. 그저 말하고 싶었다. 더이상 받고 싶지 않다고, 되돌려줄 수 없기에. 와타나베는 항상 주기만 하는데, 그녀는 아무것도 줄 게 없어서 더 이상 받고 싶지 않다고.

"만약 어떤 이유가 있었다면 무슨 수를 써서라도 제 손으로 그 이유를 없앴을 겁니다."

그 말이 너무나 서늘하게 와 닿았다. 히미코는 뭔가에 눌린 듯 놀라서 와타나베를 바라보았다. 하지만 와타나베는 히미코를 보고 있지 않았다. 항상 히미코를 향하던 시선은 이제 먼 하늘만 보고 있을 뿐이었다. 그런 와타나베가 딴사람처럼 느껴졌다. 그래서 무슨 말이라도 해야 했다. 하지만 무슨 말을 해야 할지 알 수 없었다. 와타나베가 눈길을 돌려 그녀를 빤히 쳐다봤다.

"전하께서는 왕위를 꿈꾸실 때 그 이유를 모르겠다고, 그저 왕이 되고 싶다고 하셨습니다. 이유가 있는 꿈이라면 그 이유가 사라질 때 꿈에서도 깰 수 있겠지요. 하지만 자신도 이유를 알 수 없어 힘들고 고통스러운, 그래서 오히려 벗어나고 싶은, 그러나 벗어날 수 없는, 꿈이란 건 그런 겁니다. 전하께서는 제 꿈이셨습니다."

그 꿈은 악몽이었습니다. 깨어나고 싶은데 깰 수 없어 좌절하고 그래도 또다시 꿈꿀 수밖에 없어 슬픈…… 꿈이었습니다. 가위에 눌린 듯 꼼짝할 수 없었습니다. 벗어나고 싶은데 벗어날 수 없어 체념하고, 차라리 꿈이 이루어진 순간을 또다시 꿈꾸는, 제자리에서 맴도는 아픈…… 꿈이었습니다.

말하지 않아도 들렸다. 그녀의 꿈이 잔인한 만큼 와타나베의 꿈도 모질었다. 그 상처의 쓰라림을 없애주고 싶었다.

"내가 세자를 위해 해줄 수 있는 일이 뭐가 있을까요? 이미 고귀한 신분이니 신분을 높여줄 수도 없고, 이미 부자이니 황금을 더 준다고 해도 별로 좋아하지 않을 테고. 뭐든 말씀하십시오. 세자가 원한다면 뭐든 해주겠습니다."

와타나베는 고개를 돌려 히미코를 바라보았다. 히미코는 순간적으로 굳어버렸다. 그렇게 아무 감정이 없는 텅 빈 눈은 와타나베의 눈이 아니었다. 언제나 감정이 가득해 부담스러운 눈이 와타나베의 눈이었다. 텅 빈 눈이 싸늘하게 히미코의 심장에 박혔다.

"성군이 되십시오. 제 아비와 저는 비록 적이었지만 바란 것은 같았습니다. 이 나라를 대강국으로 만드는 것, 그것이 아비와 제가 바란 것이었습니다. 이 나라 백성들이 모두 행복해지는 것, 그것이면 됩니다. 그러니 위대한 왕이 되어주십시오."

와타나베는 그 말을 뒤로한 채 돌아섰다. 처음이었다. 와타나베가 히미코의 곁을 먼저 떠난 것은······.

6

히미코는 아직도 젖어 몸에 달라붙는 오스이(襲, 긴 천을 오른쪽 어깨에서 허리까지 걸치는 가사의로 무녀들이 입었던 것으로 추정된다)를 질질 끌며 걸었다. 바람에 날린 벚꽃이 질퍽한 옷에 달라붙어 떨어지지 않는다. 궁녀들이 놀라서 다가왔다.

하지만 히미코는 손사래를 쳐서 내쫓았다. 손사래를 칠 때마다 다스키(멜빵. 신사에 봉사할 때의 주술 도구로 추정된다)가 흔들린다.

어디선가 흰나비들이 몰려와 히미코를 둘러쌌다. 어두운 밤 하얗게 빛나는 나비 떼에 둘러싸인 히미코를 보고 궁녀들은 무릎을 꿇었다. 히미코는 나비들을 이끌고 발걸음을 재촉했다.

드디어 신전이 보였다. 아마테라스 오미카미의 신전.

대비는 새로운 왕궁을 건설하면서 왕궁 안에 신전을 지었다(고대사회에서 신전은 필요할 때마다 지었던 천막 같은 것으로 추정되고 있다. 즉, 이동식이었지만 자주 제사를 지내게 되면서 지금의 신전이나 신사가 만들어지게 되었다). 하지만 히미코는 정사에 너무 바빠 한 번도 오지 못했었다. 새로 지은 신전은 산뜻해 보인다. 히미코는 신전의 문을 열었다. 끼이익, 아무도 없는데도 신전은 밝았다. 횃불에 신전 구석구석이 잘 보인다. 신전의 벽면에는 역대 왕들의 초상이 걸려 있었다.

한쪽 벽에 있는 커다란 거울에 그녀의 모습이 비쳤다. 히미코는 이를 악물었다. 그리고 물이 들어 있는 스에키(가야 지방의 기술자가 이주해 생산한 요업제품으로 상류층이 사용했다)로 다가갔다. 손을 박박 문질러 씻고 젖은 손으로 손뼉을 쳤다. 사방으로 물방울들이 튀어갔다. 또다시 손뼉을 쳤

다. 그리고 아마테라스 오미카미 앞에 황금 덩어리 하나를 던졌다.[2]

히미코는 무릎 꿇지 않았다. 자신은 왕이었다. 이제 다시는 무릎 꿇지 않을 것이다. 히미코는 빙빙 돌면서 선왕들을, 아마테라스 오미카미를 바라보았다. 그리고 맹세했다.

"이 옷이 무엇으로 물들인 것인지 아십니까? 피로 물들인 옷입니다. 비록 내가 왕좌에 오르는 것을 반대하였다고는 하나 내 백성들이었습니다. 그들을 죽이고 오른 왕위입니다."

히미코는 바닥에 뚝뚝 떨어지는 피를 바라보았다. 공기 속으로 피비린내가 요동을 치며 퍼져나갔다. 히미코가 움직일 때마다 피에 젖은 오스이는 저벅거리며 피를 토해낸다.

"잊지 않겠습니다. 오늘의 피를 절대로 잊지 않겠습니다. 언제까지 기억할 것입니다. 나를 위해 죽은 사람들, 그리고 그 사람들에게 죽임을 당한 사람들, 모두 잊지 않겠습니다. 그들 모두 내가 사랑한 백성이었고, 그들 모두 이 나라를 위해 싸웠다는 것을 잊지 않겠습니다. 그들의 목숨을 위해 이 나라의 왕이 되겠습니다. 그것도 훌륭한 성군이 되겠습니다."

온몸이 피에 젖어들고 있었다. 울분을 참지 못하고 고개를 흔들어서인지 머리카락이 흘러내린다. 히미코는 손으로 머리카락을 쓸어올렸다. 시선이 가려지는 것이 싫었다. 그들을 똑바로 바라보며 말하고 싶었다. 피에 젖은 머리카락은 이마에 달라붙었다.

히미코는 다시 천천히 돌기 시작했다. 선왕들과 눈을 맞추면서. 울음을 참느라 깨문 입술에서 피가 흘렀다. 찝찔한 피 비린내가 입안 가득 퍼졌다. 히미코는 핏덩어리를 삼켰다.

"그들의 피의 대가로 오른 왕위입니다. 그래서 맹세합니다. 당신들에게 맹세합니다. 그리고 나 자신, 아마테라스 오미카미에게 맹세합니다. 성군이 될 것입니다. 이제 나는 더 이상 없습니다. 나란 존재는 이제 없습니다. 그저 왕이 있을 뿐입니다."

히미코는 바닥에 엎드려 울기 시작했다. 붉은 별이 보인다. 자신이 새겨 넣은 붉은 별. 처음에 그랬던 것처럼 별은 피로 물들고 있었다. 하나로 부족하다면 온몸에라도 새길 수 있었다. 위대한 왕이 될 것이다. 영원히 사람들의 기억 속에서 잊혀지지 않는 위대한 왕이 될 것이다.

히미코는 오스이 위에 달린 거울을 들었다. 아마테라스 오미카미의 상징. 황금으로 장식된 작은 거울은 피로 얼룩져 있다. 히미코는 있는 힘껏 거울을 던졌다. 신전에 있는 커다란 거울을 향해서.

작은 거울은 산산조각이 나서 튕겨져나왔다. 신전 구석에 세워두었던 커다란 거울은 금이 쩍 가더니 무너졌다. 히미코는 발로 거울을 짓밟기 시작했다. 모두 부서져버릴 때까지, 모두 사라져버릴 때까지, 그녀 자신의 존재가…….[3]

7

히미코. 너무 오랫동안 기억 속에 맴돌아 골치 아픈 이름, 잊혀지지 않는 얼굴……. 한순간도 히미코에 대한 생각이 떠나지 않았다. 어떻게 변했을까? 아직도 날 기억할까? 의후는 히미코에 관한 생각에 빠져 있다가 깜짝 놀라 말에서 떨어질 뻔했다. 전쟁터에서 발달한 본능이 저절로 고삐를 당기게 만들지 않았다면 크게 다쳤을 것이다. 하지만 눈둑으로 내려서는 의후는 그 생각은 하지도 못했다.

사로의 웃음소리에 고개를 돌리니, 모든 부하들이 그 광경에 시선을 고정시킨 채 입을 벌리고 있었다. 꿈은 아닌가보군.

"지금, 지금 저게 뭐 하는 거냐?"

너무 놀라서인지 말도 제대로 나오지 않았다.

"운도 좋으십니다, 마마."

의후는 다시 한 번 주위를 둘러보았다. 철퍼덕 주저앉은 부하들은 벌린 입을 다물 생각도 하지 않았다. 눈도 깜박이지 않는 녀석도 있었고.

"침까지 흘리며 보는 녀석이 있는 걸 보니 꿈이 아닌 건 확실하고."

"맞습니다. 꿈은 아닙니다."

"도대체 저게……?"

의후는 차마 말을 잇지 못했다. 아무리 오랫동안 알아온 사이라 하나 뭐라고 표현을 해야 할지 망설여졌다. 하지만 사로는 달랐다.

"이 나라에서는 성기나 성교가 풍년을 의미한다고 해서 모심기가 끝나고 저런 행사를 갖기도 합니다. 어떤 지방에서는 모심기가 끝난 뒤에 논에 긴 막대를 양쪽으로 세워 그 위에 줄을 매달지요. 빨랫줄과 같은 거라 생각하시면 됩니다. 그리고 짚으로 남자와 여자의 생식기 모양을 본떠 그 줄에 매달고서 바람이 부는 대로 두 생식기가 접촉하도록 세워둡니다. 차마 대놓고 성교하는 모습을 보여주기 싫어하는 보수적인 지방에서는 그렇게 한다고 합니다.[4] 아니면 저렇게 고용한 남녀로 하여금 실제 성교를 하게 하는 경우도 있지요(아키타 현 어느 지방에서 풍년을 기원하는 행사로 열렸다고 한다). 아마 아침부터 저러고 있었을 겁니다. 구경꾼들이 별로 없는 것을 보니, 지루해서 들어간 거겠지요. 일종의 주술적인 행사입니다."

"저런 광경을 보면서도 그런 설명이 줄줄이 나오다니, 넌 도대체 알다가도 모를 놈이라니까."

사로는 호탕하게 웃으며 웃옷을 벗어 바닥에 깔았다.

"앉아서 보십시오. 아이들이 놀라서 마마께 앉을 자리를 마련해드리는 것도 잊은 모양입니다."

"아무리 주술적인 의미가 있다고는 하나 좀 퇴폐적이군."

"이 나라가 아직 원시적이라는 것을 잊으셨습니까? 마쓰리라도 벌어지면 더하지요. 벌건 대낮에 여러 명이 동물처럼 어울리는 경우도 많으니까요. 이 나라에서는 성적 금기가 별로 없습니다."

결국 그 광경을 다 보고서야 다시 출발할 수 있었다. 군사들은 오랜 여정으로 여자에 굶주렸는지 저마다 그 광경에 관한 이야기를 하느라 정신이 없었다. 그래서 의후는 꽤 번화한 마을에 도착하자마자 군사들에게 포목을 몇 필 내렸다. 어리둥절해하는 군사들에게 사창가에 가는 것을 허락한다는 말을 하기가 무섭게 함성소리가 울렸다. 군사들은 제각기 멋을 내고는 신이 나서 나갔다. 하지만 사로는 아니었다.

"마마 곁을 지킬 사람도 있어야지요."

대답은 그렇게 했지만 별로 가고 싶지 않은 눈치였다. 의후는 문득 부하들의 이야기가 생각나 빙그레 웃었다.

"왜 그렇게 웃으시는 겁니까?"

"그냥, 누가 한 이야기가 생각나서."

"저에 관한 이야기였나보군요."

언제나 그랬듯이 사로는 금세 알아챈다. 그리고 눈을 내리깐다. 마치 자신 안에 무언가를 보여주기 싫다는 듯이. 의후는 술잔을 드는 사로를 바라보았다. 아직도 의후는 사로의 과거에 대해 모르는 것이 더 많았다.

"무슨 이야기였습니까?"

잔뜩 긴장한 목소리였지만 밝았다.

"손."

"손이라니요?"

사로는 잔뜩 찌푸렸다. 도대체 무슨 소린지 알아들을 수 없다는 표정에 의후는 입속에 있던 술을 푸, 하고 내뱉을 뻔했다.

"네가 손에 집착한다고 하더군."

사로는 어이없다는 표정이었다. 사로에게 향하는 의후의 신임을 어떻게든 깨어보려는 다른 부하의 수작이었다. 그렇게 손에 집착하는 것을 보면 변태일 것입니다. 의후는 그 말을 들었을 때처럼 눈썹만 추켜올렸다. 그도 궁금하던 참이었다. 그와 동갑이었다. 한창 여색을 탐할 시기에 사로는 오히려 여자를 멀리했다.

"주량이라는 아이 말씀이십니까?"

"사실이었나보군."

"어떤 이야기를 전해 들으셨습니까?"

"아주 못생긴 여자였다고 하더군. 게다가 천한 백정의 딸이고. 그런데 손에 반해 그 여자를 취했다고. 그것도 엄청난 재물까지 주면서. 맞나?"

"그렇게 추하지는 않았습니다."

사로는 조금 불만스럽다는 듯 말했다.

"그럼 정말이군."

의후는 기가 막혀 웃었다.

"도대체 왜 손에 집착하는 건데?"

"그저, 전 손이 예쁜 여자가 좋을 뿐입니다."

"첫사랑이 손이 예뻤나보군."

사로의 눈에 아픔이 느껴진다. 의후는 놀라서 입을 벌렸다. 사로가 그렇게 감정을 드러낸 일은 한 번도 없었다. 하지만 금세 지워진다. 착각이라고 느껴질 정도로.

"그랬다고 하면 맘이 좀 편하시겠습니까?"

장난스런 어조였다. 의후는 모른 척하기로 했다. 어차피 누구에게나 아픈 기억은 있는 법이니까. 사로는 슬쩍 화제를 돌렸다.

"마마께서도 아직도 맘에 두고 계신 겁니까?"

사로는 넌지시 물었다. 의후는 못 알아들은 척했다.

"휘녕이라면 이미 잊었다."

"그분이 아니라 왜의 여왕 말입니다."

사로는 도망갈 여지를 주지 않았다. 의후는 대답을 피했다. 자신도 알 수 없었다. 왕위가 아닌 여인을 그리워하는 자신이 낯설었다. 그리고 왜의 여왕인 히미코도 낯설었다.

"전하께서 특별히 명하셨습니다."

사로는 의후의 찌푸린 얼굴을 눈 하나 깜짝하지 않고 바라보았다. 또 그 눈이다. 섬뜩한. 의후는 그 눈이 보기 싫어 고개를 돌렸다.

"왜의 여왕에게서 아이를 보는 일은 없게 하라는 명이셨습니다."

냉정한 목소리. 의후는 비릿한 냄새에 입술을 핥았다. 자신도 모르게 입술을 깨문 모양이다. 술잔을 내려놓는 손길에 짜증이 묻어났다.

"만약 임신한다면 방법은 하나밖에 없습니다."

의후는 사로의 말에 눈을 치켜떴다.

"그것도 전하의 명령인가?"

사로는 대답을 못하고 의후의 시선을 피한다. 제기랄. 아무리 담로국이라고는 하나 이 나라를 다스리는 여자였다. 그런 여자를 거꾸로 매달 수 있을 거라고 생각하는 걸까? 의후는 쓴웃음을 지었다. 그리고 그 방법은 효과가 없었다. 의후가 살아 있는 증거였다. 거꾸로 매달려 맞고 있는 어머니의 모습이 머릿속을 비집고 들어온다. 의후는 한숨을 내쉬었다.

"낮에 보셔서 아시겠지만 왜는 성에 있어 개방적인 나라입니다. 백성들은 혼인의 개념조차 없지요. 이 나라의 혼인을 쓰마도이콘(여기서 '쓰마'란 본아내, 본남편을 가리킨다)이라 부릅니다. 남편이 처가를 왕래하는 형태지요. 그러다 남편이 더 이상 왕래하지 않으면 혼인은 끝나게 됩니다. 그러니 정조 따위는 아무 소용이 없습니다. 구다라의 윤리는 이 나라에서 통하지 않습니다. 왕족들은 비록 혼인의 형태를 갖추긴 했다지만 아직도 이복남매끼리, 심지어는 계모와 혼인하는 일도 많습니다.[5] 왜의 여왕도 사촌인 세자와 염문이 있더군요. 어쩌면 이미 깊은 관계일 수도, 아이를 가졌을 수도……."

사로는 솜씨 좋게 의후의 마음을 휘젓는다. 가까운 사람일수록 약점을 이용하기 쉬운 법이었다. 자신을 위해서 하는 말이라는 걸 알면서도 사로의 서늘함은 견디기 힘들었다.

휘녕은 아기를 가졌다고 했다. 누구의 아이인지 알 수 없는 아이……. 아직도 궁금했다. 과연 휘녕의 뱃속 아이는 내 아이였을까? 아니, 정말 아기가 있긴 했을까? 어머니의 노래가 울린다. 발가락이 전하와 똑같지 않습니까, 로 시작하던 노래. 입에 든 술이 썼다. 자신도 모르게 얼굴을 찌푸렸는지 사로는 안주를 집어 의후의 입 앞에 들이민다.

"그분을 사모했던 마음이 조금이라도 남아 계시다면, 그분을 위해서……."

사로는 말을 끝맺지 않았다. 의후에게는 약한 사로였다. 하지만 왜의 왕이라도 필요하다면 정말 매달고 몽둥이질도 할 수 있는 사람이 사로였다.

"사람들이 여기를 뭐라 부르는지 아십니까? 버림받은 땅입니다. 버림받은 사람들이 가득한, 버림받은 땅이란 말입니다. 그러니 제가 뭐라고 말씀드렸습니까? 조심하라고 말씀드리지 않았습니까? 이번에는 조심하셔야 합니다."

사로는 결국 말을 끝맺었다. 하지만 의후는 모른 척 허허 웃었다.

"그래도 왕과 결혼하면 나도 왕이나 마찬가지가 아니더냐. 더 이상 그 얘긴 하고 싶지 않구나."

의후는 어두운 표정으로 술잔을 기울였다. 도착하자마자 역모 진압에 관해 들었다. 아무리 왕군이 이겼다고는 하나 살아남은 사람이 거의 없다는 소문이었다. 결국 무늬만 이긴 셈이었다. 왕군의 절반은 그저 왕을 위해 나선 백성이라고 했는데 그것도 의문이었다. 이 나라 사람들은 왕실에 대해 비정상적인 충성심을 가지고 있었다.

그래서 구다라가 왜를 완전히 손에 넣지 못하고 있었다. 어떤 담로국도 이 정도로 독립성을 보장받지는 못했다. 하긴 왕이 신이라고 정말 믿는다고 하니. 의후는 쓴웃음을 지었다. 정말 왕이 신이라면 자신은 신과 결혼하는 사람이 될 것이었다.

문득 궁금해졌다. 대체 히미코는 어떻게 신이 되었을까? 의후는 술잔을 들었다. 이제 이틀 후면 알 수 있겠지.

제12장

'운명'이란 말의 동의어

운명……. 어젯밤 내내 떠오르던 단어.

의후는 또다시 떠오른 그 단어를 지우려 노력했다.

제기랄. 그는 '운명'이라는 말을 증오했다.

그 말은 '어쩔 수없는'이나 '잔인한', '슬픈'과 동의어였다.

1

수우는 혼례식이 치러지는 곳으로 가기 위해 서둘렀다. 초라한 가마였다. 항상 화려한 술과 꽃들로 장식된 가마만 탔었는데. 수우는 이를 악물며 가마에 올라탔다.

히미코는 이제 든든한 후원자까지 얻었다. 구다라를 등에 업으면 무서울 것이 없을 터였다. 히미코는 모든 것을 얻었다. 그리고 나는 모든 것을 잃었지. 수우는 가마에서 내리며 왕궁을 바라보았다. 이제부터 모든 것을 다시 찾을 생각이었다.

무슨 혼례식이, 그것도 왕이라는 사람의 혼례식이 장례식장보다 초라한 것 같군. 수우는 신전으로 들어서며 얼굴을 찌푸렸다. 도대체 히미코는 무슨 생각으로 꽃 한 줄기 장식도 하지 않았을까? 정말 여자가 맞는 건지 의심스러웠다.

스무 살, 한창 멋을 부릴 나이였다. 하지만 히미코가 치장하는 것을 본 기억이 없었다. 귀금속이야 이해할 수 있었다. 워낙 대왕대비의 미움을 받아 제대로 된 것이 없었을 테니까. 하지만 왕이 된 후에도 히미코는 꾸미는 일 따위에는 관심이 없어 보였다. 백성들 사이에 벌써 칭송이 자자하다고 했다. 왕께서 백성을 보살피는 일에만 전념한다고. 하지만 수우는 이해할 수 없었다. 혼례식까지도 이 따위로 치르다니.

대왕대비가 다가오자 수우는 재빨리 고개를 숙였다.

"오긴 왔구나."

대왕대비는 아니꼽다는 듯 눈썹을 추켜올렸다.

"그동안 문안 여쭙지 못하여 송구스럽습니다."

"오기 싫을 만도 했겠지."

"아닙니다. 큰어머니의 몸이 좋지 못하여……."

"나나코 말이더냐? 나도 그 소식은 들었다. 친어미도 아닌데 네가 고생이 많구나."

수우는 히미코도 알고 있는지 궁금했다.

"그런데 네 어미는 어찌 안 보이느냐? 에리까지 몸져누웠더냐?"

"아닙니다. 큰어머니를 간호하시느라……."

"그래?"

대왕대비는 말을 질질 끌었다. 의심하는 걸까? 어머니는 죽어도 오지 않겠다고 했다. 없는 살림에 가마까지 빌렸건만 차라리 자신을 죽여서 시신을 끌고 가라고 했다.

대왕대비의 뒤를 따르던 수우는 발밑에 깔린 비단을 보고는 놀라서 입을 벌렸다. 비자색 비단은 왕의 옷을 해 입어도 충분할 정도로 고급이었다. 언뜻 보이는 첩포기(가격, 생산지, 생산자, 등을 적은 표)로 보아 수입된 것이 틀림없다. 번들거리는 비단은 꽃 한 줄기 없는 신전과 묘한 대조를 이루고 있었다. 대왕대비의 킥킥거리는 웃음소리에 수우는 고개를 들었다.

"뭐가 그리 즐거우십니까?"

"어찌 즐겁지 않을 수가 있겠느냐? 오늘은 전하의 혼례식 날이 아니더냐? 넌 별로 즐겁지 않은 모양이구나."

비꼬는 말투, 수우는 급히 고개를 저었다.

"아닙니다. 저도 당연히 기쁘지요."

"재미있는 이야기 하나 해줄까?"

"예?"

"이 비단 말이다."

대왕대비는 리(신발)에 묻은 흙을 비단에 비볐다. 비단은 금세 진흙으로 더러워진다. 수우는 아름다운 비단이 망가지는 것이 안타까워 눈썹을 모았다. 하지만 대왕대비는 신나게 발을 움직였다.

"이 비단 말이다. 이건 구다라의 왕자가 혼수로 가져온 것이야."

"예?"

수우는 너무 놀라 입을 다물지 못했다.

"재미있지 않느냐? 얼마나 약이 오를꼬. 혼수로 가져온 비단을 땅에 깔았으니. 후후."

"그러다 외교적인 문제가 생기면 어떻게 하시려고. 이건 완전히 구다라를 무시한 처사가 아니옵니까?"

"넌 머리가 별로 돌아가지 않는구나. 이건 환영의 의미인 게야. 구다라의 왕자가 우리 왕실에 들어오는 것에 대한 환영의 의미. 구다라 왕자는 이 귀한 비단을 밟고 우리 왕실에 들어오는 것이야(일제 식민지 시절, 우리나라의 궁녀들이 일본의 고위관료들에게 모욕을 주기 위해 썼던 방법이다)."

그렇게 보일 수도 있었다. 아니, 그렇게 변명할 수는 있었다. 하지만 구다라 왕자가 그것도 눈치채지 못할 정도로 멍청할까? 구다라가 우리나라를 본토로 영입한다는 소문이 사실인 모양이군. 구다라에서는 혼례 때 돼지고기와 술 외에는 여자의 집에 아무것도 보내지 않는다고 했다. 그 외에 다른 것을 보내는 일은 큰 수치로 여긴다고 했다. 그런데 이렇게 귀한 비단까지 보냈다면 그 속셈은 뻔했다. 하긴, 나와는 상관없는 일이지. 아니, 오히려 잘된 일이야. 히미코가 별로 좋아하지 않을 테니까. 수우는 그 생각에 미소를 지었다.

수우는 주위를 둘러보았다. 왕족들은 거의 다 모인 것 같았다. 대비들과 선왕의 후궁들을 보며 수우는 살짝 고개를 숙였다. 하지만 모두 수우의 시선을 모른 척 스쳐갔다. 착하기로 소문난 미유키대비는 주위의 눈치를 살피며 어쩔 줄 몰라 했다. 수우는 시선을 돌렸다. 어차피 예상한 일이었다.

그때 구다라 왕자가 나타났다. 이름이 의후라 했던가? 키가 커서인지 눈에 띈다. 모든 사람들이 호기심으로 고개를 빼고 있다. 의후는 입구에서부터 깔린 비단을 보더니 입술을 일그러뜨린다. 사람들은 모두 숨을 죽이고 있었다.

픽, 분명 웃었다. 어떻게 이런 모욕을 받고도 웃을 수가 있는 걸까? 오히려 뒤에 있는 부하가 의후에게 뭐라고 불평하고 있는 모양이었다. 비단을 바라보며 얼굴을 잔뜩 찌푸리고 있는 것으로 보아 좋은 말은 아닐 것이다. 수우는 그 부하를 뚫어지게 바라보았다. 어딘가 낯이 익었다. 사람의 얼굴을 한 번만 봐도 기억하는 그녀였다. 어디서 보았더라.

"사로야."

"예?"

수우는 고개를 돌려 대왕대비를 바라보았다.

"네가 저 사람을 뚫어지게 쳐다보고 있기에 알려주는 게야. 저 사람 이름이 사로라고."

"예. 낯이 아주 익어서요. 우리나라 사람입니까?"

"우리나라 사람은 아냐. 하지만 어릴 적에 우리나라에 살았다고 하더군. 구다라인이라고 하던데, 왠지 겉모양은 아니군."

"그렇습니까?"

"그래. 내 나이쯤 되면 사람 보는 안목이 생기기 마련이지. 아무래도 생김새가 구다라인은 아닌데……. 하긴 그게 무슨 상관이겠느냐?"

대왕대비는 다시 고개를 돌리며 중얼거렸다.

"도대체 전하께서는 언제까지 기다리게 하시려는지. 여름 태양에 늙은이 더위 먹여 장사 치르실 일 있나. 아무리 정사가 중하다지만 혼례식까지 늦으셔서야, 쯧쯧. 아마가시, 가서 전하를 빨리 모셔오너라."

아마가시는 종종걸음을 치며 달려갔다. 늙은 나이인데도 작은 몸집이라 민첩했다. 아마가시는 나가다 의후를 보며 고개를 숙였다. 의후는 입구에서 망설이고 있었다. 어떻게 해야 할지 결정하지 못한 모양이었다. 결국 사로가 뭐라고 말하자 신전 안으로 당당하게 걸어 들어온다. 수우는 사로를 바라보며 얼굴을 찌푸렸다. 맞아! 그 아이!

어린 시절 도성 밖에 살던 빨래해주는 여자의 아들! 빨랫감을 가지러 집에 오곤 했었다. 집에 하녀가 많았는데도 어머니는 그 여자에게 빨래를 맡겼다. 워낙 사정이 딱하다면서 그 여자만큼 빨래를 깨끗하게 하는 사람도 없다고 했다.

아이는 어머니 대신 매일 빨래를 가지러 왔다. 하지만 수줍기 이를 데 없는 그 아이는 수우를 몰래 훔쳐보다 눈이 마주치고 말았다. 수우의 비명에 달려온 아버지는 아이를 죽을 만큼 두들겨 패서 내쫓았다. 아이의 비명소리에, 아이가 떠난 후에도 지워지지 않던 핏자국에 후회했었다. 혹시 아이가 죽지는 않았을까, 걱정했었는데. 그래서 아이의 얼굴이 아직도 선명하게 남아 있었던 걸까? 너무 뚫어지게 쳐다보았는지 사로가 수우에게로 고개를 돌렸다. 수우는 재빨리 다른 곳으로 시선을 돌렸다.

초여름의 태양이 곤두박질치고 있었다. 수우는 손으로 햇볕을 가렸다. 아직 오전인데도 이마에 땀이 맺히기 시작한다. 사람들이 더위에 지칠 대로 지치고 나서야 히미코가 들어섰다. 모든 사람들이 일어섰다. 히미코 뒤로 노사미와 와타나베가 보였다. 자리에 앉아 있던 의후가 히미코에게 다가간다. 와타나베는 수우의 옆으로 다가와 그녀에게 한 번 웃어주고는 금세 히미코에게 고개를 돌렸다. 수우는 눈을 감았다. 오라버니는 항상 그 모양이었다.

예식이 진행되는 동안 와타나베는 히미코만을 바라보았다. 변함없이. 히미코, 이 모든 게 히미코 탓이었다. 입궁한

후, 아니 히미코를 만난 후 와타나베는 변했다. 수우에게조차 한 번도 주지 않았던 히나 인형(히나마츠리라는 여자아이의 성장을 축하하고 행복을 기원하는 일본의 전통행사에서는 아이에게 인형을 선물한다. 헤이안시대 초기에 탄생해 에도시대에 인형을 장식하는 행사로 자리잡았다)을 구해달라고 할 때부터 눈치챘다. 다른 사람에게 부탁하기 껄끄럽다면서 수우에게 처음으로 했던 부탁이었다. 수우가 받은 히나 인형 중 하나를 달라고, 히미코가 부러운 눈으로 인형을 바라보더라고. 그날 집으로 돌아간 수우는 히나 인형들의 머리를 모두 부수어버렸다. 히미코만 없었더라면……. 수우는 자신도 모르게 이를 갈았다.

전장까지 찾아갔었다. 날아다니는 화살을 피하며. 아버지의 군대 옆을 지날 때는 다카미의 딸로서, 왕군 옆을 지날 때는 와타나베의 여동생으로서. 하지만 와타나베는 싸늘한 얼굴로 수우를 맞았다. 수우는 미친 사람처럼 매달렸다.

"왜 깨닫지 못하십니까? 전하께서는 아마테라스 오미카미라 하셨습니다. 태양은 밝고 빛나 아름다워 보이지만 손댈 수는 없는 존재입니다. 손에 잡을 수도 가질 수도 없는 것이 태양입니다. 만약 잘못해 가까이라도 가면 그 뜨거운 열기에 몸이 전부 불타버릴 수도 있는 존재입니다. 오라버니 따위는 삼켜버릴 수 있는 존재란 말입니다."

수우는 엉엉 울면서 매달렸다. 하지만 와타나베는 그녀의 손을 냉정하게 뿌리쳤다. 차라리 와타나베가 히미코를 차지했더라면 오히려 행복할 것 같았다. 와타나베라도 행복했다면 견딜 수 있었을 것이다. 하지만 와타나베도 행복하지 못했다.

수우는 히미코를 바라보는 와타나베의 모습이 보기 싫어 고개를 돌렸다. 어차피 영원히 히미코만 바라보지는 않을 것이다. 언젠가는 지칠 것이다. 반대편에는 신하들이 모두 고개를 조아리고 서 있었다. 늙은 신하들은 오후의 태양에 연방 땀을 닦아내느라 바빠 예식에는 관심도 없었다.

오직 한 사람만이 예식을 지켜보고 있었다. 얇은 천 뒤의 눈이 반짝인다. 흉한 얼굴을 천으로 가린다고 될까? 여름에 천까지 뒤집어쓴 노사미가 답답하다. 수우는 노사미의 시선을 따라갔다. 히미코에 대한 충성심이 대단하다고 하는데, 히미코를 바라보는 것일까? 감히? 왕의 얼굴을 보면 불에 타 죽는다고 했는데. 물론 수우는 믿지 않았다. 바로 옆에 그 증거가 서 있으니까. 항상 히미코를 바라보는 와타나베가 그것이 거짓임을 증명했다.

수우는 입술을 깨물었다. 노사미가 바라보고 있는 사람은 의후였다. 입가에 미소가 스쳤다. 생각보다 일이 수월할 모양이다.

히미코와 원수지간인 노사미였다. 히미코에 의해 아비를 잃은 공통분모까지 있었다. 수우는 노사미가 자신을 향해 시선을 돌리자 미소를 띠며 고개를 숙였다. 노사미는 마주 보고 고개를 숙이며 어색해했다. 자신의 신분을 아무도 눈치채지 못하고 있으리라 생각하고 있을 터였다. 하지만 수우는 한 번 본 얼굴을 절대 잊는 법이 없었다.

어느새 신에게 혼인을 고하는 예식이 끝나고, 히미코와 의후가 같이 걸어오고 있었다. 수우는 와타나베의 꼭 쥔 두 손이 바들거리는 것을 보았다. 아버지를 죽일 때도 그랬을까? 수우는 재빨리 그 생각을 접었다. 울컥, 넘어온다. 도성에 높이 걸린 아버지의 목을 보았을 때처럼. 피비린내가 수우의 곁을 맴돈다. 피를 몰고 다니는 사람, 그게 바로 히미코였다. 곁에 있는 사람을 모두 죽게 만드는 사람, 그 사람이 바로 히미코였다. 수우는 손으로 입을 막았다. 정말 피비린내가 나는 것 같다. 히미코가 바로 옆을 지나가고 있었다.

수우는 히미코의 옷을 보며 얼굴을 찌푸렸다. 검붉은 오스이. 생각에 빠져 있느라 히미코가 입은 옷이 혼례식용이 아니라는 것도 눈치채지 못하고 있었다. 도대체 이 혼례식은 어떻게…… ? 욱, 하는 소리에 옆을 보니 대왕대비도 입을 막고 있다. 정말 역한 냄새가 났다. 상상이 아니었다.

수우는 히미코의 오스이를 뚫어지게 바라보았다. 얼룩덜

룩한 옷은 바짝 말라 있었다. 히미코가 걸을 때마다 뭔가가 떨어져내린다. 수우는 눈을 가늘게 떴다. 핏덩어리였다. 까맣게 굳은 핏덩어리. 피로 물들인 오스이, 수우는 입술을 깨물었다. 아버지의 피로 물들인 오스이……

수우는 자신도 모르게 울컥, 토해낸다. 황록색 토사물이 손등을 타고 흘러내렸다. 순식간에 뜰 안 가득 신 냄새가 퍼졌다. 와타나베가 그녀를 붙잡았다. 히미코와 의후는 벌써 신전 밖으로 나갔을 터였다.

"더위 먹은 모양이구나. 좀 앉아라."

와타나베는 걱정스런 눈으로 수우를 바라보았다. 수우는 자신을 바라보는 와타나베가 좋아서 부끄럼도 모르고 토해 냈다. 노사미가 다가오는 것이 보였다. 수우는 울컥, 울컥 토해 냈다. 노사미가 다가오고 있었다. 그녀에게로.

2

수인은 아마가시가 방으로 들어올 수 있도록 문을 열어주었다. 아마가시도 이제는 늙었는지 조금만 힘든 일을 하면 쉬이 지쳤다. 수인은 차가운 물잔을 아마가시의 손에 쥐어주었다. 헉헉대는 모양이 보기 괴로웠다. 하지만 아마가시는 황송한지 눈물까지 글썽인다. 이래서 아마가시를 심복으로 쓰는 게지.

"그래, 오늘은 어떤 궁녀를 불렀다고 하더냐?"

수인의 물음에 아마가시는 좀 더 다가온다.

"혹시……?"

수인은 설마 하며 물었다. 아마가시는 고개를 저었다.

아이는 혼례식을 치른 뒤에도 의후와 합방을 하지 않았다. 정사가 바쁘다는 둥 합궁일이 좋지 않는다는 둥 핑계를 대면서. 아이의 핑계가 없는 날이면 의후에게서 핑계가 나왔다(왕과 왕후의 합궁은 길일을 받아 이루어졌다. 이런저런 이유로 합궁해서는 안 되는 날을 빼면 한 달에 하루도 안 되는 경우도 있었다고 한다). 수인은 이맛살을 찌푸렸다. 대체 둘 다 무슨 수작인지. 오늘 아침 문안 때는 그 일로 아이와 언성을 높이며 싸웠다. 하지만 아이는 끄덕도 하지 않았다.

"그러다 구다라 왕자가 의심이라도 하면 어쩌실 겁니까?"

수인의 말에 아이는 코웃음을 쳤다.

"무슨 상관입니까? 어차피 치를 전쟁인 것을."

"지금 전쟁이 일어난다면 무조건 우리나라가 질 것입니다. 아직 준비할 시간이 더 필요합니다. 만약 구다라에 우리의 움직임이 수상하다는 전언이라도 보내면……."

"그래서요? 자존심이 있는 인간이라면 구다라에 그런 전언을 띄우겠습니까? 하긴 그것도 좋겠군요. 제가 보낼까요?

그런 전언?"

수인은 뭐라도 집어던지고 싶은 것을 참느라 혼이 났다.

"혼인까지 한 여자 하나를 취하지 못했다고 울며불며 구다라 왕에게 이른다면 그 꼴도 참 보기 좋을 것 아닙니까?"

아이는 뭐가 그리 재미있는지 깔깔거리다 심각한 표정으로 물었다.

"제가 왕위에 올랐을 때 가장 실망한 이들이 누구인지 아십니까?"

수인은 순간 얼굴을 찌푸렸다. 다카미? 아니면 와타나베 이야기일까? 하지만 아이는 수인의 심각한 얼굴에 푸우, 하고 웃음을 터뜨렸다.

"바로 궁녀들입니다. 후궁조차 꿈꾸지 못하게 되었으니 얼마나 안타까웠겠습니까? 그나마 구다라 왕자가 매일 밤 궁녀들을 위로해주니 다행이지요. 궁녀들도 백성들입니다. 제가 보살펴야 할 자식이지요. 이렇게 백성을 위하는 왕을 본 적 있으십니까?"

수인은 그 깔깔거리는 웃음소리가 들리는 것 같아 눈을 번쩍 떴다. 아마가시의 얼굴이 바로 앞에 있었다. 이런, 이런. 또 이 모양이군. 그 아이 생각만 하면 꼭 이랬다. 바로 눈앞에 뭔가를 두고도 아이 생각에 바들바들 떨었다. 아마가시는 어리둥절해서 눈을 깜박인다. 수인은 헛기침을 하며 목을 가

다듬었다.

"오늘 구다라 왕자의 처소에 든 궁녀는 누구라고 했느냐?"

히미코와의 합방을 피하는 의후는 하루가 멀다 하고 궁녀를 처소에 끌어들였다.

"그것이…… 노사미라고 전하의 심복입니다."

"노사미?"

"예. 전하께 먼저 아뢰더군요. 아무래도 의후가 수상하니 한번 알아보는 것이 좋겠다고, 자신이 희생을 하겠다고 하더군요."

"그으래?"

단순한 충성심일까? 생각할 틈도 없이 아마가시가 다가온다.

"매일 밤 궁녀들이 바뀌니 궁금할 만도 하시지요."

그렇게 잘난 척을 하더니. 수인은 코웃음을 쳤다. 그래도 혼례식을 올린 사이니 신경은 쓰였나보군. 그러면 그렇지. 여자인데.

의후의 처소에 들었던 궁녀들은 하나같이 입을 꼭 다물었다. 더 이상 캐묻기도 우스웠다. 그래서 어제 자신의 처소에 있던 궁녀 하나를 들여보냈다. 궁녀는 의후가 그 아이에 대해 묻기 바빴다고 했다. 그러니 궁녀들이 입을 열 리가 있나. 자존심이 있는 인간이라면 입을 다무는 것이 당연하지.

그 아이에 대해 물었다? 수인은 혀끝으로 이를 쓸었다. 전쟁에 대비한 정보수집일까? 하지만 의후가 아이를 바라보는 눈길이 심상치 않았다. 구다라에서 가깝게 지내던 사이일까? 둘 다 구다라 궁에서는 내돌려지는 인간들이었을 테니 가능성이 없지는 않았다. 수인은 이맛살을 찌푸렸다. 아이를 구다라에 버려두고 잊어버렸던 게 후회스러웠다. 구다라에 있을 때의 행적을 알 수 있다면 조금 도움이 되련만……

"도대체 왜 그리 합방을 미루는 건지."

수인은 짐짓 혀를 찼다. 이유를 알면서도, 그 이유를 만들어준 게 자신이었는데도 모른 척하고 싶었다. 자신이 꾸민 일인데도, 그렇게 오랜 시간이 흘렀는데도 아이만 보면 입에 담기도 싫은 그날 밤의 기억이 밀려와 치가 떨렸다.

"아마도 세자저하 때문이겠지요. 워낙 두 분 사이가 좋으셨으니."

누구나 쉽게 추측할 수 있는 이유에 수인은 입을 다물었다. 그제야 와타나베도 이유가 될 수 있겠구나, 하는 생각이 들었다. 꼭 내 탓만은 아니야. 수인은 자신을 위로했다. 나도 아들을 잃었어. 수인은 그렇게 변명했다. 비록 친어미를 부정하면서까지 왕위를 탐냈던 다카미였지만 자식이었다. 수인은 아픈 기억을 몰아내려 아마가시에게 물었다.

"정말 그렇게 생각하느냐?"

"그거야 왕궁에 있는 사람이라면 다 알고 있는 게 아닙니까? 도대체 왜 세자저하와 전하의 혼인을 반대하셨습니까? 오히려 좋은 일 아닙니까? 전하의 뒤를 세자께서 든든히 받쳐주실 수 있었을 겁니다. 게다가 왕실의 핏줄로 대를 이을 수도 있었을 거구요."

"천민의 피를 물려받은 반쪽짜리 손자를 왕으로 만들란 말이냐?"

순간 아마가시가 굳는다. 수인의 말을 알아들은 모양이었다. 수인이 오히려 더 놀랐다. 왕궁 생활 몇십 년에 아마가시도 눈치가 생기는 모양이었다.

"그럼 전하를 죽이……."

아마가시는 멈칫하다가 말을 바꾼다.

"그러면 왜 전하께 왕위를 물려주신 겁니까?"

수인은 푸우, 웃음을 터뜨린다. 아마가시는 또 눈알을 굴린다. 하나는 알고 둘은 모르는 아마가시. 독립이 성공한다면 히미코만 죽이면 간단한 일이었다. 하지만 독립이 실패로 끝날 경우도 생각해야 했다. 물론 그때도 히미코만 죽으면 해결될 것이다. 독립전쟁을 일으킨 전범을 죽인다면 구다라에서도 다른 말은 못하리라. 어쨌든 와타나베는 왕위에 오를 것이고 수인으로서는 손해날 것 없는 장사였다.

"알면 머리만 아플 것이야. 모르는 게 약이라고 하지 않더냐? 그래, 노사미가 의후의 침소에 들었다고?"

"예. 아무래도 그 궁녀가 구다라 왕자에게 맘이 있는 것 같습니다. 보는 눈길이 심상치 않습니다. 오늘 일만 해도 그렇고요. 비록 조심스럽게 이야기를 꺼내긴 했지만……."

기특한 아마가시. 다시 묻지 않고 묻는 말에만 대답한다.

"그때 전하의 표정이 어땠느냐?"

"글쎄요. 워낙 감정을 드러내지 않는 분이시라."

아마가시는 머리를 긁적였다. 수인은 그런 아마가시를 보며 고개를 내저었다. 다음부터는 내가 직접 가든지 해야지, 이거야 원. 노사미가 먼저 이야기를 꺼냈다?

수인은 하늘을 향해 고개를 들었다. 하지만 보이는 건 누런 천장뿐이다. 하늘의 뜻이 그렇다면 별수 없겠지. 하지만 조금 골치 아픈 일이 생길 것 같군. 노사미라……. 아무래도 뒷조사를 좀 해봐야겠군.

수인은 짐짓 한숨을 내쉬었다. 아이의 과거에 대해 알고 있는 궁녀들을 죽이고 나서 급히 뽑은 궁녀였다. 인간을 가려 쓸 줄 아는 힘을 기르라고 직접 뽑으라고 했었다. 하지만 아이는 모자란 인간들만 잔뜩 뽑았다. 도저히 두고 볼 수 없는 얼굴의 노사미, 육손인 스진……. 처음 궁녀들을 보고 수인은 코웃음을 쳤다. 왕궁이 병신들의 집합소 같다는 생각에. 하지만 아이의 선택은 틀리지 않았다. 그 궁녀들은 히미코에게 몸과 마음을 다 바쳤다. 아마가시가 아무리 꼬여도 넘어오지 않았다. 그중에서도 노사미는 가장 뛰어난 능력의 소유자였다.

수인은 다시 한숨을 내쉬었다. 예상 밖의 일들이 일어나고 있었다. 하지만 어차피 모든 운명은 자신의 손 안에 있었다. 아직까지는.

3

히미코는 머리를 감싸안았다. 아무리 생각지 않으려고 해도 자꾸 의후의 얼굴이 떠오른다. 혼례식 전날, 먼발치에서 의후를 본 순간 놀라서 굳어버렸다. 처음에는 헛것이라 생각했다. 눈꺼풀에 새겨진 의후가 공기를 떠돈다고 생각했다. 하지만 아니었다.

와타나베는 아무렇지도 않게 웃었다.

"구다라의 세자는 의후왕자가 죽었다 했습니다. 그래서 전하께 그리 전했지요. 구다라에서 돌아오고 몇 달 후 의후왕자가 살았다는 걸 알았습니다. 아마 왕족들 모두가 알고 있을 겁니다. 상구지가 독립전쟁에서 패한 것이 의후왕자 때문이었으니까요. 그 사실이 전하께 중요한 일이었습니까?"

그렇게 말하는 와타나베의 눈빛은 전혀 흔들리지 않았다.

한 번도 말하지 않았으니까 모를 수 있었다. 와타나베는 그녀에게 그리 잔인한 짓을 할 사람이 아니었다.

모든 게 그녀의 탓인 것만 같았다. 의후가 살아오길 기대했던……. 네가 사는 이유에 나라는 이유를 덧붙여줄래, 의후의 그 말에 매달려 여기까지 올 수 있었다. 하지만 이젠 의후를 놓아야 했다. 그래서 피로 물들인 오스이를 입었다.

하지만 의후의 반지를 낀 채였다. 의후의 심장이라 여기며 한 번도 빼지 않았던 검붉은 반지……. 헐거워 손가락에서 빙빙 돌던 반지는 어느새 히미코의 손가락에 꽉 끼어 빠지지 않았다. 톱으로 잘라내는 것은 너무 위험했다. 그렇게 변명하며 반지를 빼지 않았다. 피로 물들인 오스이를 입는 것만으로도 충분하리라 생각했다.

하지만 의후의 옆에 선 순간, 의후의 숨소리를 듣는 순간 오스이의 피비린내가 사라져갔다. 심장은 미친 듯 뛰고, 머릿속은 의후로 가득했다. 두려울 정도로. 그래서 혼례식이 끝나자마자 도망쳐버렸다.

의후를 생각할 때마다 와타나베의 말이 울렸다. 꿈이란 이유를 알 수 없는 거라고 하던……. 히미코는 고개를 저었다. 꿈? 그녀의 꿈은 왕이었다. 왕에게 다른 꿈은 허락되지 않았다.

오늘은 노사미가 의후의 처소에 들겠지. 히미코는 쓸쓸하게 웃었다. 궁녀들은 의후의 처소에서 어떤 말이 오갔는지 결코 발설하지 않았다. 서로 시시덕거리며 얘기할 만도 하건만 전혀 오리무중이었다. 혹시라도 투기한다는 말을 들을까 궁녀를 데리고 와 족칠 수도 없는 노릇이었다.

의후의 처소에 들고 싶다고 청하는 노사미의 턱은 살며시 떨렸다. 노사미는 명암이 분명하며 분연히 이기적인 성격이었다. 그 정도로 충성을 바칠 만한 인물은 아니었다. 다른 궁녀들처럼 노사미도 의후에게 첫눈에 반한 걸까? 어차피 무슨 상관이 있겠는가? 노사미가 의후를 좋아하든 아니든 히미코는 원하는 정보만 얻으면 그만이었다.

하지만 날이 갈수록, 의후의 처소에 드는 궁녀의 숫자가 늘어갈수록 자꾸 가슴이 아팠다. 밤이 깊어오면 고통도 자꾸 커졌다.

'이젠 다른 꿈을 꿀 수 있을 것 같습니다. 이젠 왕위가 아닌 당신을 꿈꾸고 싶습니다. 이 서신을 보신다면 꼭 저를 데리러 와주시길 바랍니다.'

더 이상 쓸 힘도 없었다. 자운세자의 말이 거짓이길 기도하며 쓴 서신이었다. 짧은 서신의 텅 빈 공간을 눈물로 채웠다. 하지만 의후는 히미코를 데리러 오지 않았다. 살아 있는데도 불구하고……

잘된 일이야. 히미코는 자신에게 되뇌었다. 어차피 원수가 될 사이니까. 하지만 변명이라도 듣고 싶었다. 히미코는 한 숨을 내쉬며 고개를 저었다. 오늘밤은 덴무와 만나기로 한 날이었다. 엉뚱한 생각 따위는 몰아내야 했다.

스승님께 가서 백성들의 동태를 전해 들으면 좀 나아질 거야. 히미코는 한숨을 내쉬며 일어섰다.

4

의후는 노사미의 손을 잡았다. 촛불에 노사미가 뒤집어쓴 푸른 천이 나풀거렸다. 얇은 천 사이로 보이는 얼굴이 소름 끼칠 정도였다. 하지만 히미코의 심복이었다.

혼례식 날, 히미코는 고개조차 돌리지 않았다. 의후 쪽으로는 눈길 한 번 주지 않았다. 반가워할 줄 알았다. 하지만 히미코는 그를 모른 척했다.

대체 이게 무슨 짓이람. 혼인까지 한 여자에 대해 알아내려고 궁녀 따위나 끌어들이다니. 결국 의후는 노사미의 손을 놓고 도망치듯 나오고 말았다.

왜는 여름이 이른지 벌써 날씨가 후덥지근했다. 꽤 어둑어둑해졌는데도 매미소리가 시끄럽다. 발길은 저절로 대전 쪽으로 향한다. 히미코는 아마 오늘도 늦은 시간까지 대전에서 정사를 보리라.

사로는 매일 핑계거리를 찾아냈다. 히미코와의 만남은 힘들게만 보였다.

"차라리 다행입니다. 구다라 관습으로만 따져도 달포에 한 번 있을까 말까 한 합방일인데 왜의 관습까지 지키려면 너끈히 몇 달은 버틸 겁니다. 그러니 그사이 어떻게든 틈을 찾아 이 나라를 집어삼킬 궁리를 하셔야 합니다. 일단 궁녀들을 이용해 궁 안의 동정부터 파악해야 합니다."

사로는 매일 궁녀를 들였다. 의후도 거절하지는 않았다. 하지만 정말 이상하게도 제각기 다른 궁녀들의 얼굴 위로 히미코만 어른거렸다. 사로의 닦달에 왕실에 관해 이런 질문, 저런 질문을 하며 궁녀들과 시간을 때웠다. 하지만 왜 왕실을 무너뜨릴 약점을 찾기보다는 히미코에 관한 호기심에 채우기 바빴다.

혼수로 가져온 비단을 바닥에 깔고, 피로 물들인 옷을 입고 혼례식을 치른 여자. 바보라도 알 수 있었다. 그게 어떤 의미인지. 의후는 고개를 갸웃했다. 정말 구다라에서 독립을 하고 싶어하는 걸까? 하지만 의후가 궁금한 건 그게 아니었다. 날 기억하고는 있을까? 그동안 어떻게 살았을까?

문이 열리는 소리에 의후는 몸을 날려 구석에 숨었다. 하지만 히미코의 모습을 보는 순간 풋, 하고 웃음이 터져나왔다. 히미코는 잠행할 모양인지 남장을 했는데, 워낙 가녀린 몸이라 한눈에 봐도 여자라는 것이 드러났다. 히미코는 여기저기 힐끔거리며 대전을 나섰다. 그리고 의후는 몰래 그 뒤를 따랐다.

항상 왕이 되기 위해 노력하셨습니다. 민가 굴뚝에 연기가 나지 않는 것을 보고 주저앉으셨습니다. 자식이 굶는데 어찌 어미가 배불리 먹고 살았단 말인가, 탄식을 하시면서요. 그래서 그 후로 세금을 걷지 않고 있습니다.(세계 최대의 능묘에 묻힌 닌토쿠 천황의 일화로『일본서기』에 실려 있다.) 냉정하신 분입니다, 하지만 백성들에게는 따뜻하신 분이지요. 위대한 왕이십니다…….

궁녀들이 해준 이야기가 맴돈다. 다른 건 생각지 않는다는 히미코. 왕만 생각한다는 히미코. 그에게는 너무 낯선 히미코.

"누구냐?"

의후가 생각에 빠진 사이, 히미코의 칼이 의후의 목을 겨누고 있었다. 보기보다 빠르군. 의후는 코웃음을 쳤다. 이렇게 가는 손목 따위로 어떻게 덤빌 생각을 했을까? 조금만 세게 잡아도 부러질 것처럼 가는 손목이었다. 그는 슬그머니 물러서며 물었다.

"당신이야말로 어딜 그렇게 가는 거야?"

히미코는 어둠 속에서 눈을 가늘게 떴다. 의후가 누군지 알아보지 못했던 모양이다. 히미코는 당신, 이라는 말을 내뱉으며 얼굴을 잔뜩 찌푸리더니 칼을 치웠다.

"어딜 가든 당신이 무슨 상관이야?"

교묘한 하대였고 평민의 말투였다. 하지만 이상하게도 기분 좋은 말투였다. 히미코가 존대를 하지 않는다면 그도 할 이유가 없었다.

"그림자도 없이 어딜 가려는 게 이상해서 묻는 거야. 그림자 몰래 어딜 가는 거지?"

"그림자?"

"공식적인 신분은 세자라더군. 세자라는 사람이 어떻게 매일 왕 뒤만 졸졸 따라다니는지. 대신들한테 명을 전하는 것도 세자가 한다면서? 세자가 그런 심부름이나 하다니 우스워(여왕 히미코는 남동생을 통해 자신의 명을 전달했으며, 신비한 폐쇄상황적 공간에 머무르고 있었다고 한다)."

히미코의 표정이 싸늘해졌다.

"함부로 말하지 마. 우리나라의 세자야."

사로의 말이 맞는 걸까? 궁녀들은 눈물까지 글썽이며 세자와 왕의 사랑을 이야기했다. 그 이야기에서 의후는 악역일 수밖에 없었다. 하지만 히미코의 이야기에서도 그런 걸까? 의후는 히미코의 뒤를 따랐다.

"잠행하는 건가? 너무 무책임한 행동이라고 생각하지 않아? 당신은 이 나라 왕이잖아. 그런데 이렇게 자신을 위험에 노출시켜도 괜찮은 건가?"

히미코는 모른 척 계속 걸었다. 마치 의후 따위는 옆에 없다는 듯이 앞만 보고서. 그래서 의후도 모른 척 계속 걸었다. 히미코가 빨리 걸으면 그도 빨리 걸었고, 히미코가 걸음을 늦추면 그도 천천히 걸었다. 히미코 옆에 바짝 붙어서. 궁 밖으로 나와 한참을 말없이 걷기만 했는데도 지루하지 않았다. 워낙 키 차이가 많이 나서 얼굴은커녕 정수리만 보여도 좋았다. 그런데, 정수리?

"당신 키!"

의후가 자신도 모르게 소리치자 히미코가 고개를 돌렸다.

"분명히 혼례식 때는 나랑 거의 맞먹을 정도였는데 오늘은 어깨밖에 안 오잖아. 어떻게 된 거지?"

히미코는 픽, 웃었다.

"내가 대답해주면 궁으로 돌아갈 거야?"

의후는 고개를 가로저었다.

"그놈의 궁에만 박혀 있었더니 골이 다 쑤실 지경이라고. 당신도 좀 걱정되고."

어휴, 라면서 어쩔 수 없다는 듯 자신을 바라보는 히미코는…… 아름다웠다. 뜨겁던 대지의 열기가 가신 초여름 밤, 사르르 부는 바람에 흩날리는 머리카락. 달빛이 녹아든 것처럼 투명한 피부. 하지만 불행히도 그렇게 아름다운 히미코는 의후가 넋이 나간 동안 벌써 저만치 가버렸다. 의후는 다시 히미코 옆으로 뛰어갔다.

"어떻게 키가 그렇게 늘었다 줄었다 하는 거야?"

히미코의 눈에 풋, 하고 웃음기가 돌았다.

"비밀은 리(신발)야. 밑에 두꺼운 나무토막을 대서 굽을 높였거든, 이라고 대답하면 왜냐고 물을 거지?"

의후는 고개를 끄덕였다.

"대신들은 남자니까 대부분 나보다 키가 크거든. 나이도 어린데 키까지 작으니 아무래도 위압감을 주기 힘들잖아. 그래서 신발굽을 높게 만들었어."

그렇게 작은 것까지 고려하다니 맘에 들지 않았다. 히미코는 사라지고 왕만 남은 것 같았다.

"머리 좋네. 하지만 그러지 않아도 여자로서는 충분히 큰 키야. 근데 언제 그렇게 키가 컸어? 옛날엔 굉장히 작았잖아."

"키에 대해서 생각 안 하니까 콩나물처럼 쑥쑥 자라더라고."

무심결에 말을 내뱉고 히미코는 눈을 질끈 감았다. 하지만 의후는 벌어지는 입을 다물 수 없었다. 그럼 그렇지, 기억하고 있었다. 그를 기억하고 있었다는 사실만으로도 목소리가 높아졌다.

"기억하고 있군."

"그래서? 난 원래 기억력이 좋은 편이야. 당신이 원하던 대답을 해줬으니 나도 질문 하나만 하자."

"뭐가 궁금한데?"

의후는 신나서 물었다. 궁금한 게 있다는 건 관심이 있다는 뜻이었다.

"아영이는?"

의후는 놀라서 고개를 홱 돌렸다. 잊고 있었다……. 아영도, 어머니도, 왕도, 왕위까지도……. 히미코를 본 순간 잊어버리고 말았다. 그 사실에 화가 나 의후는 잔인하게 내뱉었다.

"독, 살, 당했어."

히미코의 눈이 흔들렸다. 복잡한 눈은 하늘을 향하더니 한참을 머물렀다. 그리고 히미코는 의후의 손을 잡았다.

5

노사미는 여자의 콧물이 질질 흘러 입으로 들어가는 것을 보지 않으려 고개를 숙였다. 벌써 반나절째 이 모양이다. 하도 울먹여 무슨 소린지 도통 알아들을 수도 없는 말을 주저리주저리 내뱉는 꼴도 지겨웠다.

처음에 히미코가 백성들의 탄원을 들어주라고 명했을 때는 멋모르고 좋아했다. 하지만 이젠 이 짓도 지겨웠다. 청원을 위해 찾아오는 백성들의 숫자가 늘어갈수록 짜증도 늘어갔다. 그래도 처음에는 당당하게 제도개혁을 요구하거나 관리의 횡포를 고발하는 내용이 있었는데…… 이젠 소소한 불평이나 들어주는 것이 고작이었다.

노사미는 여자의 말에 건성으로 고개를 끄덕여주고 있었다. 괜히 내쫓았다가는 히미코에게 무슨 소릴 들을까 겁났다. 히미코는 매일 당부했다. 아무리 별 볼일 없는 내용이라도 끝까지 잘 들어주라고. 어디 그것뿐인가? 대왕대비 쪽이나 의후 쪽에도 항상 주의를 기울여달라고 부탁했다. 게다가 왕조실록인지 뭔지를 만든다고 난리법석이었다. 노사미만 죽어났다. 부려먹을 수 있는 데는 모두 부려먹을 모양이었다.

그, 그 사람이, 꺼억꺼억, 제 아비를, 꺼억꺼억, 죽였습니다.

노사미는 놀라서 고개를 들었다. 뭐라고? 자신도 모르게 입 밖으로 말이 나간 모양이었다.

"예?"

여자는 놀라서 고개를 들었다.

"지금 방금 그 사람이 네 아비를 죽였다고 하지 않았느냐?"

"예?"

여자는 황당하다는 듯 눈물을 멈추었다. 제기랄, 노사미는 입술을 깨물었다.

"미안하구나. 내가 잘못 들은 모양이다. 뭐라고 했지?"

"제 부탁을 들어주실 수 있냐고 물었습니다."

부탁? 무슨 부탁? 짐작도 할 수 없었다. 노사미는 한숨을
내쉬었다. 여자가 나가자마자 노사미는 밖으로 나왔다. 하루
종일 좁은 방 안에 갇혀 있었더니 답답해서 숨을 쉴 수가 없
을 지경이었다. 노사미는 힘껏 공기를 들이마셨다. 그래 봤
자 미지근한 여름 공기였지만. 벌써 삼일째 그 모양이었다.
도대체 집중을 할 수가 없었다. 물론 청원을 하러 오는 사람
들의 사정이 지루한 것도 사실이었다. 하지만…… 그 말이
자꾸 머릿속을 헤집는다. 그분이 제 아비를 죽였습니다.

수우는 얇은 비자색(『삼국사기』에 따르면 백제에서는 자색 옷
을 왕 이하 6품 이상만 입을 수 있었다고 한다) 천을 얼굴에 둘렀
다. 히미코의 즉위식 이후 처음이었다. 수우는 그날 많이도
게워냈다. 혼례식이 더 이상 망쳐지지 않길 원해 다가갔던
것뿐이었다. 하지만 수우는 많이도 고마워했다. 그래서 그날
일을 감사하러 온 줄 알았다.

하지만 수우는 모르는 척 노사미에게 절을 했다. 혹시나
착각했을까? 그저 수우와 비슷한 얼굴일까? 하지만 비자색
이었다. 노사미는 얼굴을 찌푸렸다. 절을 하고 나서 얌전히
앉은 수우는 노사미와 눈을 맞추지 않았다. 그리고 무심한

말투로 입을 열었다. 그분이 제 아비를 죽였습니다. 노사미는 숨을 멈췄다.

"그분이 제 아비를 죽였습니다. 그리고 제 아비의 목을 도성 높은 곳에 걸었지요. 꾸물거리는 구더기는 매일 늘어만 가더군요. 검붉은 피가 햇빛에 빛났지요. 통통하게 살이 오른 구더기와 함께. 까마귀는 아비의 눈을 파먹었습니다. 다행이었지요. 봄이라 그래도 먹을 게 많았던지 까마귀는 눈만 파먹었으니까요. 하지만 그렇지 않았습니다, 당신의 아비는……."

수우는 바들바들 떠는 노사미를 보며 말을 이었다. 차분하고 냉정한 어조가 히미코와 닮아 있었다.

"초겨울이었지요. 당신 아비의 목이 내걸렸을 때는. 푸석한 까마귀들은 반가워했습니다. 갈아엎은 땅에서는 곡식 낱알 하나 찾을 수 없었을 테니까요. 그랬습니다. 누런 **뼈**에 말라붙은 검붉은 핏덩어리까지 쪼아댔지요. **뼈**에 구멍이 숭숭 뚫릴 때까지. 당신은 보지 못했겠지요. 도성에서 멀리 도망가 있었을 테니. 하지만 그 겨울 내내 우리는 그 모습을 보았답니다."

노사미는 숨을 쉬려고 노력했다. 헉헉, 헉헉. 수우는 그런 노사미를 뚫어지게 바라보았다.

"도대체 왜 그 이야기를 나에게 하는 겁니까? 왜? 도대체 왜?"

수우는 황금 덩어리 하나를 꺼냈다. 그리고 노사미 앞으로 툭 던졌다.

"이것이 전 재산입니다."

노사미는 푸른빛의 천을 얼굴에 두르고 있었다. 그래서일까? 수우의 얼굴은 붉으면서도 푸르러 보였다. 마치 지기 전의 태양처럼.

노사미는 황금을 도로 수우에게 던졌다. 하지만 수우는 거절을 받아들이지 않았다. 그리고 말했다. 언제든 맘이 바뀌면 연락하라고. 언제든……

매미소리가 너무 시끄럽다. 고막이 터져버릴 정도로. 나무들을 전부 불태워버리고 싶을 지경이다. 하늘을 올려다보니 벌써 히미코에게 보고하러 가야 할 시간이었다.

노사미는 안코를 불렀다.

"가서 물 한 그릇을 가져오너라."

안코는 뒤뚱거리면서 달려나갔다. 히미코가 부리라고 준 궁녀였다. 하지만 노사미는 의심스러웠다. 굳이 마다했건만 히미코는 기어이 안코를 보냈다. 혹시 그녀를 감시하려는 것은 아닐까? 후우, 이게 모두 수우의 이야기 때문이다. 이제껏 내가 얼마나 충성을 다했는데, 히미코는 아무것도 몰라.

안코는 물그릇을 놓고 물러갔다. 노사미는 거울을 바라보았다. 시간이 흐를수록 흉터는 깊어만 가는 걸까? 아니면 단지 내 생각일까?

노사미는 분과 물을 적당한 비율로 섞어 반죽해 얼굴에 발랐다. 질펀한 반죽은 깊숙한 흉터를 잘도 파고들었다. 하지만 아무리 분을 두껍게 발라도 예전처럼 아름다운 피부는 아니다. 죽은 사람의 이를 어렵게 구해 박은 앞니도 영 서툴게 보였다. 노사미는 한숨을 내쉬었다. 그래도 의후는 그녀의 손을 잡아주었다. 금세 말도 안 되는 변명을 하며 뛰쳐나가긴 했지만.

후덥지근한 날씨에 얼굴에 땀이 맺혀 흘러내린다. 화장이 지워지면 안 되는데. 노사미는 되도록 나무 그늘을 따라 대전으로 가면서 빌었다. 의후와 우연이라도 마주칠 수 있었다. 그러면 조금이라도 나은 모습이고 싶었다. 대전에 도착하니 스진이 고개를 숙인다.

"전하께서는 아직 취침 중이십니다."

노사미는 그늘을 찾았다. 하지만 대전 뜰에 그늘은 없었다. 히미코는 암살 위험 때문에 대전에 있는 나무들을 모두 베어버렸다. 그야말로 허허벌판이었다. 노사미는 결국 나무 그늘을 찾아 대전을 나왔다. 그늘로 오니 그래도 조금은 살 것 같았다.

노사미는 얼굴에 두른 천을 들어올렸다. 아무리 솜씨 좋은 직조공도 이 이상 얇게 천을 짤 수는 없을 거라 했다. 그래도 더웠다. 얼굴로 바람이 밀려들었다. 하지만 노사미는 금세 천을 내렸다. 언제 어디서 의후를 만날지 모르는 일이었다. 그때 의후가 나타났다. 꿈인지 생시인지 구분할 수가 없었다. 그래서 그저 의후를 바라보기만 했다.

노사미의 시선이 느껴졌는지 의후가 고개를 돌렸다. 노사미는 고개를 숙였다. 의후는 그런 노사미를 향해 씩 웃어주었다. 천 사이로 바람이 뚫고 들어오는 것 같다. 끈적거리던 피부가 보송보송 되살아난다. 노사미는 걸어가는 의후의 뒷모습을 바라보았다. 벌어진 어깨는 넓어 보였다. 그녀가 기대도 끄덕없을 것 같았다. 노사미는 자신도 모르게 의후를 따라갔다.

의후는 스진에게 물었다.

"전하께서는?"

"아직……."

스진의 대답이 끝나기도 전에 의후는 대전을 나가버렸다. 스진은 의후의 뒷모습을 보면서 킥킥 웃었다.

"무슨 일이냐? 뭐가 그렇게 우스워?"

"아무래도 저분께서 전하께 푹 빠지신 것 같습니다."

식은땀이 등을 타고 흘렀다.

"뭐?"

"모르셨습니까? 어제 잠행하는 길에 같이 가셨나봅니다. 올 때도 바래다주고 가신걸요. 게다가 오늘은 새벽부터 몇 번이나 왔다 가셨는지……."

잠행 시엔 노사미도 데려가지 않던 히미코였다. 그런데 의후를 데리고 갔다고? 노사미는 망설였다. 아직 수우에게 대답해주지 않았다. 하지만…… 이젠 결정을 내려야 했다.

6

의후, 깨자마자 드는 생각에 히미코를 머리를 휘저었다. 내가 도대체 왜 이러는 걸까? 알 수 없는 거지요, 꿈이란. 또다시 와타나베의 말이 울린다. 세수를 하고, 양치를 하고, 옷을 입고……. 그 모든 순간에 의후는 히미코 곁에 머무른다.

별것 아닌 이야기를 나누고, 별것 아닌 일들로 웃음을 터뜨렸다. 억울한 죽음도, 무거운 나랏일도, 모든 것을 잊을 수 있었다. 왕이 아닌 평민처럼 말하고 평민처럼 행동했다. 그래서일까? 의후와 함께한 시간은 현실이 아닌 꿈처럼 느껴졌다.

의후에게서는 과일향기가 났다. 달콤하고, 새콤하면서, 싱싱하고, 푸릇푸릇한. 그래서 의후와 있으면 더 이상 피비린내가 나지 않았다. 항상 그녀를 감싸고 있던 피비린내를 잊고 웃을 수 있었다. 후, 별생각을 다 하는군. 초여름이라 과일이 한창 익을 때였다. 그러니 세상이 과일향기로 뒤덮인 게지. 별것 아냐, 라며 빗질을 하던 히미코는 소스라치게 놀라 빗을 떨어뜨렸다. 덴무를 만나지 않고 그냥 돌아왔던 것이다.

히미코는 충격으로 꼼짝 못하다 문 밖에서 들리는 노사미의 목소리에 정신을 차렸다.

"나나코부인께서 뵙기를 청하신다 합니다."

와타나베의 어머니가 왜? 즉위식에도 혼례식에도 아프다는 핑계로 오지 않았는데. 차라리 잘된 일이라고 생각했는데, 왜 하필 오늘?

"보고 싶지 않으십니까?"

노사미의 말에 히미코는 고개를 주억거렸다. 그래도 왕족인데 언제까지 모른 척하고 지낼 수는 없었다. 하지만 왠지 보고 싶지 않았다. 이젠 더 이상 두려워할 필요가 없었지만, 두려웠다. 열 살, 그 어린 나이에 그랬던 것처럼 다시 그녀에게 상처를 입힐 것 같았다.

"아니, 보시지 않는 것이 좋겠습니다."

노사미는 문 밖에서도 히미코의 마음을 알아챈다.

"아니다. 봐야지. 세자의 친모가 아니더냐? 모셔라."

히미코는 눈을 둥그렇게 떴다. 노사미의 도움을 받아 절을 하는 나나코의 머리카락은 하얗게 세어 있었다. 얼굴은 주름이 자글자글했고 몸은 비쩍 말라 뼈가 드러날 지경이었다. 히미코는 믿을 수 없다는 듯 고개를 가로저었다. 너무나 놀라 나나코의 말을 모두 놓쳐버렸다. 아니, 나나코의 말을 믿고 싶지 않았다. 히미코는 노사미를 바라보았다.

"지금 뭐라고 하는 게야? 노사미, 내가 들은 게 맞느냐?"

"망극합니다, 전하."

노사미의 죄책감어린 표정에 히미코는 눈을 질끈 감았다. 나나코는 히미코가 놀란 것을 아는지 모르는지 말을 이었다.

"대비마마, 제발 부탁드립니다. 세자저하의 혼인을 서둘러 주십시오. 이대로라면 왕실의 대가 끊길 것입니다. 게다가 친아비라는 사람은 무슨 일이 그렇게 바쁜지 집에도 들어오지 않으니 그 애에게 말을 해줄 사람이 없답니다."

입안으로 삼키는 듯 웅얼거리는 말을 들으며 히미코는 눈을 감았다. 와타나베는 가족들에 대해 물으면 얼버무리기만 했었다. 바보처럼 눈치채지 못했다. 언제나 지아비와 자식에게는 끔찍할 정도로 잘하던 나나코였다.

"알겠습니다. 내가 알아서 하지요."

히미코는 부드럽게 말했다. 나나코는 연방 절을 하면서 불러갔다. 노사미는 눈치껏 다른 궁녀들을 내보내고 두 개의 방문을 모두 닫았다.

"도대체 언제부터 저런 게냐? 아니, 말할 필요 없다. 말하지 않아도 알 수 있으니까. 뻔하지. 다카미가 그렇게 되고 나서부터겠지."

"그래서 제가 보지 않는 것이 좋겠다고 말씀드리지 않았습니까?"

"넌 언제부터 알고 있었느냐?"

"그것이…… 사실 매일 왕궁에 왔습니다. 하지만 전하께서 보시면 좋아하지 않을 거라 생각해……. 차라리 절 죽여주십시오. 하지만 그것이 전하를 위하는 길이라 생각했기에……."

노사미는 울먹였다. 그러면 대체 오늘은 왜 나나코를 내 앞에 데려온 게냐? 히미코는 원망스런 질문을 삼키고 입술만 깨물었다.

"전하, 우시고 싶으시면 우셔도 상관없습니다."

노사미는 재빨리 작은 비단 손수건을 내밀었다. 하지만 히미코는 눈을 부릅떴다.

"왕은 울지 않는다. 내가 누군지 잊었느냐?"

노사미는 손수건을 도로 집어넣었다.

"내가 세자의 집안에 대해 모르고 있는 것이 또 있더냐?"

"전하, 어쩔 수 없는 일이었습니다."

노사미는 고개를 돌렸다.

"뭐냐? 그게?"

"세자저하의 누님이신 모코나부인께서 충격으로 조산하

96

시다 아이를 잃으셨는데, 아직 병중이라 하십니다. 또한 살림이 피폐해진 걸로 알고 있습니다. 게다가 노비들을 모두 빼앗겨 설거지까지 수우아가씨가 직접 한다 들었습니다."

망설였다는 것이 믿기지 않을 정도로 노사미는 잔인한 소식들을 토해냈다.

"우선 모코나에게는 어의를 보내 진찰하도록 하고, 상질의 약재를 써서 치료하도록 일러라. 또한 나나코부인도 치료하도록 해라. 그리고 나인 몇을 보내고, 쌀과 비단, 금을 넉넉하게 보내 살림에 보태도록 해라."

"하지만 전하, 역모로 몰수당한 재산과 노비입니다."

히미코는 노사미를 노려보았다. 노사미는 재빨리 고개를 숙였다.

"그리고 가서 세자를 불러오너라."

하지만 와타나베는 이미 안으로 들어서고 있었다.

"어머니가 다녀가셨다고 들었습니다."

아무런 잘못도 없으면서 모든 게 자신의 탓인 양 고개를 푹 숙인 채 내뱉는 말에 화가 치밀어올랐다.

"왜 아무 말씀 없으셨습니까, 세자? 왜 한마디 말씀도 해주지 않으셔서 날 이렇게 황당하게 만드시는 겁니까?"

"괴로워하실 테니까요. 전하의 탓도 아닌데 전하의 잘못인 것처럼 힘들어하실 테니까요."

"그건 내 문제입니다. 세자의 문제가 아니라고요. 왕족에게 일어난 중대사를 내가 아직까지 모르고 있었다는 게 말이 됩니까?"

"망극합니다."

"뭐가 망극하다는 말입니까? 이제껏 숨겨오다가 이렇게 터뜨려서 사람 기함시킬 뻔한 게요?"

"예. 그렇습니다. 끝까지 숨기지 못한 것이 망극할 뿐입니다."

히미코는 한숨을 내쉬었다. 오라버니는 왜 항상 나를 이렇게 나쁜 사람으로 만드는 거예요? 왜 항상 날 이렇게 나쁘게만…… 히미코는 한숨을 내쉬었다.

"세자께서도 이젠 혼인할 때가 되었지요."

"하지만, 전하."

와타나베는 놀라서 어쩔 줄 몰랐다. 피할 궁리를 하는 모양이었다.

"내 손으로 직접 골라주고 싶습니다."

"하지만……."

"세자께서도 혼인하실 때가 되었습니다. 그러잖아도 도성에 이상한 소문이 퍼지고 있습니다."

와타나베는 고개를 주억거렸다. 아마 와타나베도 들었으리라. 왕궁뿐만 아니라 도성 전체에 히미코와 와타나베에 관한 염문이 속속들이 전해지고 있었다. 기생의 배에서 태어난 히미코에게는 치명적인 소문들.

"어떤 사람이 좋을까요? 세자가 원하는 사람이면 좋겠죠. 어떤 사람이 좋습니까?"

"어떤 사람이라도 상관없습니다. 전하께서 좋다고 하는 사람이면 괜찮습니다. 어떤 사람이라도."

"그러다 내가 정말 못생기고 볼품없는 여자를 맞으라고 하면 어떻게 하려고요?"

농담으로 무거운 분위기를 바꾸려 했지만 와타나베는 웃지 않았다.

"전하께서 그런 여자를 고르신다면 그것도 이유가 있어서겠지요. 귀머거리에 장님, 벙어리라도 상관없습니다. 전하께서 흡족한 여자로 골라주십시오."

히미코는 찻잔만 만지작거렸다. 왜 항상 와타나베에게는 할 말이 없을까? 아니, 왜 와타나베는 항상 할 말이 없게 만드는 걸까? 히미코는 찻잔을 내려놓았다. 가끔씩이라도, 아주 가끔씩이라도, 아니 단 한 번만이라도 와타나베를 먼저 생각한 적이 없었다. 항상 와타나베보다는 자신이 먼저였고, 자신보다는 왕위가 먼저였다. 그랬던 자신이, 앞으로도 그럴 자신이 증오스러웠다.

히미코는 미친 사람처럼 말을 몰고 있었다. 궁녀와 내관들, 의후의 부하들까지 놀라서 달려왔지만 히미코는 멈추지 않았다.

"전하! 전하!"

노사미는 헉헉대면서 히미코를 부르다 주저앉았다. 의후는 재빨리 자신의 말에 올라탔다. 히미코는 어느새 궁 밖으로 나가고 있었다. 갑작스런 말의 등장에 사람들이 놀라 피하는데도 히미코는 멈추지 않았다. 도성을 지나 초원이 나올 때까지……

초여름 햇살 아래 투명하게 반짝이는 시냇물, 살랑거리는 바람에 흔들리는 초록색 나뭇잎들, 그리고 그 속의 히미코……. 의후는 멈춰서 히미코를 바라보았다.

"악! 악! 악!"

히미코는 하늘을 향해 악을 쓰고 있었다. 창백한 얼굴에는 상처가 가득했다. 어쩔 수 없다는 것, 다가가고 싶은데 다가갈 수 없다는 것, 지켜주고 싶은데 방법이 없다는 것이 너무나 화가 나서 의후도 소리를 질렀다. 의후의 고함소리에 히미코가 놀라서 뒤를 돌아봤다. 하지만 의후가 고함을 계속 지르자 자신도 질세라 비명을 질렀다.

결국 히미코는 목이 쉬고 나서야 비명지르기를 멈췄다. 그리고 땀으로 범벅이 되어 초원에 드러누웠다. 의후를 보는 눈은 픽, 하고 웃었지만 슬퍼 보였다. 인형 같은 미소……, 항상 기억 속에서 그의 가슴을 아프게 했던 미소.

의후는 갑자기 히미코의 허리를 잡아 들어올렸다. 놀란 히미코가 비명을 질렀다. 하지만 이미 쉰 목에서는 끽끽거리는 소리만 날 뿐이었다. 의후는 히미코를 어깨에 메고 냇가로 향했다. 찰랑이는 물가에 내려놓자마자 히미코는 얼굴을 찌푸렸다.

"무슨 짓이야?"

"목마르잖아. 그리고 더우니까 발이라도 담그고 있으면 좀 시원할 거야."

의후는 슬그머니 히미코를 물가로 밀었지만 히미코는 재빨리 뒤로 물러나며 고개를 저었다.

"난 차가운 물이 싫어. 이상하게 언제나 몸 어디 한군데가 차가워. 어떨 때는 가슴이, 어떨 때는 등이, 어떨 때는 명치가 차가워. 다른 곳은 모두 따뜻한데 한 부분만 그렇게 차가우면 얼마나 섬뜩하게 시린 느낌이 드는지. 그래서 항상 너무 뜨겁다 싶은 물에 들어가."

운명……, 어젯밤 내내 떠오르던 단어. 의후는 또다시 떠오른 그 단어를 지우려 노력했다. 제기랄. 그는 운명이라는 말을 증오했다. 그 말은 '어쩔 수 없는'이나 '잔인한', '슬픈'과 동의어였다.

"이젠 궁으로 돌아가야겠어. 모두들 걱정할 거야."

"걱정 좀 하면 어때? 당신은 왕이잖아."

"왕이라……."

히미코는 입술을 깨물었다. 의후는 히미코의 입술로 손을 가져갔다.

"그렇게 깨물지 마. 그러다 상처나면 어떻게 하려고?"

"그깟 입술 터져도 싸지. 난 참 나쁜 사람이거든. 악하고 이기적인 사람이거든."

세상에서 가장 나쁜 건 힘이 없는 거라고 말하던 히미코, 버림받는 것이 세상에서 가장 슬픈 거라고 말하던 히미코. 의후는 히미코의 등 뒤로 가서 히미코를 감싸안았다. 하지만 히미코의 얼굴에 밴 상처와 고통은 사라지지 않았다.

"난 그저 왕이 되고 싶었을 뿐이야. 그런데 내 꿈은 다른 사람의 꿈을 짓밟고 다른 사람에게 상처만 입혀."

"그런 소리 하지 마. 당신은 훌륭한 왕이야. 벌써부터 백성들이 성군이 났다며 난리라고 하던데."

분명 사로는 그렇게 말했다. 그래서 서두르라고 했었다. 하지만 의후는 그 말을 삼켰다. 히미코는 아무 말이 없었다. 그 말을 들었을 때처럼 불안함이 엄습했다. 훌륭한 왕, 그조차 존경할 수밖에 없는 왕이었다. 그 사실이, 부정조차 할 수 없는 진실이 의후를 짓눌렀다. 하지만 의후는 궁금했다. 정말 히미코는 왕위만 생각하고 있을까? 이렇게 그의 품에 안겨 있는 순간에도……?

히미코가 마른입을 떼며 그의 품에서 빠져나갔다.

"난 정말 그렇게 생각했어. 이 세상에서 가장 악한 건 약한 거라고. 하지만 그것보다 나쁜 게 뭔지 알아? 다른 사람에게 상처 입히고도, 그래서 그 사람이 고통에 아파하는데도 아무것도 모르고 있는 거야. 난 강한 사람이, 왕이 되었는데도 여전히 악할 수밖에 없나봐."

그 말만을 남긴 채 히미코는 말 위에 올랐다.

제13장
마쓰리

"이 세상에 운명 따위는 존재하지 않아."

"아니요. 세상에 운명이라는 것은 분명히 존재합니다.

그리고 전하의 운명은 왕입니다."

"운명 따위는 믿지 않아. 아니, 운명이 존재한다고 해도 상관없어.

내가 바꾸면 되니까. 내가 바꿀 수 있어.

왕이 아닌 나라는 운명을 택하도록 만들 거야.

히미코의 꿈과 희망이 왕이 아닌 나라는 남자로 바뀔 수 있도록 만들 거야.

누구도 막지 못해. 신이라고 해도. 난 그렇게 만들 수 있으니까.

그렇게 변하게 만들면 되는 거야. 사람은 누구나 변하기 마련이니까."

1

 수우는 비단으로 싼 상자를 열었다. 아마가시와 노사미는 신기한 듯 상자를 보고 있었다. 하긴 둘 다 미혼이니. 하지만 어머니는 좋아해야 할지 말아야 할지 아직도 결정하지 못한 모양이었다. 상자를 보는 표정이 복잡했다.

 노시, 쥘부채, 삼실, 다시마, 말린 오징어, 가다랭이포, 버드나무통, 금포…….(약혼의 정표로 남자가 여자에게 보내는 물품들이다. 여자 집에서는 이것을 받아 도코노마(とこのま)에 장식한다.) 수우는 물건들을 하나하나 꺼내보았다. 드디어 대왕대비가 허락한 것이다. 하긴 히미코가 허락했으니 어쩔 수 없었을 테지만.

 금혼령이 내린 다음 날이었다. 히미코는 수우를 맞이하며 반가운 기색을 하려고 노력했다. 그리고 수우도 자신의 감정을 드러내지 않으려 노력했다. 하지만 말을 꺼내기는 어려웠다. 히미코도 마찬가지였다. 수우가 절을 하고 나서 한참 후에야 히미코가 먼저 입을 열었다.

"오랜만이구나."

"예, 전하. 자주 찾아뵙고 문안 인사 올리지 못해 죄송한 마음 금할 길 없습니다."

그리고 침묵이 흘렀다. 히미코는 뭐가 그리 초조한지 손톱만 잘근잘근 씹었다. 어리석은 습관이었다. 히미코의 손가락 끝은 퉁퉁 부어 보기 흉할 정도였다. 그래도 히미코는 피가 날 때까지 손가락 끝을 물어뜯었다. 보는 사람까지 불안하게 만드는 습관에 수우는 두 손을 꽉 마주 잡았다. 히미코는 입에서 손을 떼고 찻잔을 들었다. 히미코는 찻잔을 거의 비워가고 있었다. 그래서 수우는 내뱉었다.

"저는 세자저하를 오랫동안 사랑했습니다(고대 일본은 모계 중심 사회로 이복형제간의 통혼이 용인되었으며, 이런 관습은 유교적 도덕의 영향을 무시하고 오랜 기간 전승되었다)."

히미코는 들고 있던 찻잔을 놓칠 뻔했다. 분명 보았다. 하지만 금세 냉정을 되찾는 히미코.

"오라버니께서 세자가 되시어 제 곁을 떠난 이후로도 한 번도 잊지 못했습니다. 제발 이렇게 간청 드립니다. 저를 오라버니와 혼인시켜주십시오."

히미코는 수우를 뚫어지게 쳐다보았다. 수우는 고개를 숙였다. 히미코의 눈은 정말 견디기 힘들었다. 무서운 눈이었다. 자신도 보지 못하는 추한 모습을 보는 듯한 눈은 섬뜩했다. 수우는 거절을 대비해 마음을 다졌다.

히미코는 간택하는 내내 흠만 잡는다고 했다. 하나는 못생겼다고, 하나는 집안이 좋지 않다고, 하나는 성격이 밝지 않다고, 하나는 가난한 학자 집안이라고……. 나나코를 안심시키기 위해 간택하는 시늉만 할 뿐 와타나베를 혼인시킬 생각이 없는 것은 아닐까 걱정스러웠다.

하지만 히미코는 매일 저녁을 의후의 처소에서 함께 보냈다. 나나코가 찾아간 그날 이후부터였다. 노사미는 그 말을 하면서 투덜거렸다. 의후와 히미코는 무척 다정하다고, 처소 밖까지 웃음이 퍼져나오는 경우도 많다고. 하지만 거의 울먹이다시피 하던 노사미는 눈을 빛냈다. 그래도 히미코가 의후와 함께 밤을 보내지는 않았다고.

"제발 오라버니와 혼인시켜주십시오. 이렇게 간청드립니다."

수우는 바닥에 엎드려 불안한 눈으로 히미코를 바라보았다. 히미코는 아주 오랫동안 대답이 없었다. 남의 속을 꿰뚫는 눈이었지만 자신의 속은 전혀 드러내지 않는 눈이었다. 수우는 죽은 듯이 기다렸다. 어차피 내던진 자존심이었다. 결국 히미코는 고개를 끄덕였다.

다시마와 말린 오징어에서는 바다 냄새가 난다. 짜면서도 비린…… 피처럼. 드디어 와타나베와 정혼한 것이다. 드디어 왕궁에 들어갈 수 있게 된 것이다. 혼례식에 관한 의논이 거의 끝나갈 무렵 노사미도, 수우도 아마가시를 흘깃거렸다. 아마가시가 나가주기를 바라며. 그걸 눈치챈 걸까? 갑자기 아마가시가 가슴을 두드리며 말했다.

"가마를 오래 타서 그러나? 아직도 멀미를 하는지 앉아 있기가 힘이 듭니다. 시원한 공기라도 쐬야겠습니다."

운이 좋았다. 수우는 재빨리 어머니를 바라보며 말했다.

"그렇습니까? 어머니, 어서 데리고 나가서 바람이라도 쐬어주세요."

하지만 아마가시는 고개를 흔든다.

"아닙니다. 소인 혼자 나가면 되지, 뭐 대단한 사람이라고. 괜찮습니다."

수우는 일어서는 아마가시를 바라보았다. 안색은 멀쩡해 보이는데. 하긴 저 나이가 되면 힘들기도 하겠지. 수우는 문이 닫히자마자 노사미에게 다가갔다.

"이번 일은 고맙게 생각합니다. 내 이 은혜 잊지 않을 겁니다."

"말씀 놓으십시오. 이제 세자빈이 되실 몸입니다."

수우는 그 말에 미소를 머금었다.

"고맙구나. 만약 네가 날 더 도와준다면……."

"걱정 마십시오. 이미 결정을 내렸습니다. 그리고 방법도 찾았습니다."

"무슨 방법?"

"전하를 무너뜨릴 방법 말입니다."

"그래?"

"예. 전하께서는 선왕의 딸이 아닌……."

노사미의 말에 어머니의 눈이 휘둥그레졌다. 노사미의 긴 이야기를 듣는 동안 내내 수우는 이를 갈았다. 구다라라고, 구다라의 천민이라고…….

와타나베도 알고 있는 걸까? 어머니는 숨쉬기가 어려운지 헉헉대고 있었다. 노사미는 걱정스런 눈으로 어머니를 바라보았지만 수우는 어머니 쪽은 쳐다보지도 않았다. 드디어 방법을 찾은 것이다.

2

여름이 가는 것이 아쉬워서인지 매미는 발악하듯 울어댄다. 의후가 대전에 들어서자마자 히미코의 목소리가 들린다.

"이 자리에서 분명히 말해두겠습니다. 이 나라는 이 나라로서 존재하는 것이지 어떤 지방들이 모여 존재하는 것이 아닙니다. 어찌 그렇게 어리석습니까? 그렇게 지방씨족들끼리

뭉쳐서 자신의 지방씨족들만 등용하려 한다면 다른 씨족이 정계에서 권력을 잡았을 때 또 그럴 것이라는 생각은 안 하십니까? 그런 악순환이 계속 되기를 바라는 겁니까? 만약 또 다시 내 앞에서 자신의 지방씨족들을 옹호하거나 감싸는 행동을 할 시에는 가만있지 않겠습니다. 다른 지방씨족들을 모함하는 것은 더더욱 안 됩니다."

시끄러운 매미소리도 히미코의 고함은 당해내지 못했다. 오히려 놀라서 울기를 멈춘 모양이었다. 오늘도 관직다툼인가보군. 의후는 한숨을 내쉬었다. 역모로 인해 많은 대신들이 죽거나 귀양을 간 상태고보니 주요 관직이 많이 비었다. 하지만 아직도 씨족들의 세력이 막강한지라 히미코는 애를 먹고 있었다.

매미가 다시 우나 했더니 쾅다당, 소리가 들린다. 히미코가 대전을 박차고 나왔다. 의후는 망설였다. 히미코는 그가 대전에 오는 것을 싫어했다. 아니, 정사에 관여하는 것을 싫어했다. 정사에 관한 이야기는 사로에게서 전해 들은 것이 전부였다.

의후가 다가서려는데 와타나베가 히미코에게 다가가는 것이 보였다. 제기랄. 의후는 우뚝 섰다. 처음부터 저 인간이 별로 마음에 들지 않았다. 사로가 했던 말들이 울린다.

'세자와 그분이 서로 사랑한다는 소문이 있습니다. 하지만 구다라의 명이니 왕이라도 별수 없었다고. 왕과 세자 간의 염문이 번지는 것을 막기 위해 세자를 이복동생과 혼인시켰다는 소문도 있습니다.'

또다시 떠오르는 히미코와 닮았던 휘녕의 얼굴……. 의후는 고개를 저었다. 아니었다. 히미코는……. 분명 아니었다. 아니, 상관없었다. 히미코 곁에 머무를 수만 있다면 견딜 수 있었다. 게다가 세자도 이복동생과 혼인한 지 보름이 넘었다.

"전하, 너무 급하게 생각지 마십시오."

와타나베의 목소리에 의후는 고개를 들었다. 히미코는 그런 대답은 원하지 않을 것이다.

"왜요? 씨족들이 들고일어날까봐요?"

히미코는 비꼬듯이 말했다. 내 그럴 줄 알았지. 와타나베는 조심성이 너무 많았다. 아마 그래서 히미코에게 더 다가서지 못했을 것이다. 그리고 의후는 그런 와타나베가 정말 마음에 들었다. 연적으로서는, 아주.

하지만 히미코는 금세 와타나베의 손을 잡았다. 와타나베는 놀란 듯했지만 손을 빼지는 않았다. 의후는 숨을 죽였다. 아직 둘 중 아무도 그를 보지 못한 상태였다.

"미안합니다, 세자. 매일 세자한테 이렇게 심술만 부려서. 정말 난 성미가 못됐나봅니다."

의후의 손길을 항상 피하던 히미코였다. 아니, 누구와도 접촉을 꺼리는 히미코였다. 너무 몸을 사려 이상한 생각까지 들 정도로. 사로의 말이 스치고 지나간다. 세자와 그분이 서로 사랑한다는 소문이 있습니다.

와타나베의 손을 잡은 히미코의 눈은 애절했다.

"오랜만이네요. 세자의 손을 잡는 거. 기억나요? 겨울에 아주 추웠을 때 세자가 내 손을 감싸줘서 난 하나도 손이 시리지 않았어요. 그때는 몰랐죠. 대신 세자의 손이 꽁꽁 얼어붙어가고 있었다는 걸요. 그런데 지금도 세자의 손이 차갑습……."

차마 끝맺지 못하는 말. 히미코의 음성에는 물기와 죄책감이 묻어난다. 이상한 일이다. 대체 손이 차가운 게 왜? 와타나베는 쑥스러운 듯 히미코에게 잡힌 손을 빼내 등 뒤로 감췄다. 남자의 손이라기엔 너무 예쁜 손은 새끼손가락의 첫 마디가 없었다. 역모로 인한 전쟁에서 입은 상처인가?

가늘게 한숨을 내쉬는 히미코의 눈이 결코 떨어지지 않을 눈물로 반짝인다. 그래서 의후는 차마 나서지 못했다. 제기랄, 이번 한 번만 넘어가자고. 의후는 한숨을 내쉬었다. 그래도 히미코는 매일 저녁 그의 처소에 왔다. 시답지 않은 이야기로 보내는 시간이지만 그에게는 소중했다. 히미코와 함께 할 수 있어서.

고서에 대한 토론에서부터 시시껄렁한 소문들까지…….

그들은 시간 가는 줄 모르고 이야기를 했다. 하지만 히미코는 자정을 알리는 종이 울리면 돌아갔다. 아직까지는 견딜 수 있었다. 아직까지는. 그래, 조금씩 하자고, 조금씩. 아직까지는 견딜 수 있었다. 히미코를 위해서라면.

3

수인은 고개를 갸웃했다. 불꽃무늬 모양의 구멍이 뚫린 스에키는 묘한 색이다, 굳이 말로 하자면 암청회색쯤 될까. 수인은 손가락으로 스에키(가야 지방의 기술자가 이주해 생산한 요업 제품으로 상류층이 사용했다)를 퉁겼다.

당, 당. 스에키는 마치 쇠처럼 맑은 소리를 냈다. 그리고 쇠처럼 잘 깨지지도 않았다. 하지만 백성들은 스에키를 구경도 하기 힘들었다. 아마 그들 중 대부분이 하지키(야요이 토기의 계통을 잇는 토기로 서민들이 일상생활의 도구로 사용했다)가 유일한 도자기인 줄 알 것이다. 안라국이라…….[6]

아침 문안을 온 아이는 다짜고짜 말했다.

"안라국에 사신을 보내야겠습니다."

수인은 영문을 몰라 당황했다.

"구다라에서 독립하면 적어도 제가 살아 있을 동안은, 아니 그보다 훨씬 더 오랜 시간 외교단절이 있을 겁니다. 우리나라는 거의 모든 문명기술을 구다라에서 받아들이고 있습니다. 그러니 당연히 문화적 퇴보가 있을 겁니다. 대륙과의 통로가 되어줄, 대륙의 문화를 우리나라에 전해줄 나라가 필요합니다."[7]

수인은 놀라서 입을 벌렸다. 생각지 못했다. 그저 구다라에서 독립하면 모든 것이 해결될 줄 알았다. 하지만 아이는 아니었다. 수인은 재빨리 머리를 굴렸다.

"그렇다면 왜 소라는 아니 됩니까? 소라와 구다라는 요즘 사이가 좋지 않습니다. 이왕이면 큰 나라에서……."

"어찌 하나는 생각하고 둘은 생각지 못하시는 겁니까? 소라는 큰 나라입니다. 그러니 구다라보다 위험하면 위험하지 덜하지는 않습니다. 오히려 저희가 먹혀들어갈 수 있단 말입니다."

"그렇군요."

수인은 힘없이 말했다. 분명 당황하지 않았다면 그렇게 생각했을 것이다. 하지만 또 다른 의문이 들었다.

"그렇다면 차라리 구야한국(금관가야, 구야국, 금관국을 말하며, 김해를 중심으로 발전한 나라로 전기 가야연맹을 주도했으나 4세기에 들어서며 몰락의 길을 걸었다)쪽에 도움을 요청하는 것이 어떻습니까? 안라국보다는 좀 더 큰 나라지만 우리나라에 위협은 되지 않을 것인데요."

아이는 코웃음을 쳤다.

"전쟁을 위해 한반도 곳곳에 첩자를 심어놓으신 분이 대왕대비마마 아니셨습니까? 제가 즉위하고 나서야 그 정보들을 알려주시기 시작한 분도 대왕대비마마셨습니다."

"무슨 말씀입니까?"

"아직도 한반도의 정세가 어떻게 변해가고 있는지 예상하지 못하시는 겁니까? 구야한국이 지는 해라면 안라국은 떠오르는 해입니다. 제 예상대로라면 구야한국은 얼마 지나지 않아 소라에 멸망할 것입니다."

"정말 그렇게 생각하시는 겁니까? 하지만 구야한국은 지금……."

"지금이 문제가 아닙니다. 미래를 내다보셔야지요. 물론 지금으로서는 구야한국과 손을 잡는 것이 훨씬 더 도움이 될 것입니다. 하지만 미래에는 아닙니다."

"그렇다면 지금은 구야한국과 손을 잡고 나중에 안라국과……."

아이는 수인을 보며 빙그레 웃었다. 아이가 태어나기 전부터 정사를 돌봤던 수인이었다. 하지만 아이는 마치 바보를 보듯 했다. 수인은 자신도 모르게 이를 악물었다.

"전 몇몇 사신 무리나 보내어 선진문물을 배울 생각이 아닙니다. 그것으로는 발전에 한계가 있지요."

안라국이라, 수인은 힘없이 웃었다. 생각도 못했다. 항구가 많은 안라국이라면 대륙과 우리나라의 중간지 역할을 충분히 할 수 있지. 중간에서 챙기는 수입도 만만치 않을 테니 안라국의 왕도 거절하기는 힘든 제안이었다. 게다가 아이는 지원군까지 보내겠다고 했다. 소라와 구다라에 번갈아 치이는 안라국이 허락하지 않는 것이 오히려 불가능했다.

아이는 안라국에 보내는 지원군사들 틈에 첩자를 보내겠다고 했다. 수인은 당연히 철기 제조공법을 훔쳐올 첩자라고 생각했다. 하지만 아이는 그 말에 후후, 웃었다. 아이의 말이 싸늘하게 울린다. 아이가 원하는 것은 철기 제조공법이 아니었다.

항해기술, 왜 그 생각을 진작 못했을까? 항해기술만 있다면 직접 대륙과 교류할 수 있었다. 아이는 싸늘하게 웃었다. 아이는 항상 그랬다. 이상하게 싸늘하면서도 뜨거웠다. 가끔씩 아이의 손을 잡아보고 싶었다. 생각만큼 아이의 손이 차가운지.

부스럭거리는 소리에 고개를 드니 아마가시가 들어오고 있었다.

"오늘은 별다른 일이 있었느냐?"

"없습니다."

그게 문제였다. 어제와 다른 일이 없었다는 것. 수우와 와타나베가 혼인한 지도 벌써 두 달째였다. 아이의 혼례와는 달리 사치스럽고 웅장했다. 아이는 모든 것을 최고급으로 하길 원했다. 하지만 신전 곳곳을 꾸미는 궁녀들은 화려한 꽃을 들고 흐느꼈다. 와타나베는 궁녀들의 이름을 일일이 외울 정도로 다정했다. 그런 와타나베가 자신이 사랑하는 사람을 두고 억지로 혼인을 한다는 생각에 궁녀들은 많이도 울었다. 하지만 아이는 아니었다.

혼례식이 끝난 후, 아이는 와타나베에게 보란 듯이 의후와 함께 나가버렸다. 대비는 몰래 그들을 뒤따랐다.

"오늘 궁녀들이 많이 울더군. 하지만 당신은 아무렇지도 않아 보여. 그걸 다행으로 생각해야 할지 아니면 불행으로 생각해야 할지 모르겠군."

의후는 참지 못하고 볼멘소리를 했다.

"무슨 소리야?"

아이는 통명하게 물었다. 하지만 의후는 씩 웃기만 했다. 의후가 왜 그 아이의 푸대접을 견디고 있는지 궁금했다.

"두 가지 가능성이 있거든. 당신은 아예 감정이 없는 사람이거나 세자에게 아무런 감정이 없었거나."

"난 감정이 없어. 왕이니까."

건조한 대답. 멍한 의후를 두고 아이는 대전으로 향했다. 그리고 의후는 아이의 뒷모습을 바라보고 있었다. 아이는 한 번도 뒤돌아보지 않았다.

아이는 결코 자신에게 감정이라는 사치를 허락하지 않았다. 그래서 결정이 쉬웠다. 하지만 요즘 아이는 점점 변해가고 있었다. 오랫동안 꿈꿔온 일을 눈앞에 두고. 망설이는 것은 아이답지 않은 일이었다. 아이는 의후에게서 멈춰서 버린 듯했다.

수인은 손가락으로 스에키를 두드렸다. 자신의 결정이 틀린 법은 없었다. 아이는 걸어야 할 것이다. 아무리 고통스럽더라도 운명을 향해 걸어가야만 했다. 수인은 당, 당 소리를 내는 스에키를 보며 씨익 웃었다. 누구도 벗어날 수 없었다. 하지만 모두들 발버둥치고 있었다. 빠져본 사람만이 알 수 있다. 늪이란 발버둥치면 발버둥칠수록 더 깊이 빠질 수밖에 없다는 것을.

내일부터는 일어나야 했다, 어떤 일이라도. 내일부터는 더 이상 아무것도 변하지 않았다는 아마가시의 말을 듣고 싶지 않았다. 수인은 상 위에 놓인 스에키를 확 밀었다. 상 위에서 떨어진 스에키는 당, 당 소리를 내며 굴러갈 뿐 깨지지 않았다.

아이는 말했다. 만백성이 스에키를 쓸 수 있도록 하겠습니다. 아이는 그렇게 말했다. 이제 아이는 더 이상 허락을 구하지 않았다. 그저 통보만 할 뿐이었다.

수인은 스에키를 주워 들고 오는 아마가시를 향해 말했다.

"가서 세자빈을 모시고 와라. 내가 할 이야기가 있다고
전해."

벌써 남쪽지방에서는 추수가 시작되고 있었다. 추수가 끝
나면 벌어지는 마쓰리는 항상 흥겨웠다. 세상을 집어삼킬 듯
뒤덮는 정액과 질액의 비릿한 냄새가 그리웠다. 세상을 흔드
는 묘한 신음 소리가 그리웠다. 마쓰리의 여운은 왕궁에까지
전해져오기 마련이었다. 수인은 싱긋 웃었다. 오랜만에 마쓰
리를 즐겨볼 생각이었다.

4

사로는 멈칫했다. 궁에는 빨래가 넘쳐났다. 어딜 가나 허
연 빨래들이 너울댔다. 바람에 펄럭이는 새하얀 홑이불 사이
로 희미한 흐느낌이 들려오는 것 같았다. 사로는 이를 물고
뒤돌아섰다. 그런 기억 따위는 버린 줄 알았는데…….

하지만 흐느낌 소리는 멈추지 않는다. 사로는 다시 돌아서
홑이불들을 하나씩 제쳤다. 환청이라고 생각하며 돌아서려
할 때 나붓거리는 홑이불 사이로 여자가 보였다. 누가 볼세
라 계속 주위를 두리번거리며 숨죽여 우는 여자. 제기랄, 사
로는 눈을 감았다. 하지만 펄럭이는 홑이불 사이로 보이는,

새하얀 빨래 뒤에 숨어 우는 여자는 사라지지 않았다.

어머니도 저랬다. 아버지에게 죽도록 얻어맞은 다음 날이면. 시퍼렇게 멍든 눈자위에 덕지덕지 바른 싸구려 분이 뭉쳐 흘러내리도록, 터진 입술에 말라붙은 피딱지가 떨어질 정도로 울었다. 아니, 운다고 할 수도 없었다. 혹시나 아버지가 들을까, 동네 사람들이 들을까, 퉁퉁 부은 손으로 입을 틀어막고 흐느끼는 것을 운다고 할 수는 없었다.

곁눈질을 했다고 했다. 감히 외간남자에게 꼬리쳤다고. 아버지가 무서워 빨랫감을 모아 오는 일도 사로에게 시키는 어머니였다. 아버지가 두려워 냇가에 나가지도 못하고 우물가에서 빨래를 하는 어머니였다.

물기 마를 날 없는 손은, 습진으로 썩을 것 같던 손은 끊임없이 두레박을 끌어올렸다. 휘청거리는 허리 한번 가누지 못하고 다시 빨래를 하던 어머니였다. 하지만 아버지는 그런 어머니가 보기 싫다며 방문을 닫고 나오지 않았다. 아버지의 방문이 저절로 열리는 경우는 하나밖에 없었다. 어떻게도 그리 잘 아는 걸까, 어린 나이에도 궁금했었다. 싸리문 밖을 지나는 남자의 향기가 방에도 전해지는 건지…….

사랑한다고 했다. 어머니를 너무나 사랑한다고 했다. 그래서 그러는 거라고. 아버지는 자신의 손길에 움찔하는 어머니에게 그렇게 말했다.

사랑해서라고 했다. 어머니를 너무나 사랑해서라고 했다. 자신의 눈물을 닦아주는 사로의 손을 잡으며 어머니는 그렇게 말했다. 미워하지 말라고, 아버지를 미워해선 안 된다고, 불쌍한 사람이라고. 전엔 그렇지 않았다고. 그 일이 있기 전엔……

왕실의 반대를 물리치고 평민인 어머니와 혼인한 아버지였다. 어머니가 냇가에서 빨래하는 모습을 보고 첫눈에 반한 아버지였다. 평민인 어머니는 왕족이라는 말만으로도 매일 꿈을 꾸는 것 같았으리라. 하지만 빨래하는 모습을 보고 첫눈에 반했다는 아버지는 어머니가 빨래하는 모습을 제일 싫어했다.

여자의 신음에 사로는 고개를 숙였다. 글썽한 눈으로 자신을 바라보는 여자. 세자빈인 여자의 눈은 어찌할 바를 모르고 있었다.

"언제부터 거기 있었죠?"

애써 아무렇지도 않은 척하는 모습. 사로는 무뚝뚝하게 대답했다.

"얼마 되지 않았습니다."

"누굴 몰래 훔쳐보는 버릇이 있나보군요."

몰래 훔쳐보는 버릇이라. 사로는 흠칫했다. 오랜 경계심 탓이었다. 수우가 알 리 없었다. 분명 수우는 아니었다. 그 땅굴을 만들려면 엄청난 인력과 재력이 동원되어야만 했다. 비록 왕족이라 하나 수우의 능력으로는 어림없었다. 아니, 만들진 않았어도 알 수는 있지 않을까? 머리가 복잡해진다. 도대체 그 땅굴은 누가 만들었을까?

땅굴을 발견한 지는 보름쯤 되었다. 머리가 복잡해 왕궁 뒷산에 올라갔었다. 정말 우연이었다. 만약 발을 헛디뎌 굴러떨어지지 않았다면, 만약 나무를 타고 올라간 넝쿨을 무심코 부여잡지 않았다면 결코 발견할 수 없었을 것이다. 그만큼 정교하게 만들어진 땅굴이었다.

입구는 이끼와 이름 모를 풀들이 자라 전혀 흔적을 남기지 않았다. 게다가 낭떠러지에 가까운 곳이었다. 땅굴은 왕궁 곳곳으로 통하고 있었다. 히미코의 처소로, 대왕대비의 처소로, 대비들의 처소로, 그리고 수우와 와타나베의 처소로……

각 처소로 이어지는 땅굴의 끝에는 문이 있고, 그 문에는 구멍까지 나 있어 엿듣는 것뿐만 아니라 볼 수도 있었다. 누구든 땅굴이 있다는 것을 안다면 자신의 처소에서 다른 처소로 갈 수 있었다. 입구를 통하지 않아도.

새로운 왕궁은 선왕이 죽기 십 년 전부터 지어졌다. 죽은 왕에게 왕궁을 불태워 바치는 풍습 때문에 새로운 왕궁 건설은 성급하기 마련이었다. 하지만 언제나 골골하던 선왕이었기에 이번에 지은 왕궁은 건설이 일렀고, 그만큼 땅굴을 만들었을 가능성이 있는 사람도 많았다. 역모로 죽은 다카미, 아니면 카오리왕후? 히미코는 분명 아니었다. 살아 있는 사람 중에 그 정도의 권력과 재력을 가진 사람이라면…… 혹시 대왕대비?

"내가 울었다는 거…… 말하지 않을 거죠?"

수우의 목소리에 사로는 고민을 잠시 제쳐두었다. 수우의 눈은 불안으로 흔들렸다. 사로는 뒤늦게 고개를 끄덕였다. 그제야 수우는 자기 옆을 손으로 토닥인다. 사로는 아무 말 없이 수우 옆에 가서 앉았다.

"사로라고 했던가요?"

대답하지 않아도 알고 있을 터였다. 수우는 의후에 관해 알아내는 것이 와타나베의 사랑을 얻는 지름길이라 생각하고 있는 모양이니까. 대답 없는 사로가 민망한지 수우는 아직도 글썽한 눈을 비볐다.

"우린 아직 한 번도 이야기를 나눈 적이 없는 것 같네요. 참, 그리고보니 혼인식날 인사를 받았군요. 그때는 정신이 없어서……."

자신이 운 것을 잊게 만들려는 걸까. 수우는 쉼 없이 조잘거렸다. 하지만 꼭 잡은 두 손은 긴장으로 하얗게 떨렸다. 수우의 손은 보드라워 보였다. 어머니의 손은 여름이면 물러터진 습진 때문에 누런 고름이 흘렀고, 겨울이면 찬바람과 물에 얼어 쩍쩍 갈라졌다.

"제 얘기를 듣지 않으시는군요."

힘없는 목소리.

"들으라고 하는 얘기는 아니신 것 같아서요."

무뚝뚝한 자신의 대답에 수우는 입을 닫아버렸다. 빨래가 바람에 펄럭이는 소리가 신경을 긁어댄다.

"우셨다는 것을 아무에게도 말하지 않을 겁니다. 걱정 마세요, 세자빈마마."

사로는 갑작스레 호칭을 붙인다. 왠지 그래야 할 것 같았다.

수우는 고개조차 끄덕이지 않았다. 그저 멍하니 허연 빨래만 바라보고 있을 뿐이었다. 바람이 멎었다. 이젠 빨래조차 미동도 하지 않았다. 펄럭이는 소리가 그리울 지경이다. 너무 룩함이 사로를 짓눌렀다. 그때처럼……. 마지막으로 울었던 그때처럼.

"아세요?"

사로는 무슨 소리냐는 듯 수우에게 고개를 돌렸다. 수우의 얼굴이 바로 앞에 있었다. 재빨리 다시 고개를 돌리긴 했지만 분명히 볼 수 있었다. 아직도 흐르는 눈물을.

"무슨 말씀인지요?"

하아, 하아, 수우는 숨을 쉬는 것인지 웃는 것인지 알 수 없는 소리를 냈다. 하, 하, 하, 이번엔 분명 웃음이었다. 비록 금세 울음으로 변해버렸지만. 수우는 얼굴을 손에 묻은 채 한참을 울었다. 어머니가 울었을 때처럼 사로는 어찌할 바를 몰랐다.

"정, 말, 몰라, 요?"

떨어지는 눈물 사이사이로 끊어지는 말을 내뱉는 수우는 힘들어 보였다.

"오, 늘, 아침, 에……."

하지만 누군가가 억지로 시키기라도 한 듯 멈추지 않았다.

"전하, 문안, 때……."

제기랄, 잊고 있었다.

"지금쯤, 이면 왕궁, 에 소문, 이……."

결국 수우는 다시 억억 소리 내며 울었다. 제기랄, 잊고 있었다. 과거에 묻히느라. 자신의 눈으로 직접 보았으면서도 잊고 있었다.

아침 문안 때였다. 수우는 절을 하고 나서 가만히 앉아 있었다. 땅굴에 난 구멍으로는 히미코의 뒷모습밖에 볼 수 없었지만 수우의 모습은 분명히 보였다. 수우의 일상적인 인사에 히미코는 건성으로 대답하고 있었다. 그때도 수우는 두 손을 마주잡고 있었다. 그리고 그때도 사로는 그 손이 참 예쁘구나, 하는 생각을 했다.

수우는 안부 인사 사이사이에 계속 한숨을 삼키고 있었다. 사로에게는 분명히 들렸는데 히미코는 못 들은 건지, 아니면 못 들은 척하는 건지 나가라 명했다. 그 순간 수우의 한숨이 터져나왔다.

"무슨 할 말이 있는 겁니까?"

"예."

소리 없이 달싹이는 입술을 바라보며 답답한 것은 사로만이 아닌 듯 히미코의 목소리에 짜증이 실렸다.

"뭔데 그리 망설이는 겁니까, 세자빈?"

수우는 사로가 눈을 대고 있는 구멍에 시선을 고정했다. 히미코를 보지 않기 위해서인 듯했다. 히미코는 대화를 나눌 때 상대방을 뚫어지게 쳐다보는 버릇이 있었다. 마치 상대방의 뼛속까지 훑는 듯한 시선에 사로도 섬뜩하곤 했다. 수우에게는 그저 텅 빈 벽으로 보일 텐데도, 그의 눈을 바라보며 힘을 얻는 듯한 수우 때문에 사로도 수우에게서 눈을 떼지 못했다.

애써 고정한 시선이 이야기가 길어질수록 흔들렸다. 사로는 흔들리는 시선에서 눈물이라도 떨어질까 조마조마했다. 기어들어가는 목소리가 잠기지 않을까, 그래서 영원히 말하지 못하게 되는 건 아닐까, 하는 생각에 서늘했다.

이미 알고 있는 사실이었다. 수우와 와타나베가 잠자리를 하지 않는다는 것은. 바들거리는 수우의 얼굴 바로 옆으로 딱딱하게 굳은 히미코의 뒷모습이 보였다.

"알겠습니다."

기나긴 이야기. 가린스러운 대답. 수우는 절을 하고는 일어섰다. 그리고 히미코는 아무 일도 없었던 것처럼 문안 온 다른 왕족을 들였다. 조금의 망설임도, 고민도 없었다. 그걸로 끝이었다. 그리고 그 순간 와타나베는 언제나 그랬던 것처럼 히미코의 처소 뜰에 있었다. 언제라도 히미코가 부르면 달려올 태세로.

수우의 흐느낌이 잦아들고 있었다. 의후는 수우를 야마토 나데시코(패랭이꽃, 헌신하고 순종하며 정숙한 일본 여성을 비유할 때 많이 쓰인다) 같은 여자라고 했었다. 동네 사람들도 어머니를 가리켜 그렇게 말하곤 했다. 갑자기 묻고 싶었다.

"왜 그렇게 어리석은 사랑을 하시는 겁니까?"

수우는 후후, 웃었다.

"모르지요. 어쩌면 유전인지도 몰라요. 오라버니, 아니 세자저하께서도 저와 같으니까요."

그렁한 눈에 웃음이 가득했지만 나오는 소리는 생기가 없다.

"지칠 거예요. 언젠가는 돌려받을 수 없는 사랑에 지칠 거예요. 그러면 내게 오시겠죠. 언젠가는 지치시겠죠. 그때까지 참을 수 있어요."

수우는 자신에게 말하는 듯했다. 사로는 애써 말을 삼켰다. 어쩌면 당신이 먼저 지칠지도 모르지 않나요, 그렇게 묻고 싶었다.

"아이라도 가진다면, 아기라도 있으면 나아질 거예요. 그걸로 만족할 수 있어요."

그래도 까막과부(정혼한 남자가 죽어서 시집도 가보지 못하고 과부가 되었거나, 혼례는 했으나 첫날밤을 치르지 못해 처녀로 있는 여자. 망문과부 혹은 망문과라고도 한다)는 아니잖아. 어머니의 시퍼런 눈을 보며 혀를 차던 옆집 여자는 그렇게 말했었다. 아이도 있고. 아이를 생각해. 하지만 어머니는 그를 바라보지 않았었다.

"참, 우습죠? 생판 남이나 다름없는 남자한테 이런 말을 하고 있다니."

사로는 대답하지 않았다. 수우도 대답을 바라지는 않았을 것이다.

"나도 이렇게 속을 내보이는데 뭐라고 말 좀 해봐요. 나도 아무한테도 하지 않았던 이야기를 했으니까요. 뭔가 당신에 관해서도 말해봐요. 그래야 공평하지 않나요?"

"뭐가 궁금하십니까?"

"음, 글쎄요."

눈썹을 모으고 있는 모습이 정말로 무언가를 물을 모양이
었다. 하지만 쉽사리 생각나지 않을 것이다. 궁금하다는 것
은 그만큼 그 사람한테 관심이 있다는 것을 뜻하니까. 마침
내 수우는 무릎을 치며 물었다.

"어린 시절을 우리나라에서 보내셨다고 하던데, 아버지께
서 장인이셨나요?"

언제나 듣는 질문이었고, 언제나 같은 대답을 했었다. 그
런데 왜 이 여자에게는 사실을, 진실을 말하고 싶은 걸까?
사로는 이를 갈았다. 말하고 싶어도 말할 수 없는 이야기
들……. 아버지는 항상 그 이야기를 하면서 주위를 두리번거
렸다.

소라의 왕자였던 할아버지. 세자가 아닌 왕자는 항상 세자
보다 못한 존재여야 하건만 그렇지 못했던 할아버지. 그런
척이라도 했어야 하는데 못했던 할아버지. 세자는 왕위에 오
르자마자 역모 누명을 씌워 할아버지와 할머니의 사지를 찢
어버렸다. 할머니의 집안에서도, 외갓집에서도 몇 명을 골라
가마솥에 넣고 삶았다.

하지만 오랫동안 꿈꾸고 계획했던 것보다 시시했던 모양
이었다. 할아버지의 친족들은 모두 왕실 사람이었으니 피를
별로 보지 못했던 것이다. 대신들은 사로의 부모를 죽이는
것은 반대했다. 결국 세자는 아버지에게 궁형[8]을 내리는 것

130

으로 만족해야 했다. 하지만 혼인한 지 열흘밖에 되지 않았던 어머니는 이미 사로를 배고 있었다.

수우가 뚫어지게 바라보고 있었다. 사로는 짐짓 웃어 보였다.

"예, 장인이셨어요. 스에키를 만드셨죠."

"그랬군요."

왠지 실망이 깃든 목소리. 무얼 기대했을까?

"이상해요. 난 오라버니, 아니 세자저하 외에는 한 번도 다른 남자와 어울린 적이 없었는데, 이상하게 당신은 익숙해요. 혹시 절 본 적 없나요?"

사로는 미루적거렸다. 파닥대던 빨래들은 다시 조용해졌다. 가을의 바람은 변덕이 심하다. 또다시 침묵이 사로를 짓눌렀다. 그때처럼…… 홑이불 하나가 살긋하다. 마지막으로 울었던 그때처럼. 기울어진 홑이불은 땅에 끌릴 것만 같다.

혹시나 빨래가 땅에 끌려 더러워질까 재빨리 빨래들을 헤치고 다가갔었다. 어머니의 일을 보탤세라 너무 급했는지 한참 후에야 깨달았다. 홑이불이 아니라는 것을……. 질긴 **빨랫줄**은 잘 끊어지지도 않았다. 바람결에 어머니의 새하얀 치마가 펄럭였다. 그 새하얀 치마가 얼굴을 덮고 나서야 울고 있다는 것을 깨달았다.

아버지는 복수를 하라고 했다. 기어이 소라를 멸망시켜버리라고. 어머니를 더욱 꼭 껴안으며 말했다. 복수를 하라고. 사로의 키로는 도저히 닿을 수 없는 그 깊은 구덩이 안에서, 아버지의 명령으로 사로가 퍼붓는 흙이 벌어진 입을 막아버릴 때까지…… 하지만 자신의 사랑과 함께 묻히는 아버지는 행복해 보였다. 소라가 있어도.

수우는 다시 대답을 기다리고 있었다. 마른 눈은 맑았다. 하지만 그것만으로는……. 사로는 일어나며 말했다.

"아뇨. 마마를 뵌 적은 없었습니다."

무뚝뚝한 대답에 당황한 수우는 손을 만지작거린다. 하지만 사로는 뒤돌아섰다. 해말갛던 손이 아른거렸다.

"차가운 숟가락을 눈자위에 대고 있으면 부기가 가라앉을 겁니다."

그리고 다시 홑이불들을 헤치며 나아갔다. 뒤돌아보지 않고. 날이 저물고 있었다. 가을의 노을은 벌거우리하다.

히미코의 행차를 본 사로는 재빨리 지름길을 택했다. 평소대로라면 히미코는 노을이 지고 나서야 의후의 처소로 왔다. 하지만 오늘은 일렀다. 사로는 처소 입구에 서서 히미코를 맞을 준비를 했다. 언제나 그랬듯이 와타나베는 처소 입구에서 멈춰 섰다. 히미코는 물끄러미 와타나베를 바라보다 큰 소리로 말했다.

"오늘은 여기에서 자고 갈 테니 기다리실 필요 없습니다."

와타나베는 멈칫하지도 않고 돌아서 걸었다. 히미코는 차마 와타나베의 뒷모습을 바라보지 못하고 들어가버렸다. 그래서 사로는 와타나베의 뒷모습이 사라질 때까지 바라보고 있었다. 그 무거운 발걸음이 얼마나 힘겨운지 알기에, 한 사람이라도 지켜봐주는 게 그 고통에 대한 예의였다.

5

와타나베는 의후의 처소 앞을 서성거렸다. 벌써 새벽이 오고 있는지 하늘에 붉은빛이 가득했다. 이렇게 바보처럼 구는 게 아니었는데. 이런 내 모습을 히미코는 더 싫어할 텐데. 나조차 싫은 모습인데. 하지만 발걸음이 떨어지지 않았다.

처소에 불이 꺼진 지 얼마나 되었는지 헤아릴 수 없었다. 그저 너무나 길다는 생각뿐이었다. 오늘따라 밤은 차갑고 맹렬했다. 가을이 아닌 겨울 같은 날씨. 오히려 다행이라고 생각했다. 차가운 바람에 온몸의 감각이 없어지고 둔해져서 다행이라고 생각했다. 이렇게 계속 있다보면 내 심장도 얼어붙겠지. 내 심장도 얼어붙어 더 이상 아프지 않을 거야. 심장이 얼어붙으면 이 어리석은 집착을 끝낼 수 있을까?

아버지는 그렇게 말했다. 어리석은 집착이라고. 적으로 마주한 상황이었지만 그도, 아버지도 차마 검을 들지 못했다.

그저 서로를 마주 보며 빙빙 돌기만 했다. 아버지는 차마 아들을 죽일 수 없다고 말했다. 와타나베도 차마 아버지를 죽일 수 없다고 말했다. 아버지도, 그도 울고 있었다. 아버지는 와타나베를 왕으로 만들어주겠다고 말했다. 와타나베는 히미코를 왕으로 받들겠다고 말했다. 아버지도, 그도 어느새 고함을 지르고 있었다. 아버지는 히미코에 대한 어리석은 집착을 버리라고 했다. 와타나베는 왕위에 대한 어리석은 집착을 버리라고 했다.

서로를 노려보며 그들은 침묵했다. 오랜 침묵…… 을 깨며 아버지의 검이 공기를 갈랐다. 순간이었고 무의식이었다. 와타나베의 검이 아버지를 향한 것은…….

아버지에게 배운 검술이었고, 아버지가 자랑스러워했던 검술이었다. 와타나베의 검이 아버지의 심장을 뚫는 순간, 아버지의 검은 와타나베에게 향하던 화살을 쳐내고 있었다.

와타나베는 얼어붙은 손을 들어 태양을 바라보았다. 새벽에는 태양을 바라볼 수 있었다. 눈을 게슴츠레하게 뜨면 바라볼 수 있었다. 히미코를 바라볼 수 있는 것만으로도 만족할 수 있다고 생각했는데. 와타나베는 또다시 느껴지는 둔한 통증에 가슴을 움켜쥐었다. 심장은 얼어붙지 않는 걸까? 얼굴은 완전히 얼어붙어 입술조차 움직이지 않는데, 이제는 딱딱거리며 마주치던 이조차 얼어붙어 소리내지 않는데 심장은 얼어붙지 않는 걸까?

"너였나?"

와타나베는 둔한 몸을 돌렸다. 의후였다.

"무슨 말씀이십니까?"

의후는 와타나베를 뚫어지게 바라보았다.

"순결하지 못하더군."

우스웠다. 보잘것없는 질투는 구차했다. 자신도 모르게 웃음이 새어나간 모양이었다. 의후의 표정이 더 싸늘해졌다. 부러웠다. 사랑할 수도, 질투할 수도 있는 의후가. 와타나베에게는 사랑은커녕 하찮은 질투조차 허락되지 않았다.

"내 감정이 우습다는 건가? 그런데 어쩌지? 네 생각과는 달리 그깟 순결 따위에 가볍게 내쳐질 감정은 아니거든. 그저 궁금했을 뿐이다."

와타나베는 물끄러미 왼손을 바라보았다. 새끼손가락의 상처가 검은 피부 위로 도드라졌다. 여름이 되면 상처는 또 벌어져 곪을 것이다. 어의는 차라리 새끼손가락을 통째 잘라내자고 했다. 하지만 히미코는 고개를 저었다.

'차라리 내 손가락을 자르십시오.'

그래서 자를 수 없었다. 상처를 볼 때마다 그날 밤이 생각났다. 피를 쏟아내면서도 왕이 되고 싶어하던 히미코가, 그리고 피를 쏟아내는 히미코를 보면서 아무것도 할 수 없었던 자신이 생각났다.

횅한 바람 사이로 와타나베는 입을 열었다.

"제가 말씀드릴 수 있는 것은 단 한 가지입니다. 그분께서는 이 세상 어느 여인보다 순수하시다는 겁니다. 제 피를 두고, 제 목숨보다 소중한 그분을 두고 맹세하건대 그분은 순결하신 분입니다."

와타나베는 의후의 눈을 똑바로 바라보며 말했다. 당당하게 말했지만 죄책감이 밀려왔다. 어디선가 달구어진 쇠냄새가 나는 것 같았다. 그날 밤처럼. 그의 잘못이었다. 그가 지켜주었어야 했는데……. 의후의 표정은 아리송했다. 자신의 말을 믿는 건지 아닌지 도통 알 수가 없었다. 무표정하던 의후의 표정이 심술궂게 변했다.

"내가 너였다면 난 왕이 되어서 그녀를 내 것으로 만들었을 거야."

상처 입히기 위한 말. 하지만 와타나베는 흔들리지 않았다. 단 한 번도 후회해본 적은 없었다.

"전하께서는 왕이 되고 싶어하셨습니다. 왕후보다는 왕이 되고 싶어하셨습니다."

"원하는 모든 것을 이룰 수는 없는 법이지. 게다가 인간은 변하기 마련이야."

"변하지 않는 인간도 있습니다."

"변하게 만들면 되는 거야. 내가 변하게 만들 거야."

"어떤 사람을 사랑한다면 그 사람의 모든 것을 사랑해야 합니다. 그것이 진정한 사랑이지요. 그 사람의 단점마저도, 그 사람이 준 상처까지도, 그 사람이 저지른 죄까지도 사랑할 수 있어야 합니다. 그런데 전하의 꿈을, 전하의 희망을 모두 버리게 만드시겠다고요? 왕은 그분의 운명이었습니다."

"이 세상에 운명 따위는 존재하지 않아."

"아니요. 세상에 운명이라는 것은 분명히 존재합니다. 그리고 전하의 운명은 왕입니다."

"운명 따위는 믿지 않아. 아니, 운명이 존재한다고 해도 상관없어. 내가 바꾸면 되니까. 내가 바꿀 수 있어. 왕이 아닌 나라는 운명을 택하도록 만들 거야. 히미코의 꿈과 희망이 왕이 아닌 나라는 남자로 바뀔 수 있도록 만들 거야. 누구도 막지 못해. 신이라고 해도. 난 그렇게 만들 수 있으니까. 그렇게 변하게 만들면 되는 거야. 사람은 누구나 변하기 마련이니까."

"예. 그럴지도 모릅니다. 전하를 변하게 만들 수 있을지도 모릅니다."

와타나베는 잠시 허공을 바라보며 말을 멈추었다.

"저도 그렇게 생각했지요. 전하를 변하게 만들면 된다고. 나만 사랑하는 여자로 만들 수 있을 거라고. 왕이 아닌 여염

집 아낙처럼 남편만 바라보는 여자로 만들 수 있을 거라고 생각했었지요."

"그런데?"

의후는 잠깐의 침묵을 참지 못하고 되물었다. 와타나베는 다시 의후를 바라보았다. 그리고 힘없이 웃었다.

"그런데 자신이 없었습니다. 변해버린 그분을 지금처럼 사랑할 수 있을지 확신할 수 없었습니다. 제가 사랑한 사람은 왕이 되고 싶어하던 그분이니까요. 꿈을 잃어버리고 나만을 바라보는 여인이 아니라 왕으로서 당당한 그분이었으니까요. 왕이 모든 것이었던 그분이니까요. 그래서 관두었지요. 변한 그분이 저만 바라본다고 해도, 그분이 모든 것을 버리고 저만 사랑해주신다고 해도, 이미 그분은 제가 사랑한 사람이 아닐 테니까요. 그리고 그분을 그렇게 만든, 그분을 사라지게 만들어버린 저를 증오하게 될 테니까요. 그래서 못했지요. 그분을 너무나 사랑해서요."

6

와타나베 때문이라고, 와타나베를 위해서라고……. 자신에게 되뇌었다. 의후의 품 안에서 잠들던 순간에도, 의후의 품 안에서 깨어나던 순간에도 그렇게 되뇌었다. 구차한 자기 변명이었다.

의후는 달랐다. 의후와 있으면 누군가와 함께 있다는 느낌이 강하게 다가왔다. 와타나베는 항상 히미코 뒤에서 한 걸음 떨어져 걸었다. 하지만 의후는 항상 히미코와 함께 보조를 맞추어 걸었다. 그래서인지도 몰랐다. 의후와는 항상 함께 있는 것 같았다. 하지만 와타나베는 항상 히미코가 뒤를 돌아 찾아야만 했다.

의후는 달랐다. 자기주장이 강하고 그걸 표현해야 직성이 풀렸다. 그래서 히미코도 뭐든 말할 수 있었다. 하지만 와타나베는 항상 히미코의 뜻에 따랐다. 그래서 히미코는 와타나베에게 아무것도 말할 수 없었다.

의후는 달랐다. 와타나베의 손은 히미코가 먼저 잡아야 했지만, 의후는 먼저 히미코의 손을 잡았다. 그래서 두려웠다. 그 손을 놓고 싶지 않을까봐, 아니면 의후가 그 손을 놓아버릴까봐 두려웠다.

"전하, 세자저하 드십니다."

히미코는 수저를 놓았다. 그러잖아도 입맛이 없었다. 히미코는 절을 하는 와타나베를 바라보았다. 건조한 얼굴. 스진이 다과상을 들여온다. 와타나베는 쿨럭쿨럭, 기침을 하면서 찻잔을 마주 들었다.

"고뿔이 드셨습니까?"

"아닙니다."

와타나베는 따뜻한 찻잔을 감싸쥐었다.

"어의에게 진맥 받으시는 게 좋겠습니다. 고뿔이 심하면 죽을 수도 있다는 거 모르십니까?"

자신이 들어도 냉정한 목소리였다. 와타나베는 고개를 숙인다. 히미코도 고개를 돌렸다.

"왕통이 끊어지기를 바라십니까?"

히미코의 말에 와타나베는 찻잔을 놓칠 뻔했다. 쿨럭쿨럭, 참으려 애쓰는 기침소리에 히미코가 더 괴로웠다.

"무슨 말씀인지 잘 모르겠습니다."

"정말 모르십니까? 세자빈의 입에서 직접 들은 말입니다. 대왕대비마마의 귀에 들어가지 않은 것이 다행인 줄 아십시오. 그분께서 아시면 더 화를 내실 테니까요. 어리석은 짓 하지 마세요. 세자이십니다. 한 인간이기 전에 이 나라의 왕위를 이을 세자입니다. 아무리 내가 젊다고는 하나 앞일이 어떻게 될지는 모를 일입니다."

와타나베는 대답하지 않았다. 하지만 히미코는 의심하지 않았다. 그녀가 원한다면 와타나베는 해줄 것이다. 절을 하고 일어나 나가는 와타나베를 보며 히미코는 망설였다. 힘없는 뒷모습, 하지만 확실히 해두어야 했다. 히미코는 차를 꿀꺽 삼켰다.

"제가 아기를 얼마나 좋아하는지 잊으셨습니까?"

와타나베가 멈칫했다.

"세자가 저를 위해 해주실 일은 이제 그것밖에 남지 않았습니다."

와타나베는 방을 나갔다. 항상 그랬다. 그대로 돌아나간다. 한 번도 매달리는 일 없이 그대로 돌아선다. 그럴 때면 꼭 자신이 버림받는 것 같았다. 와타나베가 아닌 그녀가 버림받는 듯한 기분이었다.

"전하, 도바 경 드십니다."

"들여라."

도바는 심각한 얼굴로 들어섰다. 이번엔 또 무슨 일일까? 도바는 봉빈부의 대신이었다. 봉빈부라면 외교를 관장하는 부서였다. 그리고 외교란 구다라를 의미했다. 가메야마와 후시미까지? 히미코는 애써 웃음을 지었다.

"무슨 일이십니까? 이렇게 이른 아침부터?"

대신들은 다과도 거절하고 본론으로 들어갔다.

"구다라에 보낼 가을 조공에 관해…… 올해도 흉년이라……얼마나 보내야 할지……."

그녀가 했던 말들이 그녀에게 되돌아온다. 나라면, 내가 왕이라면 구다라에서 독립하겠습니다. 왕위밖에 꿈꿀 수 없던 어린 시절 했던 말들. 히미코는 이를 물었다. 의후가 죽었다고 생각했을 때 했던 말들. 어금니는 이미 내려앉은 지 오래였다. 구다라에서 버림받았던 것을 알았던 그 순간에 이미.

"전하?"

도바가 답답한지 고개를 들썩였다. 다행이었다. 아무도 왕을 바라볼 수 없다는 것이. 의후는 새벽부터 대전으로 향하는 그녀를 붙잡았다. 조금이라도, 아주 조금이라도 같이 있고 싶다면서. 처음으로 주저앉고 싶었다. 그 부드럽고 따뜻한 손길에. 처음으로 왕이 아닌 여인이고 싶었다. 하지만…… 히미코는 눈을 감았다.

"광평성과 병부의 대신들까지 불러야겠군요."

"예? 왜 군사 관계의 일을 맡은 부서를, 게다가 광평성이라니요?"

"왜요? 광평성이 뭐 하는 곳인지 모를까봐서요? 국정을 논의하고 결정하는 곳이 아닙니까? 아니, 대신들을 모두 모이라 하세요. 모두. 구다라와의 관계를 분명히 해야 할 때가 온 것 같습니다."

신하들은 금세 모였다. 모두들 숨을 쉬지 못했다. 조공을 보내지 않겠다는 건 전쟁을 하겠다는 말이었다. 전쟁이라니, 그것도 구다라와. 한참이 지나도 격렬한 논의는 계속된다. 히미코는 서로 삿대질까지 하는 신하들이 보기 싫어 밖으로 나왔다.

왕궁의 담 너머로 웃음소리가 들렸다. 올해 마쓰리는 유난히 흥겨웠다. 한 번도 마쓰리의 여운에 휩쓸린 적이 없었는데…….웃음이라는 건 항상 멀게만 느껴졌는데…….

의후의 모습이 보이자 히미코는 놀라서 멈춰 섰다. 자신도 모르게 의후의 처소 쪽으로 발길이 향하고 있었던 모양이다. 히미코는 뒤돌아섰다. 하지만 벌써 의후가 히미코를 발견한 뒤였다. 히미코, 히미코. 의후는 그녀의 이름을 불렀다. 의후가 처음이었다. 그녀의 이름을 부른 것은. 자신의 이름이 불린다는 것이 이렇게 기분 좋은 일인지 모르고 있었다. 하지만 히미코는 걸었다. 뒤돌아보지 않으면 못 들은 줄 알고 그냥 갈 거야.

"왜 못 들은 척하는 거야?"

의후가 히미코의 어깨를 붙잡으며 말했다. 그 먼 거리를 뛰어왔는지 얼굴에 땀이 맺혀 있었다. 이마에도, 코에도, 뺨에도…….자신도 모르게 손이 의후의 얼굴로 향하려 들썩였다. 땀을 닦아주고 싶었다. 자신을 보기 위해 뛰어와 흘린 땀을. 하지만 히미코는 두 손을 움켜쥐었다. 의후는 갑옷을 입고 있었다.

"왜 입었는지 궁금한 거야?"

묻고 싶지 않았다. 갑옷을 보면 전쟁이 생각났다. 의후와 벌여야 할지도 모르는 전쟁. 의후는 히미코를 이끌고 자신의 처소 안으로 들어갔다. 병사들의 훈련이 격렬했다. 모두 땀에 젖어 있는 것으로 보아 시작한 지 오래된 모양이었다.

"심심해서 병사들 훈련이나 시키기로 했지. 솔직히 여기에 데려다놓고 놀리기만 하는 건 좀 그렇잖아. 훈련 잘된 병사들인데 그렇게 매일 놀다가는 무뎌져버릴 거라고."

히미코는 칼싸움을 하는 병사들을 보며 얼굴을 찌푸렸다. 의후는 정말 아무것도 모르고 있는 걸까? 적군을 내 왕궁에서 훈련시키다니. 어떻게 해야 할지 갈피를 잡을 수가 없었다.

"이리 와봐."

사대(射臺, 활을 쏘는 곳)였다. 심심해서 하는 훈련치고는 완벽해 보이는 사대에 히미코의 몸이 굳었다.

"습사용(習射用)은?"

의후의 말에 병사 하나가 금세 작은 활과 화살을 대령했다.

"습사용이란 연습할 때 쓰는 작은 활이야. 실전에 쓰이는 건 정량궁(正兩弓), 큰활이지. 저기 사로가 쏘고 있는 것 같은 거 말이야."

마치 딴 나라의 언어를 듣는 것 같았다. 습사용, 정량궁, 모르는 단어들이 넘쳐난다. 전쟁에나 필요할 단어들.

"한번 해보지 않을래?"

의후는 활을 내밀고 있었다.

"뭐?"

"우리나라에는 명궁들이 많은 편이지. 아마 민족적 특징이 아닐까 할 정도로. 그래서 보통 전쟁 때면 활을 많이 쓰는 편이야. 그 편이 우리 쪽이 다치지 않고도 적을 많이 죽일 수 있거든. 당신도 한번 해보지 않을래?"

의후는 아무렇지도 않게 말하고 있었다. 히미코는 엉겁결에 활을 받아 들었다.

"난 못해."

히미코의 말에 의후는 웃었다.

"정말? 왕이 못하는 것도 있었단 말이야? 좋아, 내가 먼저 시범을 보여주도록 하지."

의후는 활시위를 당겼다. 의후가 쓰는 활은 다른 병사들 것보다 커 보였다. 히미코는 멍하니 명중을 알리는 깃발이 올라가는 것을 바라보았다. 과녁은 잘 보이지도 않았다.

"좋았어! 나도 확실히 명궁의 소질이 있는 모양이야. 그렇게 오래 쉬었는데도 아직 명중인 걸 보니."

"당신은 활을 잘 쓰는 모양이지?"

히미코는 힘없이 물었다. 언젠가 당신의 화살에 내가 맞을 수도 있는 거야? 그 말을 애써 삼키면서.

"보통 열에 아홉은 명중이지. 자, 이제 당신도 해봐."

히미코는 의후가 내미는 활을 어색하게 잡았다.

"그게 아니라 이렇게 해야지."

의후는 히미코의 팔을 잡아 자세를 고쳐주었다. 히미코는 어색하게 활시위를 당겼다. 하지만 명중은커녕 화살은 히미코의 발밑에 떨어져 처박혔다. 킬킬거리는 웃음소리. 지는 것은 참을 수가 없는데, 웃음거리가 되는 것은 견디기 힘들었는데 의후의 웃음소리는 듣기 좋았다.

"아니, 너무 위로 들었잖아. 아냐, 이렇게."

의후의 손이 히미코의 손을 덮었다. 쿡쿡, 의후의 입김이 귓가에 와 닿는다. 히미코는 고개를 돌렸다. 다른 사람들도 있었다. 그들을 바라보고 있는 궁녀와 무사들. 그제야 다른 사람이 눈에 들어온다. 의후와 있으면 항상 그렇다. 다른 사람들이 보이지 않는다.

히미코는 다시 활시위를 당겼다. 흔들리는 마음을 다잡기 위해. 하지만 역시 불발이었다.

"그래도 날아가기는 했으니까 다행이네. 한 걸음 날아간 것도 날아간 거라고 할 수 있으니까."

의후의 놀림에 히미코는 눈을 흘겼다.

"가만히 좀 있어. 당신이 자꾸 옆에서 잔소리를 하니까 그렇잖아."

"그런 변명은 하지 말라고. 어차피 처음 쏘는 거잖아. 못할 수도 있지 뭘 그래? 왕이라고 뭐든지 잘하라는 법은 없잖아."

의후는 눈알을 굴리며 장난스럽게 말했다.

"좋아, 두고보라고."

히미코는 과녁의 중앙에 집중하며 힘껏 활시위를 당기고는 눈을 감았다. 설마 이번에도 불발은 아니겠지? 그래도 과녁에는 맞았으면 좋겠는데. 히미코는 슬며시 한쪽 눈을 떴다. 과녁의 가장자리에 화살이 박혀 있었다. 히미코는 팔짝팔짝 뛰면서 다른 화살을 집어들었다.

"잘 봐. 오늘 중으로 명중시키고 말 테니."

히미코의 말에 의후는 짐짓 한숨을 내쉬며 말했다.

"내가 잠자는 호랑이의 코털을 건드린 모양이군."

"조용히 좀 해."

히미코는 과녁에 집중하며 의후에게 핀잔을 주었다. 하지만 의후의 웃음에 자신도 모르게 끌려들어갔다. 모든 것을 잊어버리고.

제14장

운명을 손에 쥐고 흔들다

'당신은 모를거야. 당신이 무의식중에 하는

이런 행동에 내가 얼마나 가슴이 벅차오르는지.'

그 품 안에서 잊을 수 있었다. 찢어질 듯한 고통도,

그 고통이 생기게 만든 그 고통스러운 기억도……

'그래, 무의식중이라도 좋아. 아주 조금이라도 괜찮아. 날 사랑하고 있다는 걸 보여 줘.

내가 모든 걸 포기할 수 있게. 나라마저 배반할 수 있게. 부모마저 져버릴 수 있게.'

1

  의후는 부스럭거리는 소리에 잠이 깼다. 히미코는 뭔가를 뒤적이고 있었다. 갑자기 등이 서늘했다. 사로의 말이 울린다.

  '구다라에 가을 조공을 보내지 않기로 했답니다. 그게 무슨 뜻입니까? 전쟁입니다.'

  의후는 세차게 고개를 흔들었다. 워낙 흉년이었다. 하지만 사로는 확신에 차 있었다. 마치 직접 보기라도 한 것처럼…….

  '왕의 뜻입니다. 반대하는 신하도 많았지만 왕의 뜻이 워낙 완강했습니다.'

  하지만 그들은 어제도 사랑을 나눴다. 이제 히미코는 그의 품에서도 편안해했다. 게다가 히미코는 그가 준 반지를 끼고 있었다. 빠지지 않아서, 라며 별것 아니라는 듯 말했지만.

'마마의 감정을 이용하는 것뿐입니다. 세자가 아버지를 죽이게 만들었듯이 말입니다.'

히미코의 순결에 관해 추궁당하던 와타나베의 얼굴은 죄책감과 절망으로 가득했다. 세상 누구보다 순결하신 분입니다, 라고 말하면서도 고개를 숙여 손만 바라보았다. 그 순간 아버지의 눈길이 스치고 지나갔다. 자기 자식이 맞는지 확신하고 싶어하던 아버지의 눈길. 순간적으로 떠오른 생각에 소름이 끼쳤다. 의후는 픽 웃었다. 결코 아버지처럼 되지는 않을 생각이었다.

의후는 조용히 일어나 앉았다. 히미코는 아직도 무언가를 찾고 있다.

"뭘 찾아?"

히미코는 태연하게 돌아섰다.

"거울."

의후는 한숨을 내쉬었다. 아니었다. 자신도 모르게, 히미코를 의심했다. 의후는 일어나 벗어둔 옷을 집었다. 히미코는 의후가 준 거울을 받아들고는 한참을 바라보았다. 히미코도 기억하는 걸까? 하지만 히미코는 아무 말도 하지 않았다.

"기억나?"

"그래. 별로 대단한 것도 아닌데 아직도 가지고 있었네."

의후는 거울을 바라보았다. 오래되어 반질거리는 거울에

는 아무런 장식도 없었다. 히미코가 주었을 때 이미 낡은 거울이었다.

"왜 안 버렸어?"

거울을 보는 눈은 아련해졌다가 금세 어두워졌다. 사연이 있는 걸까?

"돌려받고 싶어?"

히미코는 망설이다 고개를 저었다. 하지만 히미코는 계속 거울을 만지작거린다. 거울은 아마테라스 오미카미를 상징한다고 했다. 그리고 히미코는 아마테라스 오미카미라고 했다. 히미코도 그 사실을 알까? 히미코는 의후에게 거울을, 아마테라스 오미카미를, 그녀 자신을 주었다는 것을. 어쩌면 운명은 자신의 편일지도 모른다는 생각이 들었다. 아무것도 모르는 시절 이미 운명이 결정되어 있었다면 운명은 그들의 편일지도 모른다.

히미코는 거울을 만지작거리다 의후에게 건넸다. 걱정스런 표정.

"절대로 깨지 않을 거야. 약속할게."

의후가 안심시켰다.

"괜찮아. 어차피 이젠 당신 거니까."

웃음을 참을 수가 없었다. 히미코는 영문을 몰라 어리둥절했다.

"왜 웃는 거야?"

"그래, 맞아. 이젠 내 거야. 완전히."

의후는 히미코를 품으로 끌어당기며 말했다. 그래, 이젠 내 거야. 완전히, 그리고 영원히.

2

낙엽이 하나둘씩 떨어지고 있었다. 노랗고 빨간 이파리들. 이때쯤이었다. 어머니가 아닌 어머니가 죽은 것이. 마쓰리의 흥이 채 가시기도 전이었다. 빨간 단풍잎을 보며 흠칫하곤 했었다. 피로 물든 줄 알고 놀라서.

처음부터 좀 수상하다고 생각했었다. 화려하고 사치스러운 미도리가 그렇게 소박한 거울을 소중히 여긴다는 것이. 히미코가 왕궁에 오는 날 주었던 거울이었다. 그때 왜 눈치채지 못했을까? 미도리는 '이건 어미가 주는 거야.' 라고 말했다. '내가' 가 아닌 '어미' 였다. 그때 눈치챘어야 하는데.

잊어야 한다. 생모 따위는. 얼굴을 본 적도 없는 생모가 뭐 그리 소중하다고. 이제는 잊어야 한다. 잊어. 널 버린 사람이야. 하지만 미도리의 말이 사실이었을까? 날 낳은 어머니조차도 날 버렸다는 게? 미도리의 죽음과 함께 묻었던 의문이 되살아난다. 히미코는 단풍잎을 하나 주웠다. 핏줄 따위는 예전에 모두 버렸어. 어미도 자식도 소용없어. 이미 모두 버렸잖아, 쇠의 향기가 나던 그 밤에……. 히미코는 인기척에 홱 돌아보았다.

"뭐 할 말이 있느냐?"

노사미는 흠칫했다.

"며칠 전부터 계속 힐끔거리는 걸 모르는 줄 알았더냐? 할 말 있으면 빨리 하는 게 좋을 게다. 곧 날이 저물 테니."

"나중에 말씀드리겠습니다."

"왜? 내 기분이 나빠 보여서? 네가 언제부터 그런 걸 신경 썼지?"

짜증이 묻어난다. 요즘 들어 노사미의 눈길이 마음에 들지 않았다. 그것도 의후를 향한 눈길이. 그리고 그 눈길을 짜증스러워하는 자신도 못마땅했다.

"어떻게 생각하실지 모르겠습니다. 미친 사람의 말이라기엔 너무 자세해서…… 무엄하다는 것을 알지만……."

히미코는 질질 끄는 노사미의 말을 잘랐다.

"무슨 일인데 그러는 게냐? 어차피 꺼낼 말이라면 빨리 하는 게 좋지 않겠느냐? 왜? 또 어떤 관리가 여염집 아낙을 강간이라도 했다고 하더냐?"

노사미의 얼굴에 죄책감이 어린다. 백성들의 탄원을 정리하는 일을 맡겼건만 요즘은 나태해졌다. 노사미를 믿는 게 잘하는 일일까? 히미코는 한숨을 내쉬었다. 바람이 불어와 쌓인 낙엽들이 소용돌이쳤다. 그 순간 노사미가 말했다.

"전하의 생모라는 여인이 찾아왔었습니다."

3

생모……. 노사미의 말이 머릿속에서 메아리치며 울린다. 히미코는 뚫어지게 낙엽만 바라봤다. 믿을 수 없었다. 하지만 노사미는 속삭였다. 아무것도 모르는 노사미가 결코 지어낼 수 없는 이야기들…….

"구다라인으로 이름은 순덕이라고 하더군요. 뱃속의 아이가 천하를 평정할 거라는 예언 때문에 왕이 죽일 것을 명해 옥에 갇힌 신세가 되었는데, 오스키라는 왜인이 자신을 구출해주었다고 합니다."

히미코는 헉, 숨을 들이켰다. 미도리의 목소리는 아직도 생생하다. 미도리와 노사미의 목소리가 번갈아 울렸다.

"아기를 낳고 이즈모로 보내졌답니다. 몇 해 전에 감시하던 병사가 무슨 일인지 갑자기 사라졌고, 그래서 도망쳐 이곳까지 구걸하면서 왔다고 합니다."

노사미가 말하면 미도리가 받는다.

'웃기지 마. 생모라고? 널 버리고 도망간 년이야.'

"분명 빼앗겼다 했습니다. 버린 건 절대 아니라고요. 떠도는 소문을 듣고서야 모든 상황을 파악했답니다."

노사미의 눈물 위로 미도리의 비웃음이 스쳐갔다.

'널 버린 것도 모자라 나한테 돈까지 뜯어갔어.'

"아기를 빼앗은 것으로도 모자라 눈까지 멀게 만들었답니다."

바들바들 떨렸다. 거짓말? 미도리가 거짓말을 한 걸까?

'널 기억이나 할까? 아주 신나게 잘산다고 하던데.'

"멀쩡해 보이는 정신에 죽음을 무릅쓰고 거짓을 고할 리 없다 생각했습니다. 하지만 이야기가 워낙 엄청나서 고하는 것만으로도 망극합니다. 이야기가 너무 그럴듯해서, 혹시나 하여, 설마 사실은 아니겠지요?"

노사미는 떨리는 목소리로 물었다. 고개를 저어야 했다. 하지만 누군가가 짓누르고 있었다. 꼼짝할 수 없었다. 노사미는 조심스럽게 말했다.

"만약 사실이 아니라면 참형에 처하는 것이 마땅하다고 생각해 왕궁 구석진 곳에 여인을 데려다놓았습니다. 이제 곧 날이 저물 테니 한번 만나보심이 어떠하신지?"

어머니였다. 한 번도 보지 못했지만 그녀를 낳아준 사람이었다. 하지만 히미코는 보고 싶지 않았다. 생모를 보면 모든 걸 인정해야 할 것 같았다. 그녀의 몸속에 구다라 천민인 생모가, 누군지 알 수조차 없는 생부가 살아 있다는 생각을 히미코는 용납할 수 없었다.

히미코는 안절부절못했다. 보고 싶지 않았다. 하지만 노사미의 말이 계속 울렸다. 버린 게 아니라 빼앗겼다고 했습니다. 자식을 버린 나쁜 년이라 원망했던 게 후회스러웠다. 결국 히미코는 날이 저물자마자 밀실로 향했다.

히미코는 여자를 바라보았다. 눈알도 없이 감긴 눈꺼풀은 안으로 푹 파여 들어가 있었다. 게이코, 이렇게 돌아오는 건가? 내게로? 히미코는 여자의 얼굴에 닿을락 말락 손을 가져다 대고는 여자의 얼굴을 훑어 내렸다. 여자는 그걸 아는지 모르는지 땅바닥에 엎드렸다. 히미코는 손을 거두었다. 신음같이 쏟아져나오는 말들…….

"정말 전하신가요? 정말 전하십니까?"

허공을 내저은 여자의 손에 히미코의 옷자락이 닿았다. 여자는 옷자락을 부여잡고 울기 시작했다. 눈물조차 나오지 않는 울음소리가 공중을 맴돌았다. 하지만 히미코는 멍하니 여자를 바라봤다. 마른 눈으로. 히미코는 여자가 잡은 옷자락을 조심스레 빼냈다.

"네가 전하의 생모라는 주장을 했다던데 그게 사실이냐?"

목소리는 바들바들 떨렸다.

"그럼요. 전 분명히…….."

"감히 어디서 그런 망극한 말을 하고 다니는 게야? 그러다 죽임을 당할 수 있다는 걸 모르느냐?"

히미코는 목을 가다듬었다. 자꾸 목소리가 가라앉는다.

"아무리 미쳤다고는 하나 목숨이 아깝지 않느냐?"

여자는 눈물도 흐르지 않는 눈을 자꾸 비벼댔다.

"전하가 맞으십니까?"

히미코는 옷자락을 붙잡는 순덕의 손을 내쳤다.

"아니, 물론 아니지. 어찌 내가 전하라고 생각하느냐? 전하께서 너 따위 구다라 천민을 친히 대면할 거라 생각하다니 너도 참 대단하구나."

코웃음을 치려 했지만 목이 메어 말이 잘 나오지 않았다.

"전하가 맞으십니까? 정말 전하가 맞으십니까?"

"아니라고 했다."

히미코는 한숨을 내쉬었다. 여자는 한참을 망설이다 떨리는 음성으로 말했다.

"전하, 아니, 그렇게 부르지 못하게 하신다면 그렇게 부르지 않아도 좋습니다. 그저 목소리를 들을 수 있다는 것만으로 저는 행복합니다. 그것만으로도 괜찮습니다. 그 사람들은 제가 이 나라 말을 못하는 줄 알고 있었지요. 하지만 할 줄 알았습니다. 그래서 모른 척했습니다. 천민의 아이로 비참하게 자라시는 것보다는 이 나라의 공주로 자라시는 게 훨씬 좋을 거라 생각했습니다."

여자는 말을 멈추고는 한참을 흐느꼈다.

"괜찮습니다. 이젠 괜찮습니다. 죽이셔도 상관없습니다. 한 번도 안아보지 못했습니다. 탯줄을 끊자마자 데려가 버려 얼굴도 보지 못했습니다. 그래도 알 수 있습니다. 당신께서 내 따님이시라는 걸. 그러니 이제는 됐습니다."

주책없이 터지는 눈물. 히미코는 등을 돌렸다. 왕은 울지 않는 법이었다. 하지만 대신 울어주고 싶었다. 눈물조차 흘릴 수 없어 불행할 어머니를 위해. 그녀는 버림받지 않았다. 그래도 친어미에게서는.

"노사미."

"예, 전하."

"미친 데는 약도 없다 했다. 하지만 미쳤다고 해도 감히 나를 모욕하고 우롱한 죄는 용서할 수 없으니 멀리 귀양 보내라. 이즈모에서 오래 살았다고 하니 그곳도 좋겠지. 물론 감시병도 딸려 보내라."

히미코는 말을 마치고는 그곳을 떠났다. 어머니, 어머니……. 입 밖에 내선 안 될 말을 힘겹게 삼키며. 낙엽을 모아 태우고 있는지 연기가 가득하다. 히미코는 눈가를 닦았다. 연기 때문이라고 변명하면서.

노사미는 히미코의 처소 안으로 들어섰다. 독한 년. 아무리 자신을 버린 어미라 해도 그렇지, 어미거늘. 그래도 어미라면 왕궁에 두라고 할 줄 알았는데. 흔들릴 줄 알았는데, 아니었다. 수우는 기다리자고 했다. 수우의 말을 들을 것을. 노사미는 후회의 한숨을 내쉬었다.

노사미가 절을 하고 나서도 히미코는 말이 없었다. 답답해서 노사미가 먼저 입을 열었다.

"전하의 명대로 거행했습니다."

한숨소리만 들렸다. 무엄하다고 야단도 치지 않았다. 히미코는 갑자기 일어나 방 안을 휘젓고 다녔다. 혹시나 하는 기대에 노사미의 가슴이 부풀었다.

"철저히 보살피도록 지시해라. 의식주는 물론이고 해달라는 거, 하고 싶다는 거 모두 다 해주도록 해."

"예."

"그만 나가보아라."

노사미는 방문을 천천히 닫았다. 히미코는 무너지듯이 주저앉고 있었다. 수우가 틀렸다. 자신의 계획이 성공한 것이다. 생모라면 마음이 동할 줄 알고 있었다. 아무리 냉정한 왕이라도. 이제 생모를 인질 삼아 한판 벌일 수 있을 것이다.

생각보다 수우가 능력이 있군. 교육을 잘 시켰어. 노사미는 호호 손을 불며 여자에게로 갔다. 연기력 하나는 끝내줬으니 칭찬해줘야 마땅하겠지. 이제 히미코의 운명은 노사미의 손 안에 있었다.

5

한밤중, 희미한 소리에 의후는 본능적으로 칼을 찾았다. 하지만 곧 그가 어디에 있는지 기억하고는 한숨을 내쉬었다. 여긴 구다라가 아냐, 날 죽일 사람은 없다고. 의후는 칼을 내던졌다. 아마 바람소리에 놀란 모양이었다.

다시 자리에 누웠지만 정신은 말똥말똥했다. 열 개의 촛불들이 춤을 추고 있었다. 히미코는 사방이 환해야 잠을 잘 수 있었다. 의후가 그렇듯이. 잠들어서까지 생명을 위협당하는 사람들이 가진 잠버릇이었다.

의후는 품 안의 히미코를 바라보았다. 오늘은 기분이 좋지 않은 것 같았는데……. 하지만 히미코는 웃었다. 인형처럼.

"어떻게 해야 할까, 당신을 정말 웃게 만들려면?"

의후는 조용히 속삭였다. 히미코는 자면서도 인형 같은 미소를 지우지 않는다. 별의별 짓을 다했다. 보석이나 장신구를 주면 좋아할까 싶어 매일 선물했었다. 하지만 히미코는 눈썹만 추켜올렸을 뿐이었다. 정성이 들어간 것이면 더 좋아할까 싶어 직접 잡은 여우로 옷을 만들기까지 했다. 은빛의 고운 털을 보는 궁녀들의 시선엔 부러움이 가득했다. 하지만 그걸 본 히미코는 오히려 한숨을 내쉬었다.

'난 할 일이 아주 많은 사람이야. 겉모양을 꾸미는 데 시간을 낭비할 수 없어.'

가까워졌다고 생각하면 금세 멀어지는 히미코. 의후는 히미코의 머리카락을 쓸어올렸다. 어떻게 해야 당신이 날 사랑할까? 도대체 당신은 무슨 생각을 하고 있는 거지? 그때였다. 히미코가 눈물을 흘린 것이.

의후는 믿을 수 없어 히미코의 뺨으로 손을 가져갔다. 분명 눈물이었다. 뺨은 젖어 있었다. 희미한 신음 소리. 아까 들은 것과 같은 소리였다. 의후는 일어나 앉았다. 그리고 히미코를 껴안고 달래기 시작했다. 하지만 히미코는 울음을 멈추지 않았다. 눈물이 히미코의 뺨을 타고 흘러내려 의후의 소매를 적셨다. 꿈속에서도 차마 맘껏 울지 못하는 히미코, 울음소리가 새어나갈까봐 삼키는 히미코.

도대체 무슨 일이 있었기에……? 의후는 한숨을 내쉬었다. 모든 일이 잘 풀려가고 있다고 했다. 사로는 불만 섞인 어투로 말했다. 너무 금세 정국이 안정되고 있다고. 도대체 무슨 일일까? 의후는 짐작도 할 수 없었다.

윽, 윽. 음, 음마. 신음처럼 내뱉는 잠꼬대. 히미코는 울고 있었다. 인형 같은 미소를 머금은 채 눈물을 뚝뚝 떨어뜨렸다. 그리고 의후는 그런 히미코를 껴안아 달래며 밤을 새웠다.

6

"뭐 하느라 이리 늦는 게야?"

수인은 아마가시에게 짜증을 냈다.

"조금만 더 연습을 하시고 온다고 하셨는데……."

아마가시는 어깨를 움츠리며 말했다.

어리석은 것. 지가 활을 쏘아봤자 뭐에 쓰려고. 수인은 혀를 찼다. 어리석은 것. 아이가 걸어가기를 바랐다. 하지만 아이는 뛰어들어버렸다. 어리석은 것.

구다라에서는 아직도 소식이 없었다. 봄에 보내던 조공이야 아이의 즉위식이 있었으니 그냥 넘어갈 수 있었다. 하지만 가을 조공은 아니었다. 분명 구다라에서도 알고 있을 터였다. 우리나라에 첩자를 많이 심어놓았을 테니. 게다가 사로는 구다라에 자주 서신을 보내는 모양이었다. 수인은 한숨을 내쉬었다. 아이는 감감무소식이다.

그래, 오늘만 봐줘야겠지. 오늘은 뭔가 터뜨릴 게 필요할 테니까. 화살이라도 쏘아야겠지. 아니면 미쳐버릴 테니. 그러게 내가 걸어가라고 했지 그렇게 뛰어들라고 했어?

"전하께서 드십니다."

그래도 아직까지는 내 말을 듣기는 듣는군.

수인은 아이의 푸석한 얼굴을 바라보며 한숨을 내쉬었다. 쯧쯧, 어리석기는. 어쩌면 잘된 일이었다. 뛰어든 아이를 건 져낼 수 있을 테니.

"순덕이란 미친 계집은 잘 처리하셨습니까?"

아이는 수인의 물음에 멈칫했다. 하지만 그 목소리는 차 분하다.

"아직도 절 감시하고 계십니까?"

아이의 턱이 바들바들 떨렸다. 어찌 저렇게 순진한 건지.

"왕궁에서는 소문이 빠른 법이지요."

"그렇다면 어떻게 처리했는지도 아시겠군요."

아이는 미심쩍은 듯 자신을 바라보고 있었다. 수인은 웃으 며 대답했다.

"물론입니다."

아이는 이제 울상이다. 과연 눈물을 흘릴까? 아마가시는 아이가 울지 않았다고 했는데. 이를 악무는 모습에 수인은 눈썹을 추켜올렸다. 머리가 좋은 아이였다. 당연한 결론 하 나 이끌어내지 못할 아이는 아니었다. 수인은 아이의 반응을 기다렸다.

"아무 위험도 없었습니다."

아직도 떨리는 어조다.

"그건 전하의 생각이시지요."

"내 생모였어요. 아무리 그래도 저에게 해가 되는 짓을 하지는 않았을 거란 말입니다. 그냥 살려두어도 됐다고요. 사람들은, 사람들이 설사 그 이야기를 듣는다 해도 그냥……, 그저…… 미쳤다고 생각했을 거라고요."

"그래서요?"

"죽일 필요는 없었습니다."

"내 아들이 어떻게 죽었는지 기억하느냐?"

수인은 말투를 바꾸었다. 어리석은 인간들……. 기억해야 했다, 그녀도, 아이도. 아이는 잔인하지 못했다. 그래서 아이를 보면 화가 났다. 그녀가 준 잔인한 기억이 떠올라 쓰렸다. 쓰려려하는 자신에게 화가 나서 소리를 지르고 싶었다. 너만 피를 보고 희생하지는 않았다고, 그렇게 소리라도 지르면 나아질 것 같았다.

"구다라 천민의 딸인 너를 왕으로 만들기 위해 난 내 아들이 죽는 것을 봐야 했어. 그런데 넌 받기만 하고 아무런 희생도 치르지 않겠다? 널 왕으로 만들기 위해 얼마나 많은 사람들이 피를 흘렸는지 벌써 잊었느냐?"

아이는 손을 비볐다. 달달 떠는 모양이 우스웠다.

"고통스럽지 않게 해주셨습니까? 아무런 고통 없이요?"

수인은 아이를 보면서 얼굴을 찌푸리고는 한숨을 내쉬었다. 이럴 줄 알았으면 며칠 더 기다렸다 터뜨릴 것을. 그 생각에 수인은 고개를 저었다. 아니, 하루를 기다려준 것도 대단한 배려였다. 아이가 완전히 미쳐버리면 곤란하니까.

"고통스럽지는 않았을 겁니다."

아이는 눈을 감았다. 하얗게 질린 얼굴이었다. 하지만 나오는 목소리는 냉정하다.

"이번에도 굴장을 하셨습니까?"

"예, 그랬습니다."

"고맙습니다. 잊지 않도록 하지요."

일어선 아이는 비틀댔다. 열린 문으로 다가가다 발을 헛디뎌 넘어질 뻔했다. 아이가 나가자마자 아마가시가 들어왔다.

"충격을 많이 받으신 것 같습니다."

아마가시는 정도 많지. 수인은 코웃음을 쳤다.

"그래?"

"스진의 부축을 받고 가셨습니다."

멍청한 것. 그 말을 곧이곧대로 다 믿어?

"왜 진짜 생모가 살아 있다고 말씀하시지 않았습니까?"

수인은 아마가시를 노려보았다.

"너도 앞으로는 입조심을 더 단단히 해야 할 것이야."

아마가시는 금세 입을 다문다.

"노사미는 어쩌고 있더냐?"

"아직까지는 아무것도 눈치채지 못하고 있습니다."

고엔유, 카오리왕후의 막냇동생이라…… 어찌 그년을 잊고 있었을꼬. 왜 진작 그년을 알아보지 못했을꼬. 그년이 이따위 수작을 걸 줄은 몰랐다. 그것도 수우랑 작당을 해서. 어리석음은 유전인 모양이지. 수인은 이를 갈았다. 수우는 정말 와타나베 때문에 눈이 멀어버린 모양이었다. 어찌 하나같이 그 모양인지. 후우, 그래도 상관없지. 문제는 고엔유였다. 고것을 어찌할꼬. 조금 더 두고보자꾸나. 아직은 모든 운명이 내 손안에 있으니.

7

사로는 구멍에서 눈을 뗐다. 너무 오랜 시간 작은 구멍으로 보고 듣자니 머리가 지끈거렸다.

구다라 천민의 아이라…… 구다라 왕이 원한 것이 바로 눈앞에 있었다. 이렇게 쉽게 왜 왕실을 무너뜨릴 길을 찾다니 믿을 수가 없었다.

"내일쯤 순덕이한테 다녀오너라. 포목 몇 필 전해주는 것도 잊지 말고."

대비의 말에 사로는 다시 구멍에 눈을 가져갔다.

"과연 순덕이란 여자가 약점이 될까요? 미도리도 그랬고, 거짓 생모가 나타났을 때도 전하께서는 그리 크게……."

"정녕 그리 생각하느냐? 미도리가 어미 노릇을 얼마나 했을 것 같으냐?"

"예?"

"유모 하나 붙여두고 거의 신경 쓰지 않았어. 게다가 약점까지 잡아 괴롭혔었지. 만일 하려고 들었다면 미도리 하나 못 죽였겠느냐? 그런데도 죽이지 않았지. 아니, 못 죽였지. 아이는 의외로 속정이 깊어. 그래서 그 아이가 좋은 게야. 만약 내 계획이 모두 틀어진다 해도 날 죽일 수는 없을 테니."

대비의 계획? 사로는 이맛살을 찌푸렸다. 과연 그게 뭘까? 알면 알수록 이해되지 않는 것들로 가득했다. 하지만 상관없었다. 왜를 무너뜨린다면, 그래서 의후가 구다라의 왕이 될 수 있다면 아무것도 상관없었다. 지금 소라를 무너뜨릴 수 있는 건 구다라밖에 없으니까……

이젠 왜의 운명이, 소라의 운명이, 세상의 운명이 사로의 손안에 있었다. 그리고 사로는 그 모든 운명을 뒤흔들 것이다. 이제껏 꿈꿔왔던 만큼 강하게 흔들어 모두 부수어버릴 것이다.

의후는 노사미의 말에 뒤돌아섰다. 벌써 삼일째였다. 저렇게 방에 혼자 틀어박힌 것이. 의후의 품에서 밤새도록 운 다음 날부터였다. 노사미는 아무도 들이지 말라는 명령을 충실하게도 지키고 있었다.

으, 으. 음, 음마.

신음 소리처럼 내뱉은 잠꼬대가 맘에 걸렸다. 퉁퉁 부은 눈으로 깨어나자마자 대전으로 향하던 모습이 안쓰러웠다. 하루 종일 장인들을 닦달했다. 히미코의 가녀린 몸에 맞는 활과 화살을 만들어주고 싶었다. 활시위를 당기는 히미코는 활짝 웃고 있었다.

하지만 대왕대비에게 갔던 히미코는 돌아오지 않았다. 의후는 잠긴 문만 바라봤다. 마음만 먹으면 부술 수도 있었다. 예전에 아영을 껴안고 있던 자신에게 왕이 그랬던 것처럼……. 그래서 부술 수 없었다. 스스로를 가두는 상처와 고통을 알기에.

이렇게 떠나야 하는 건가? 의후는 되돌아오는 자신을 딱하다는 듯 바라보는 사로의 눈을 피했다. 하지만 사로는 포기하지 않았다.

"전하께서 명령하신 일입니다. 어차피 여기 계셔도……."

할 수 있는 일은 없지, 의후는 사로가 하지 못한 말을 대신 마쳤다.

"우선은 전하의 뜻을 따르십시오. 나머지는 나중에 결정하셔도 됩니다. 왜의 왕을 위해서도 이것이 최선입니다."

"왜의 왕이라니? 무엄하다!"

의후는 버럭 소리를 질렀다. 사로는 금세 고개를 숙였다.

"용서하십시오. 하지만 곧 폐위될 왕에게조차 존칭을 쓰고 싶지는 않습니다."

의후는 한숨을 내쉬었다. 사로는 때를 놓치지 않는다.

"탄신일이라고 하더군요, 섣달그믐이. 잘하면 그때까지는 마무리될 겁니다."

사로는 처소 문을 열었다. 무장한 군사들은 의후의 입만 바라보고 있었다. 태어나면서부터 전장에서 자란 군사들이었다. 몇 달 동안 왕궁에서 몸이 근질근질했을 터였다. 모든 군사들이 자신의 출격 명령을 바라고 있었다. 후우, 의후는 한숨을 내쉬었다. 그리고 군사들을 바라보며 칼을 뽑아들었다.

"출격이다."

군사들의 함성이 울려 퍼졌다. 하지만 의후의 귀에는 히미코의 말만 되풀이되고 있었다.

윽, 윽. 음, 음마.

눈물과 함께 흘러나오던 말이 계속 맘에 걸렸다.

9

와타나베는 히미코의 손을 잡았다. 하지만 히미코는 그저 멍한 눈이다. 진작 문을 부수고 들어와야 했다. 기다리는 게 아니었다.

이렇게 되길 바란 게 아니었다. 그저 행복하기만을 원했다. 왕이 되면 행복해할 줄 알았다. 하지만 히미코는 여전히 혼자였다. 맘껏 울부짖을 수도, 비명을 지를 수도, 고통스러울 수도 없는 왕이라서 모든 것을 혼자 짊어진다. 와타나베는 터져 나오는 울음을 손으로 막았다. 자신도 모르게 소리가 새어나갔는지 히미코가 고개를 돌린다.

"왕이 될 사람은 울어선 안 되는 겁니다. 궁녀들이 듣겠습니다."

힘없는 시선이 비켜 간다.

와타나베는 엉엉 울고 싶었다. 히미코가 울 수 없기에 대신 울어주고 싶었다. 하지만 히미코는 울지 않는다. 차라리 멍한 눈을 감아버린 히미코가 고맙다.

"울지 않는다고 했습니다, 세자. 왕이 될 사람은."

히미코는 딱딱하게 부은 목으로 힘겹게 침을 삼켰다. 와타나베는 약사발을 집어들었다. 하지만 히미코는 고개를 저었다. 그리고 창백한 얼굴로 희미하게 웃는다. 와타나베는 마주 웃어줄 수밖에 없다. 그때처럼……. 와타나베는 또다시 할 수 있는 것이 아무것도 없었다. 입에 담을 수 없는 그날처럼……. 그래서 눈물이 그렁그렁 맺힌 눈으로 웃었다. 진득한 피를 쏟아내는 히미코를 향해……. 방금 간 요가 또다시 피로 물들어 가고 있었다. 형체도 없는 아기는 그렇게 토해져나오고 있었다.

의후는 배를 움켜쥐었다. 아, 자신도 모르게 나온 신음 소리에 사로가 말을 옆으로 붙인다.

"무슨 일이십니까?"

"아니, 괜찮아. 괜찮으니까 빨리 가자고."

배가 심하게 뒤틀리고 꼬여 척추까지 떨렸다. 이젠 익숙해진 느낌이었다. 처음에는 놀라고 황당했지만 이제는 오히려 익숙해진 아픔이었다. 참 이상한 일이었다. 아픔은 매달 왔다. 처음에는 우연이라 생각했다. 하지만 히미코가 달거리로 앓아 누울 때면 어김없었다. 히미코는 선왕의 약한 체질을 물려받았는지 달거리 때면 데굴데굴 구를 정도로 아파했다. 그러면 의후도 아팠다.

히미코에게도 말하지 못했다. 믿을 수 없을 터였다. 의후

자신도 믿을 수 없을 때가 많았으니까. 하지만 아픔은 정확하게 왔다. 고통에도 힘겹지는 않았다. 히미코와 함께라면 아픔도, 고통도 견딜 수 있었다.

아, 의후는 새어나오는 신음을 삼켰다. 지난 두 달간 겪지 않아서인지 이번은 더 아픈 것 같았다. 기다리던 고통이 오지 않자 혹시나 해서 히미코에게 물었었다. 혹시 임신을 한 게 아니냐고. 히미코는 그 말에 아니라며 발끈해서 소리쳤다. 아기 따윈 싫다며 화를 냈다. 하지만 눈은 다르게 말하고 있었다.

아기만 생긴다면 모든 것이 해결될 수도 있을 것이다. 왕도 자신의 손자가 다스린다면 왜를 독립시켜줄지도 모른다. 아무리 친아들인지 의심스러운 아들이 낳은 아들일지라도. 그리고 의후 또한 친아들인지 의심스러워할 아이일지라도. 하지만 임신 소식은 들려오지 않았다. 벌써 몇 달째였다. 의후는 스치는 불안을 떨치려 고개를 흔들었다. 괜찮아, 아직은 시간이 있으니까. 빨리 달려야 했다. 그래야 히미코에게 빨리 돌아갈 수 있었다. 의후는 말을 재촉했다.

히미코는 벽에 기대앉아 와타나베를 바라보았다. 와타나베를 보면 그날이 생각났다. 히미코는 눈을 감았다. 흥건하던 쇠의 향기, 눈이 알싸할 정도로 검붉던 피……. 잊어버리

고 있었건만……. 히미코는 기억을 잊으려 바싹 마른 입을
열었다.

"내가 아픈 동안 별다른 일은 없었습니까?"

"그것이……."

와타나베는 또 머뭇거렸다. 하지만 히미코는 짜증낼 힘도
없었다.

"그분께서 모든 병사들을 데리고 떠나셨습니다."

히미코는 손을 가슴으로 가져갔다.

"아무런 말 없이?"

"그저 다시 돌아오겠다고 하셨습니다."

배가 또 뒤틀리기 시작했다. 매달 그렇게 배가 뒤틀릴 때
면 의후는 히미코를 꼭 껴안아주었다. 잠결인 듯 히미코는
의후의 품으로 파고들었다.

아직도 기억했다. 부드럽고 강렬하던 목소리. 자신의 옆에
누워 속삭이던 그 말들.

'나한테 줘. 고통도, 슬픔도……. 모두 내가 가져갈게.'

그 말에 고통이 줄어들었다. 씻은 듯이 아픔이 사라지곤 했
다. 하지만 히미코는 잠에 취한 척하며 고개를 돌렸다. 아무
런 대답을 할 수 없었기에. 그래도 의후는 히미코를 놓지 않
았다. 오히려 더 꼭 껴안을 뿐이었다. 하지만 지금 의후는 곁
에 없었다.

히미코는 고개를 들고 와타나베를 보았다.

"지금 우리 상황이 어느 정도입니까?"

"전쟁준비 말입니까?"

"그럼 다른 것이 있단 말입니까?"

"전쟁이라고 생각하십니까?"

히미코는 힘없이 웃었다.

"군량미는 어느 정도 확보했습니다. 어차피 우리나라에서 하는 싸움이니 식량 사정은 구다라 쪽이 불리합니다. 하지만 병사들의 훈련이 문제입니다. 아무래도 시간이 넉넉하면 좋긴 하겠지요."

머리가 둥둥 울리기 시작했다. 배는 뒤틀리고 입 안은 말라붙어버렸다. 이토쿠가 올린 탕제의 기운이 떨어진 모양이었다. 히미코는 자리에 누우려다 허리를 폈다. 허리가 끊어질 것 같다.

"나한테 숨기고 있는 다른 이야기가 또 있습니까?"

와타나베는 멈칫한다.

"세자!"

"구다라에서 사신이 왔습니다."

히미코는 어지러워 눈을 감았다.

"사흘쯤 됐습니다."

"그런데 왜 즉시 말하지 않았습니까?"

"전하께서 몸이 좋지 않으셔서……."

와타나베는 망설이다 말을 이었다.

"그동안 잘 대접해서 별문제는 없었습니다. 너무 심려치 마세요."

"사신이 뭐라고 했습니까?"

"올 가을 조공이 도착하지 않았다고 했습니다. 또한 이상한 소문도 들린다고."

"이상한 소문이라니요?"

"전쟁에 관한 소문이 흘러들어간 모양입니다."

히미코는 부은 목으로 억지로 침을 삼켰다. 의후는 아기가 생겼냐고 물었다. 그 짧은 질문에 히미코는 길게도 쏘아붙였다. 아니라고, 아기 따윈 원하지 않는다고, 자신의 일에 방해만 될 뿐이라고. 하지만 그렇게 몰아붙이던 순간에 히미코도 원했었다. 혹시나 아기가 생기지 않을까, 하는 기대로 떨리는 가슴을 움켜쥐고 있었다. 혹시나, 아닐 걸 알고 있지만, 그래도 혹시나……, 정말 혹시나.

의후가 죽었다고 생각했을 때 내린 결정이었다. 의후를 꿈꿀 수 없다고 생각했을 때 쉽게 선택한 운명이었다. 하지만 한 번 뒤틀린 운명은 바로잡을 수 없었다. 의후가 죽었다고 생각했을 때 택한 운명이 의후가 살아 있는 지금 히미코를 죄어오고 있었다.

와타나베는 조용히 대답을 기다리고 있었다. 입이 쩍쩍 달라붙는다.

"조공은 없을 거라 하세요."

와타나베는 부정도 긍정도 하지 않고 히미코를 올려다보았다.

"그 말씀이 어떤 결과를 가지고 올 줄 알고 계십니까?"

"무슨 소리를 하는 겁니까?"

"전하, 모르는 척하지 마십시오. 그건 선전포고나 다름없습니다. 되돌릴 수 없다는 말입니다. 정말 확신하시는 겁니까?"

또다시 그 표정. 히미코는 이를 물었다. 저 표정이 싫어서, 저 따위 동정이 싫어서 왕이 되고 싶어했었다.

"세자야말로 어떤 생각을 하고 있는 겁니까? 내가 왜 확신을 하지 못한다고 생각하는 겁니까? 어떤 결과가 올 줄 아느냐고요? 물론 알고 있습니다. 조공을 보낸다고 해서 해결될 문제가 아닙니다. 구다라는 우리나라를 삼키기 위해 그저 빌미를 잡고 싶어 안달이 나 있어요. 어차피 벌일 전쟁입니다. 그래서 이제껏 전쟁준비에 힘쓰지 않았습니까?"

"하지만 전하."

히미코는 와타나베의 말을 막았다.

"혹시 자신이 없으신 것 아닙니까? 전쟁에 이길 자신이 없어 회피하려는 겁니까?"

"그런 것은 아닙니다."

와타나베는 힘없이 말했다.

"그러면 그렇게 전하세요. 그리고 나가보세요."

히미코는 배를 움켜쥐었다. 점점 눈앞이 흐릿해지고 있었다. 매달 달거리로 아파할 때면 의후는 히미코와 함께 아파했다.

'당신은 모를 거야.'

그 부드럽던 속삭임. 그녀를 휘감던 따뜻한 팔. 잠결에도 놓칠세라 꽉 붙잡았다. 고통에 혼미한 정신에도 분명히 들리던 의후의 목소리.

'당신은 모를 거야. 당신이 무의식중에 하는 이런 행동에 내가 얼마나 가슴이 벅차오르는지.'

그 품 안에서 잊을 수 있었다. 찢어질 듯한 고통도, 그 고통을 낳은 고통스러운 기억도……

'그래, 무의식중이라도 좋아. 아주 조금이라도 괜찮아. 날 사랑하고 있다는 걸 보여줘. 내가 모든 걸 포기할 수 있게. 나라마저 배반할 수 있게. 부모마저 저버릴 수 있게.'

그 부드러운 속삭임에 고통이 사그라졌다.

'조금이라도 보여줘. 내가 당신 곁에 남아 있을 이유를 조금이라도 만들어줘. 나 자신을 잊어버릴 수 있게 해줘. 내 모

든 걸 버릴 수 있게 해줘. 당신이 날 사랑한다는 이유만으로 그럴 수 있으니까.'

하지만 그렇게 말했던 의후는 지금 없었다. 그들의 아이가 토해져나오고 있는 이 순간에.

제15장

슬픔에 체하다

신이여, 용서하소서. 내 백성의 피로 그녀의 꿈이 이루어진다면,

내 손으로 직접 그들을 죽이겠나이다.

신이여, 허락해 주소서. 내 백성의 통곡으로 그녀의 눈물을 거둘 수 있다면,

내 손으로 내 나라를 불태우겠나이다.

신이여, 용서하지 마소서. 그들의 고통을 내게 고스란히 돌리소서.

그들의 눈물이 모두 마를 때까지.

1

히미코는 달려오고 있었다. 의후를 보고 놀라서 위신을 세우는 것도 잊어버린 모양이었다. 사로는 그 모습을 물끄러미 바라보았다. 두 달 만의 해후.

마츠노우치라 카도마쓰(정월을 맞이하기 위해 소나무와 대나무로 만든 장식을·카도마쓰라 하고, 소나무를 장식하는 기간을 마츠노우치라 한다)를 장식하고 있던 궁녀들도 놀라서 다가오고 있었다. 사로는 뒤를 돌아 군사들을 살펴보았다. 그러고보니 성한 사람이 없었다. 이상하게 쳐다볼 만도 했다.

의후마저도 이번 전투에서 팔에 심한 상처를 입었다. 실수하는 일이 없던 의후였다. 갑자기 의후가 배를 움켜쥔 순간 적의 화살이 날아왔다. 사로가 쳐낼 틈도 없이 화살은 의후의 팔에 박혔다. 궁으로 돌아가면 반드시 어의의 진맥을 받으십시오. 사로의 말에 의후는 씩 웃으며 말했다. 진맥을 받는다고 나을 병이 아니니라. 내일은 무슨 일이 있어도 진맥을 받게 해야 했다. 아픈 적이 없었던 의후가 여기 와서는 계속 그 지경이었다.

의후는 말 한 마리가 지쳐 죽어버렸는데도 서둘렀다. 설날 전에는 죽어도 도착해야 한다면서. 하지만 사실은 히미코의 탄신일 전에 도착하고 싶었을 것이다. 섣달그믐에.

의후는 활짝 웃으며 히미코를 향해 팔을 벌렸다. 한참 동안 의후의 품에 안겨 있던 히미코는 코를 킁킁거렸다. 아마 울먹이는 듯했다. 하지만 의후는 다른 의미로 해석했는지 쑥스러운 듯 웃었다.

"냄새가 좀 심하지? 조금이라도 빨리 오려고 목욕도 못했다고."

"도대체 어딜 갔다 온 거야? 또 이 상처는 뭐고?"

의후는 히미코의 닦달에 웃으며 대꾸했다.

"당신 그러니까 진짜 마누라 같아. 잔소리 많은 마누라."

"뭐야?"

평민부부 같은 대화였다. 어쩌다보니 평민 말투를 쓰게 되었는데 이상하게 그게 좋아지더라고. 의후는 그렇게 말했다. 다른 이들에게는 한 번도 쓴 적이 없는 어법을 그들은 서로만을 위해 썼다. 그 모습이 보기 싫어 사로는 고개를 돌렸다.

"우선 목욕부터 하고 나서 보자고. 이제 얼굴 봤으니까. 너무 보고 싶어서 내가 꿈꾼 것 같았거든. 당신이 정말로 존재하는 사람인지 의심스러울 정도로. 그래서 먼저 당신 얼굴부터 보고 싶었어. 봤으니까 이젠 목욕하러 가야지. 자, 떨어지세요, 전하. 금방 돌아올 테니까."

의후는 장난스럽게 히미코를 떼어내고는 급히 자신의 처소로 갔다. 히미코는 멍하니 의후를 바라보고 있었다. 잘근 잘근 손톱을 물어뜯으면서. 버릇이었다. 신하들이 자신의 이익만 챙길 때 히미코는 손톱을 물어뜯었다. 모든 것이 백성을 위해서는 신하들의 주장을 반박하기 위한 논리적인 이유를 생각할 때의 버릇이었다. 백성을 위해서라(人の爲)……. 거짓말(僞)이었다('인간을 위해'라는 人の爲의 한자를 합치면 거짓말을 뜻하는 위僞가 된다. 일본에서 흔히 하는 농담이다). 모든 정치인들이 하는 당연한 거짓말을 히미코는 견디지 못했다. 자신에게 이득이 되는데도 피가 나도록 손가락 끝을 물어뜯어 신하들의 주장을 물리칠 이유를 찾았다. 피가 나 딱지가 앉으면 다른 손가락을 물어뜯어 열 손가락 모두 퉁퉁 부어 있었다. 추한 손……인데도 자꾸 눈길이 갔다.

의후가 시야에서 사라지고 나서야 히미코는 다른 군사들에게로 고개를 돌렸다. 하지만 눈에는 아무런 감정도 드러나지 않는다. 의후는 비슷하다고 했다. 사로의 눈과 히미코의 눈이. 그래서였을까? 사로는 한숨을 내쉬었다. 실수한 것이다, 그 일은⋯⋯.

"도대체 무슨 일이 있었던 게냐?"

히미코의 호기심 따위는 채워주고 싶지 않았다. 히미코의 탓이었다. 어리석게 저지른 그 일은⋯⋯.

"왕자님께 들으십시오. 하지만 나쁜 일은 아니니 걱정 마십시오. 그리고 병사들에게 푸짐한 음식과 목욕물을 준비해주라고 명해주십시오."

히미코는 사로의 당당한 요구에 턱을 치켜들었다.

"내가 왜 그래야 하지?"

"그 정도의 상은 받을 만한 일을 하고 온 사람들이니까요."

사로는 궁녀들에게 명령하고 있는 히미코를 바라보았다. 감정이 없는 눈이라, 너무나 감정이 풍부한 사람들만이 가질 수 있는 눈이었다. 한 번도 감정을 드러내지 못하고 가슴에 담아두기만 한 사람만이, 눈물조차 흘릴 수 없는 사람만이 가질 수 있는 눈이었다.

히미코는 생모의 죽음이라는 말에 방에 틀어박혀버렸다. 하지만 사로는 보았다. 땅굴의 작은 구멍을 가득 채우던 여자를. 왕이 아닌 히미코는 정말 작아 보였다. 쪼그리고 앉아 무릎에 고개를 처박은 히미코는 정말 작아 보였다. 그 모습에 사로는 숨죽였다. 떠오르는 과거의 기억에 숨을 쉴 수가 없었다.

자신도 그랬었다. 살아 있던 아버지와 죽어버린 어머니를 묻고 난 뒤, 풀린 다리를 모아 무릎에 고개를 처박고는 멍한 눈으로 며칠을 보냈었다. 그래서였을까? 무모한 짓이었다. 사로는 고개를 내저었다. 그저 단순히 왕궁의 음모에 놀아나는 것이 싫었을 뿐이었다. 할아버지처럼. 히미코도 현명했지만 간사하지는 못하니까.

그냥 보고만 올 생각이었다. 아마가시를 미행했을 때 봐둔 길이 아주 선명해 잠시 보고만 올 생각이었다. 히미코의 생모가 어떻게 생겼는지 궁금해 단순한 호기심에 간 길이었다.

향로에서 나오는 묘한 냄새의 연기 때문에 뿌옇고 흐릿하게 보이는 순덕은 퉁퉁하게 살이 올라 있었다. 주체하지 못할 정도로 붙은 비곗덩어리는 잠시도 멈추지 않고 덜렁거렸다. 그저 히미코의 멍한 눈에 잠이 오지 않아, 처참한 기억에 숨을 쉴 수 없어 나선 길이었다. 하지만 사로는 또다시 숨쉬는 것을 잊어버렸다.

술로 질펀한 방바닥에서 순덕은 벌거벗은 채 세 명의 남자들과 뒹굴고 있었다. 피둥피둥한 양손은 각기 다른 남자를 주무르고, 거친 음모를 드러내며 한껏 벌린 다리는 남자 하나의 목을 감았다. 여덟 개의 팔과 여덟 개의 다리를 가진 괴물은 끊임없이 뒤틀리며 꿈틀거리고 엉켜들면서 네 개의 혀를 날름거렸다.

멍한 눈의 히미코를 내버려두고, 아파도 신음 소리 한 번 못 내는 히미코를 내버려두고, 순덕은 흥분에 겨워 비명을 질렀다. 욕망으로 몸을 뒤트는 순덕은 고통에 몸을 뒤틀고 있는 히미코를 기억하지 못하는 것 같았다. 그래서 사로는 미쳐버렸다.

너무나 두터운 목은 양손으로 조르기도 힘들 정도였다. 순덕과 몸을 섞고 있던 남자의 피로 순덕의 온몸은 질척했다. 자꾸 손이 미끄러졌다. 순덕은 목이 졸리는 상황에서도 허리를 들어올렸다. 이미 죽은 남자의 몸을 그리워하면서. 그렇게 둘은 몸이 붙은 채 죽어갔다. 사로는 고개를 저었다. 죽일 가치조차 없는 인간이었다.

"안 가십니까?"

사로는 병사의 말에 고개를 들었다. 히미코는 어느새 사라져버렸다. 의후에게 간 모양이었다.

"목욕 준비가 다 되었습니다. 먼저 씻으셔야 저희들도 씻습니다."

사로는 병사의 뒤를 따라갔다. 피비린내는 지독히도 오래가는 법이다. 그것도 더러운 피는……. 깨끗한 것이 그리웠다. 사로는 손톱에 낀 검붉은 피를 보며 수우의 하얗던 손이 기억나 손을 움켜쥐었다. 언젠가는 가질 수 있을 것이다. 피로 물들지 않은 순수한 손을…….

2

궁녀들이 목욕통을 들고 나가자마자 히미코가 방으로 들어섰다. 저놈의 호기심은 정말 못 말리겠군. 의후는 고개를 내저으며 쓴웃음을 지었다. 그가 보고 싶어 안달했으면 하고 바라던 자신이 우스웠다. 그를 보자 반가움에 안기던 히미코는 부상당한 병사들을 보자 금세 싸늘해졌다.

"도대체 무슨 일이야? 둘러댈 생각은 하지 마. 나도 보는 눈은 있으니까. 그저 훈련으로 병사들이 저렇게 되었다고 해도 믿지 않을 거야."

"당신 탄신 선물 주려고 벌인 일이었어."

생각보다 말이 퉁명스럽게 나왔다. 히미코를 위한 전쟁이라 기꺼웠다. 하지만 불신으로 가득 찬 히미코의 눈은 아버지라 부를 수 없었던 아버지를 기억하게 만들었다.

"무슨 소리야?"

히미코는 얼굴을 찌푸리며 물었다.

"섣달그믐이 당신 탄신일이라며. 당신은 보석도, 옷도 싫다며. 그러니 줄 게 아무것도 없잖아. 아무리 생각해도 생일 선물로 뭘 줘야 할지 모르겠더군. 그때 심심해하는 병사들을 보다 생각난 거야. 구마소가 오랫동안 반항하고 있다고 하는 말."

"그럼 구마소를 정복했단 말이야?"

히미코는 놀라서 물었다. 처음이었다. 그렇게 해맑게 웃는 히미코는. 그로 인해 그렇게 웃을 수는 없는 걸까? 괜히 심술이 났다.

"아니."

히미코는 금세 풀이 죽었다. 밝게 빛나던 눈이 어두워졌다. 순간 이유 따윈 아무 상관 없었다. 그로 인한 웃음이 아니더라도 히미코가 웃을 수 있다면. 어리석고 무모해도 어쩔 수 없었다. 히미코의 웃음을 살리려 의후는 덧붙였다.

"구마소뿐만 아니라 이즈모까지 완전히 쓸었거든."

"뭐?"

"축하해, 전하. 당신 영토가 훨씬 넓어졌어. 구마소와 이즈모까지."

히미코는 어찌할 바를 모르고 좋아서 팔짝팔짝 뛰기까지 했다. 소리 내어 웃는 히미코는 처음이었다. 그걸로 충분했다.

히미코가 아마테라스 오미카미라는 소문이 퍼지면서 이즈모 백성들은 왕실에 대적하고 나섰다. 이즈모 지방은 대대로 스사노오 노 미코토[9]를 모시고 있었는데, 아마테라스를 좋아할 리가 없었다. 이즈모에 보냈던 군대가 참패를 당하고 오던 날 히미코가 해준 이야기였다. 이즈모는 철광산이 많은 데다 제철공업이 발달한 곳이라 잃으면 타격이 컸다. 정사에 관한 이야기는 하지 않는 히미코였지만 그날은 머릿속이 이즈모로 꽉 차 있었다.

그래서 의후도 왕의 출정 명령에 아무 말 없이 따를 수 있었다. 히미코를 위한 전쟁이었기에.

"당장 대신 하나를 보내서 이즈모 백성들이 스사노오 신사에 참배하는 것을 허락한다고 해야겠어. 아니, 대신한테도 참배를 하라고 해야겠군. 그리고 스사노오 노 미코토와 아마테라스 오미카미는 좋은 관계, 아니 피가 섞인 남매라고 소문을 내라고 일러야지."

히미코는 신나서 계획을 세우며 방 안을 휘젓고 다니다 의후의 검에 걸려 넘어질 뻔했다. 칼을 보는 히미코의 얼굴이 순간적으로 굳는다. 언젠가 일어날지도 모르는 전쟁······ 을 떠올렸으리라. 하지만 히미코는 다시 웃었다. 의후도 히미코에게 마주 웃어주었다. 지금은 생각하고 싶지 않았다. 히미코와 함께 있는 지금은 피비린내를 잊어야 했다.

히미코는 양손으로 검을 들어올렸다가 무거운지 금세 내려놓는다. 의후는 히미코에게 다가갔다.

"천총운검(川叢雲劍)라고 부르지. 예전에 담로국 왕한테 선물받은 거였는데, 이제껏 그리 좋은 줄 몰랐거든. 그런데 이번에 정말 좋은 칼이라는 걸 알았어. 풀이 쓱쓱 잘려나가 더라고."

"뭐?"

"우리가 그쪽 지리에 어둡잖아. 그걸 이용해서 우리를 사람 키만큼 자란 풀밭에 가두었거든. 다행히 사로가 부싯돌을 가지고 있어서 불을 놓고, 나는 이 칼로 풀을 벴지. 그 억센 풀들이 단칼에 베어지더군."

"그럼 이제부터는 초치검(草薙劍, 풀을 벤 칼)[10]이라고 불러야겠네."

"사로랑 똑같은 말을 하는군. 기념으로 가질래?"

"정말? 나야 좋지. 이즈모 정복의 증거로 왕손들에게 대대로 물려줘야지."

히미코는 조심스레 칼날을 쓰다듬었다. 왕은 일단 안심을 시키는 것이 좋겠다고 했다. 그래야 나중에 전쟁을 위해 궁을 떠나게 되더라도 의심을 받지 않을 거라고, 이즈모의 철은 포기할 수 없다고 했다. 어차피 모두 구다라의 땅이 될 테니 좋은 방법이 아니냐고. 하지만 히미코에게 그 말을 할 수는 없었다.

의후는 한숨을 내쉬었다. 잊어야 했다. 복잡하고 끝이 보이지 않는 상황을 잊고 싶었다. 히미코와 함께 있는 지금은 히미코 생각만 하고 싶었다. 히미코의 머리카락은 너무 부드

러워서인지 손가락 사이로 흘러내린다. 아직은 괜찮아. 이렇
게 히미코를 안고 있으니까. 히미코의 어깨를 감싸안으며 의
후는 잊으려 노력했다.

3

수인은 차가운 공기를 들이마시며 뜰을 거닐고 있었다.
머리를 식힐 필요가 있었다. 언제나 원단 전에는 어수선했
지만 올해는 유난스러웠다. 어제가 아이의 탄생일이었다.
어디를 가나 시메나와나 소나무 장식이 보였고, 카도마쓰의
개수는 세기 힘들 정도였다. 아이가 신나게도 생겼군. 왕궁
에 들어온 후 아무도 자신의 탄생일을 챙겨준 적이 없으니.
와타나베조차 하츠모우데(1월 1일 0시에 새해의 건강과 행복
을 기원하며 신사와 사원에 참배하는 것을 말한다) 때문에 항상
왕궁을 떠나 있었다. 물론 내가 일부러 보낸 것이었지만. 호
오, 수인은 하얀 입김을 바라보았다.

아이는 정말 좋아했다. 의후가 자신을 위해 이즈모를 정복
했다는 말을 전하는 아이는 밝아 보였다. 핏덩어리를 쏟아낸
다는 소식에 여려지는 마음을 다잡으려 이토쿠에게 미친 듯
이 화를 냈던 자신이 우스울 정도로 아이는 밝아 보였다.

아이는 수인이 만들어낸 허상이었다. 수인이 선택한, 수

인의 나라를 위해 이용하는 수단이었다. 그런데도 밝아 보이는 아이의 모습에 가슴 한구석에 박혀 있던 뭔가가 내려간 듯 편안했다. 그런 자신이 미워 수인은 아이에게 더 잔인하게 굴었다.

"지 꾀에 지가 넘어간 격이지요."

그렇게 말했다. 좋아서 보고를 하러 온 아이에게.

"솔직히 구다라로서는 우리나라를 완전히 집어삼켰다고 생각했겠지요. 그래서 영토확장에도 그리 신경을 쓰는 것이고. 어리석은 일 아닙니까?"

그 말에 아이는 억지웃음을 지었다. 아이는 어떻게든 전쟁을 피해갈 방법을 찾고 있는 것 같았다. 하지만…… 방법은 없었다.

아이는 며칠 전 엄청난 사면을 감행했다. 수인이 그렇게 반대하는데도 역모에 참여했던 기미(씨족장)들까지 석방해버렸다. 탄생 기념이라면서, 고얀 것. 하지만 그 일로 아이의 위치는 더 확고해졌다. 기미들은 국화 무늬가 새겨진 무거운 후쿠부쿠로(福袋, 설날에 주는 선물주머니)를 들고는 연방 왕궁을 향해 절을 하면서 떠났다고 했다.

아이의 권력이 강해지는 만큼 아이의 고집도 강해졌다. 혹시라도 아이가 전쟁을 포기한다면? 수인은 한숨을 내쉬었다. 그녀가 계획했던 운명에 의후라는 장애물은 포함되어 있지 않았다.

"오세치요리[11]가 준비되었다고 합니다."

수인은 발걸음을 돌렸다. 어쨌든 설이었다. 새로운 해의 첫날이니 복잡한 생각은 잊고 즐겁게 보내야지. 모든 건 마음먹기에 달렸으니까.

수인이 오토소[12]를 마시고 잔을 내려놓자 모두들 먹는 데만 집중했다. 음식이 맛있어서도 배가 고파서도 아니었다. 그저 어색한 침묵 속에서 할 수 있는 일이라고는 먹는 것밖에 없었다. 이러다 체하겠군. 수인이 입을 열려는데 의후가 헛기침을 했다.

"보통 때 사용하는 젓가락은 집게처럼 생겼는데[13] 이건 우리나라 것처럼 양쪽을 다 쓸 수 있어."

통통하게 살이 오른 젓가락은 양쪽이 모두 뾰족하게 깎여 있었다.[14]

"한쪽은 신이 사용하고 다른 한쪽은 사람이 사용하기 위한 거야. 나무를 통해서 신과 만날 수 있는 거지. 그래서 특별히 야나기로 만든 거야."

수인은 별것도 아닌 것을 가지고 소곤거리는 아이와 의후에게서 눈을 돌렸다. 와타나베는 오늘도 아이만 바라보고 있군, 쯧쯧. 수우는 그런 와타나베 때문인지 입맛이 없는 모양이었다. 먹는 게 영 시원찮았다.

"야나기? 그건 기쁨이라는 뜻 아냐?"

"그래. 그렇기도 하지만……."

아이는 설명하려다 말을 멈추었다. 구다라어로 야나기를 뭐라고 설명해야 할지 곤란한 모양이었다. 저 잘난 아이가 모르는 것도 있군. 수인은 속닥거리는 꼴이 보기 싫어 내뱉었다.

"버드나무야."

수인의 말에 고개를 끄덕인 의후는 또 아이에게 무언가를 묻는다. 그놈의 젓가락이 뭐가 대단하다고 저렇게 할 말이 많은 건지.

수인은 자신의 젓가락을 바라보았다. 야나기. 기쁨과는 대조되게 모두들 우울해 보인다. 하지만 아이와 의후는 정겹기도 하다. 그런 모습을 바라보는 와타나베는 그 대단한 젓가락으로 오세치요리를 깨작거렸다. 수우는 또 토할 것 같은 얼굴이다.

갑자기 아이의 웃음소리가 퍼졌다. 수인은 고개를 들었다. 처음이었다. 아이가 소리 내어 웃는 것을 보는 게. 모두들 아이의 웃음에 싸늘해져갔다. 아이가 웃으면, 웃을 수 없었다. 다른 사람들은……. 아이가 행복하면, 행복할 수 없었다. 다른 모든 사람들은…….

"설날인데 덕담이 없어서야 되겠습니까? 그런데 제가 워낙 말재주가 없으니 그저 옛 이야기나 하나 해드리지요."

아이의 웃음이 듣기 싫어 수인은 입을 열었다.

"예?"

아이는 놀라서 고개를 돌린다.

"이야기 말입니다. 전하께서는 아마 모르실지도 모른다는 생각이 들었습니다. 어린 시절 옛날이야기를 해줄 사람이 없었을 테니까요."

"지금 제게 옛날이야기를 해주겠다는 말씀입니까? 여염집의 할머니들이 손녀딸에게 해주는 옛날이야기 말입니까?"

아이는 어이가 없는지 웃는다.

"말씀드리지 않았습니까? 제가 덕담 대신 해드리는 거라고요. 사실 그리 오래전 이야기도 아닙니다. 대무신왕(고구려 제3대왕. 재위 18~44년. 재위 중에 수많은 나라를 공략하여 무공을 세웠다) 때의 이야기이니까요. 정확히 말하자면 그분의 아들이었던 호동왕자의 이야기입니다. 들어본 적 있으십니까?"

"아니요. 도대체 무슨 이야기입니까?"

아이의 눈은 호기심으로 반짝인다. 하지만 의후는 얼굴을 찌푸리고 있었다. 수인은 웃었다.

"호동왕자는 낙랑국을 정벌하라는 아버지의 명을 받았으나 걸림돌이 있었습니다. 적이 침입을 하면 저절로 울려서 적의 침입을 알려주는 신비한 북, 자명고였지요. 하지만 낙랑국에는 공주도 있었답니다. 첫눈에 호동왕자에게 반해버린……. 어떤 사람은 호동왕자가 공주를 사랑했다고도 하고, 어떤 사람은 그저 이용만 한 것이라고도 합니다. 이야기는 사람을 건너오면서 변하기 마련이니까요. 하지만 낙랑공주가 호동왕자를 사랑한 것은 분명했습니다. 공주는 호동왕자의 명대로 자명고를 찢었으니까요. 그래서 호동왕자는 낙랑국을 손쉽게 정복할 수 있었지요."

"설에 들을 만한 이야기는 아닌 것 같군요. 나중에 해주셔도……."

아이는 치를 떤다. 그래, 바로 그거야. 새해의 첫날이니 날 좀 즐겁게 해달라고.

"그래도 이야기는 끝까지 들으셔야지요."

"마마."

이번에는 와타나베가 막아선다. 수인은 와타나베에게 눈을 흘기며 말했다.

"세자에게도 도움이 되는 이야기일 겁니다."

"저도 별로 듣고 싶지 않습니다."

이번에는 의후다.

"들으셔야만 합니다, 모두들."

수인의 위엄어린 어조에 다들 말이 없다.

"공주는 자명고를 찢은 죄로 아비의 손에 죽었지만, 호동왕자는 낙랑국을 정복한 공으로 세력을 키울 수 있었지요. 왕후는 친자식 대신 호동왕자가 왕위를 물려받는 것을 막기 위해 호동왕자에게 강간을 당할 뻔했다고 왕에게 고했습니다. 호동왕자는 누명을 벗기 위해 애쓰지 않았습니다. 왕후의 모함이 밝혀진다면 왕의 심기를 어지럽혀 불효를 저지르는 것이라 생각해서요. 그래서 왕명에 따라 자결했습니다."

"그만하십시오. 그만하면 충분합니다."

결국 수우가 보다 못해 나선다. 멍청한 것, 다 저를 위해 하는 이야기인 줄도 모르고. 수인은 멈추지 않았다.

"이 세상에는 해서는 안 될 사랑이 많은 법입니다. 그중에서도 나라를 배반한 사랑은 결코 해서는 안 되는 겁니다. 나라를 배반한 사랑 따위는 천벌로 끝날 뿐입니다. 낙랑공주가 자명고를 찢지 않았다면 그 아비에게 죽음을 당할 이유도 없었을 테고, 호동왕자의 세력도 그리 커지지 않았을 겁니다. 그랬다면 호동왕자도 모함을 당해 죽지 않았을 테지요. 사사로운 감정으로 대의를 저버리지 마십시오. 이게 올해의 제 덕담입니다."[15]

"이만 물러가보겠습니다. 배가 부르군요."

아이는 젓가락을 놓고 일어선다. 의후와 와타나베가 그런 아이를 따라 일어섰다. 하지만 수인은 아이가 문까지 가길 기다려 말을 이었다.

"어떤 사람은 낙랑공주가 죽은 후에 호동왕자가 혼인을 했다고도 하더군요."

아이는 멈춰 섰다. 짐작한 대로.

"잠시나마 아주 행복하게 살았다고요. 만약 그렇다면 호동왕자가 낙랑공주에게 보였다는 사랑은 낙랑국 정복을 위한 거짓이었겠지요. 사랑했다면, 아니 조금의 감정이라도 있었다면 자신을 위해 그렇게 처참히 죽은 낙랑공주를 생각해서라도 어떻게 혼인을 할 수 있었겠습니까?"

아이는 직접 문을 열고 나갔다. 그렇지만 헉헉대는 것을 보니 숨을 제대로 못 쉬는 것 같았다. 의후는 아이를 따라나섰다. 수인은 일어섰다. 빨리 아마가시를 불러야지. 첫 부부 싸움을 놓칠 수는 없으니. 역시 모든 것은 마음먹기 나름이다. 즐겁게 보내자고 결심한 순간, 이렇게 재미있는 일이 벌어지니……

4

히미코는 차가운 바람 속에서 숨을 들이쉬었다. 그리고 인정했다. 더 이상은 거짓말하고 싶지 않았다. 이제 더 이상은 속이고 싶지 않았다. 적어도 자신에게는.

당신을 사랑해, 의후는 속삭였다. 그리고 히미코의 대답을 기다렸다. 하지만 히미코는 대답할 수 없었다. 대신 말했다. 나는 왕이다, 나는 이 나라의 왕이다. 히미코는 매일 중얼거렸다. 의후에게도, 그리고 자신에게도. 히미코는 차가운 바람에 속삭였다. 나는 이 나라의 왕이야. 그 말에 의후가 획 돌아섰다.

"질리지도 않아? 매일 그 말 하는 거? 다 알고 있다고, 당신이 왕인 줄. 당신도 알고 나도 알고 세상 모두가 알고 있는데, 왜 매일 그 말을 하는 거지?"

"당신이랑 있으면 그 말을 더 자주 해야 돼. 당신과 있으면 자꾸 내가 누군지 잊어버리거든. 내가 왕이라는 걸 잊어버려."

말할 생각이 아니었다. 하지만 자신도 모르게 입 밖으로 새어나가버렸다. 히미코는 돌아섰다. 하지만 의후는 히미코의 어깨를 잡아 세웠다.

"무슨 뜻이야?"

"그냥 그 말대로야. 당신은 너무 부산스럽고 산만해서 당신이랑 있으면 자꾸 내가 왕이라는 걸 잊어버려. 그것뿐이야."

의후는 꾸민 변명에 화가 난 듯 한참 동안 숨을 몰아쉬었다. 그리고 힘겹게 입을 뗐다.

"난 당신 사랑해. 그리고 당신도 날 사랑한다는 거 알고 있어. 그런데 그게 그렇게 힘든 일이야? 사랑한다고 고백하는 거, 그게 뭐가 그렇게 힘들어?"

히미코는 의후에게서 고개를 돌렸다. 그래, 사랑한다고 말하는 건 어려운 일이 아닐지도 몰라. 그래서 더 못하겠어. 너무 쉬운 일이지만 안 할 거야. 당신을 사랑한다고 말하면 정말 모든 걸 포기하고 싶어질지도 모르니까. 하지만 의후도 포기를 모른다.

"이 세상에 해서 안 될 사랑이란 없는 거야. 그게 정말 진실한 사랑이라면. 사랑이란 건 이미 그 자체만으로도 모든 것을 뛰어넘을 수 있는 권리를 지니게 되니까. 사랑이란 건 모든 것을 파괴하고 버릴 수 있는 자격을 주니까. 그 자체만으로도 충분히 아름답고 찬란하게 빛날 수 있는 거니까. 주위의 어둠쯤은 모두 덮어버릴 수 있는 거니까."

의후는 흥분해서 궁녀들이 놀라서 바라보는 것도 잊은 채 울분을 토해내고 있었다. 히미코의 눈길에 궁녀들은 재빨리 물러갔다. 대왕대비의 목이라도 조르고 싶었다. 어젯밤은 그렇게 행복했는데……. 하지만 대왕대비의 말은 한 치도 틀리지 않았다. 그래서 히미코는 웃었다.

"그래, 사랑은 너무나 찬란해서 주위의 어둠을 모두 덮어버릴 수 있다고? 정말 그렇게 생각해?"

생각보다 가라앉은 목소리. 의후도 그제야 자신이 너무 흥분했다는 것을 알았는지 숨을 몰아쉬며 진정하려고 애썼다.

"사랑이 정말 모든 것을 덮을 수 있다고 생각해? 정말? 담로국의 어둡고 침울한 기운까지도? 그래서 내가 당신을 사랑한다고 하면 우리나라가 독립이라도 되나? 그 사랑이 너무나 위대하고 아름다워서?"

히미코는 자신을 비웃듯 말했다.

"아니, 아니지. 여전히 우리나라는 구다라의 담로국으로, 내 백성들은 담로국인으로 불행하게 살아가야겠지."

"그게 뭐가 그렇게 억울하고 힘들다는 거지? 당신이 태어날 때부터, 아니 태어나기도 전부터 이 나라는 담로국이었어. 원래 그랬다고! 이제껏 아무런 문제 없었잖아. 당신의 아버지도, 할아버지도, 그리고 당신의 모든 조상들도 우리나라의 담로국이라는 사실에 아무런 이의도 제기하지 않았어. 그런데 왜 새삼스럽게 당신이 꼭 그걸 걸고넘어져야 하는 거야? 당신이 아니라도 상관없잖아."

히미코는 차갑게 식어갔다. 바람조차도 따뜻하게 느껴질 정도로 몸이 얼어붙어버렸다.

"우리나라의 담로국? 웃기는군. 우리나라라……. 그래 당신네 나라야. 내 나라가 아니라고. 자신의 나라가 없는 서러움이 얼마나 깊은지 당신들이 알까? 당신들은 우리나라를 왜라고 부르더군. 그 이름이 어떻게 나온 이름인지 생각해본 적 있어? '우리나라'를 뜻하는 말에서 나온 거야. 누가 어느 나라에서 왔냐고 물어보면 '우리나라'라고 대답했던 백성들의 맘이 어땠을지 생각해본 적 있어? 분명 자신의 나라가 있는데 그 이름을 자랑스럽게 대지 못한다는 것이 어떤 건지 알아? 자신의 나라가 이름도 제대로 없는 구다라의 담로국이라서, 그렇다고 구다라라고 대답하기엔 억울해서, 그들의 나라는 구다라가 아니니까, 그렇게 대답할 수밖에 없었던 내 백성들……. 그런 사람들을 내버려두라고?[16] 원래 그랬으니까 받아들이라고? 정당하지 않은 걸 어떻게 받아들여. 원래 그랬다 해도 정당하지 않다면 고쳐야 하는 게 당연한 거 아냐?

당신네 왕실에 바치는 조공은 우리 아이들의 죽음과 맞바꾼 거야. 지난 3년 동안 마비키로 죽은 아이가 몇 명인지 셀 수도 없어. 그 아이들은 히모오토시도 치르지 못해서 장례도 안 하고 아무 곳에나 버려져. 가끔 꿈을 꿔. 산에 버려져 굶어 죽어가고 있는 갓난아이의 희미한 울음소리가 들려. 미친 듯이 찾아봐도 아이가 보이지 않아서 울다가 잠에서 깨. 목을 조르고 있는 어머니도, 숨이 막혀 울지도 못하는 아기도 그저 눈물 흘리는 것밖에 할 수 없는 모습, 본 적 있어? 돌로 내리쳐 죽인 아이의 피가 사방으로 튀는 꿈을 꾸고는 놀라서 일어나기도 해. 내가 이런데 하물며 자기가 낳은 자식을 자기 손으로 죽이는 어미의 심정은 어떻겠어? 너무 한스러워 눈물도 나오지 않는 어미의 가련함을 어떻게 갚아줘야 하지? 당신 나라에 바칠 조공이면 그 아이들을 전부 다 먹여 살릴 수 있어. 그런데 담로국도 괜찮다고? 당신 나라가 우리나라에게 해 준 게 뭐가 있는데? 그 잘난 문명과 기술을 전해주는 거? 그것도 중요한 건 쏙 빼먹고 가르쳐주는 그런⋯⋯."

의후는 차마 막지 못하고 듣고만 있었다. 뱉어내야만 했다. 비록 의후가 돌아서 가버린다 해도 뱉어내야만 했다. 의후를 위해서도 자신을 위해서도 멈춰서는 안 된다. 그래서 히미코는 계속했다.

"당신들은 당신들이 잘나서 그렇게 문명과 기술이 발달한 줄 알지만, 그저 운이 좋았을 뿐이야. 대륙에 위치한 나라에 태어났으니까. 당신들이 자랑하는 발달된 문명이 모두 당신들의 머릿속에서 나왔나? 아니, 전혀 아냐. 대륙의 또 다른 나라에서 받아들인 것들일 뿐이야. 그렇게 서로 교역하면서 문명과 기술이 발달했을 뿐이지. 당신들이 잘나서 그런 것은 절대 아니라고. 알겠어?"

당신에게 해줄 수 있는 것이 있었으면 좋겠어. 나도 당신에게 줄 게 있었으면 좋겠어. 하지만 난 가진 게 없어. 그래서 히미코는 멈추지 않았다.

"언젠가는 우리나라가 구다라를, 저 드넓은 대륙을, 전 세계를 지배하는 날이 올 거야. 그때가 되면, 우리나라가 당신

나라를 지배하는 날이 오면 아마 담로국 상태도 괜찮다는 말이 입 밖으로 나오지 않게 될 거야. 우리가 당한 것보다 훨씬 더 많은 복수를 꿈꾸고 있을 테니까. 언젠가 당신 나라가 우리나라의 담로국이 되면 그때도 당신네 나라 사람들이 담로국도 살기 편하다는 말을 할 수 있을지 두고보자고. 내가 맹세하건대 언젠가는 우리나라가 전 세계를 지배하게 될 테니까."

의후는 질린 듯한 표정이다. 의후를 위해서였다. 의후를 위해 해줄 수 있는 것은 이것밖에 없었다.

"날 사랑한다고? 너무나 간절한 사랑은 모든 걸 버릴 수 있다고? 그렇다면 한 가지만 물어볼게. 딱 한 가지만. 만약 내가 구다라와 전쟁을 벌인다고 해도 당신은 날 사랑할 수 있어? 이 나라를 위해서 당신을 죽이겠다고 해도 날 사랑할 수 있어? 당신에게 활시위를 당기는 모습도 사랑할 수 있어? 내가 쏘지 못할 거라고는 말하지 마. 난 충분히 그럴 수 있으니까."

처음이자 마지막이었다. 한 번은 꼭 했어야 하는 질문이었다. 힘없는 웃음으로도 감출 수 없는 절망…… 히미코는 대답 없는 의후에게서 고개를 돌렸다. 어차피 운명은 결정되어 있었다. 의후도 알고 있을 것이다. 하지만 의후는 히미코의 고개를 잡아 돌리고 그녀의 눈을 똑바로 바라봤다.

"그래, 사랑할 수 있어. 나에게 활시위를 당기는 당신까지도. 나에겐 어떤 모습이라도 괜찮아. 지금 당신의 모습만으로도 난 충분하니까. 지금 당신 모습을 사랑하니까. 과거의 당신이 어떤 모습이었건, 미래의 당신이 어떤 모습이건 알고 싶지도 않고 알 필요도 없어. 그저 지금의 당신만으로도 난 과거의 당신도 미래의 당신도 사랑할 수 있으니까."

히미코는 뜻밖의 말에 눈을 감았다. 차가운 몸에 스멀스멀 뜨거운 기운이 치민다. 바보 같은 사랑⋯⋯. 의후의 손은 항상 따뜻했다. 너무 따뜻해 가슴의 바람을 잠재울 수 있을 정도로, 모든 것을 잊어버리고 잠들 수 있을 정도로. 하지만 히미코는 그 손을 밀쳐냈다. 그리고 돌아서 걸었다.

온몸이 바들바들 떨린다. 하지만 걸어야 했다. 걷지 않으면, 여기서 멈추면 주저앉을 수밖에 없기에 히미코는 걸었다. 사랑해, 사랑해. 히미코는 외쳤다. 사랑해. 하지만 밖으로 나오지 못하는 소리는 가슴에서 무겁게 내려앉는다.

5

"당신에게 조공을 보내라고 부탁하지 않을 거야."

의후는 그렇게 말했다. 그렇게 퍼붓고 도망쳐 대전에 숨어 있는 히미코에게 와서.

"당신이 어떻게 해야만 하고, 무엇을 해야만 한다고 말하고 싶지 않아. 그럴 권리도, 그 정도의 판단력도 나에겐 없어. 지금의 나는 당신밖에는 생각할 수 없으니까."

히미코는 그 품에 안겼다. 잠시만이라도 좋았다.

"사랑해. 당신이 듣기 싫어도 어쩔 수 없어. 내가 지금 할 수 있는 건 당신을 사랑한다고 말하는 거밖에 없으니까. 괜찮아. 당신이 말해주지 않아도. 상관없어. 알고 있으니까, 느낄 수 있으니까."

사랑한다고 말할 수 없었다. 그게 의후에 대한 히미코의 사랑이었다. 사랑이란 말을 입 밖에 내어 운명의 신이 미소 짓게 할 수는 없었다.

히미코에게 고개 숙이며 와타나베를 사랑한다고 말했던 수우가 한심했었다. 하지만 이젠 부러웠다. 사랑하는 사람 앞에서 자신의 사랑을 말할 수 있는 수우의 용기가, 자신의 모든 것을 버리고 사랑을 지켜낸 수우의 무모함이 부러웠다.

의후는 잠을 자면서도 히미코를 안은 팔은 절대 풀지 않았다. 히미코는 천천히 의후의 얼굴을 훑어 내렸다. 의후의 눈, 의후의 코, 의후의 입술……. 항상 그녀와 함께했던 의후였다. 한 번도 그녀에게 얼굴을 찌푸리지 않았던 의후였다. 의후는 자면서도 웃고 있었다. 히미코는 눈을 감았다. 꿈에서라면 말할 수 있을지 모른다. 사랑한다고, 처음 본 그 순간부터 사랑하고 있었다고…….

아직은 시간이 있었다. 구다라에서 정식으로 선전포고를
할 때까지만, 그때까지만 모른 척하고 싶었다. 의후와 적이
된다는 사실을.

6

의후는 날이 어두워졌는데도 오지 않는 히미코를 찾아 나
섰다. 아직 밤에는 쌀쌀했지만 이미 추운 겨울은 간 지 오래
다. 하지만 오늘은 추웠다. 내리는 벚꽃을 눈으로 착각할 정
도로 추웠다. 사로가 그 말을 전하던 순간부터……. 의후는
어디선가 들려오는 히미코의 웃음소리를 따라갔다.

불어오는 바람에 벚꽃이 눈처럼 날린다. 히미코는 춤추듯
벚꽃 사이를 거닌다. 흔들리는 횃불과 연약한 달빛, 흩날리
는 벚꽃. 히미코의 웃음소리.

히미코는 웃고 있었다. 어젯밤에도 꿈속에서 소리 한 번
못 내고 서럽게 울던 히미코는 밝아 보였다.

'당신이 정말 날 사랑한다면 내 부탁 한 가지만 들어줄래?'

히미코는 물었다. 설날, 싸우고 난 뒤 화해를 하러 찾아간
의후에게.

'그냥 가버려. 아무리 내가 붙잡아도, 아무리 내가 매달려

도 뿌리치고 그냥 가줄래?

　의후는 고개조차 끄덕이지 못했다. 조금이라도 좋은데, 영원이 아니라도 상관없는데, 아주 조금이라도 좋으니 조금만 더 시간을 주십시오, 그렇게 기도만 했다. 처음으로 신에게 빌었다. 신이 있다는 것조차 믿지 않았던 그였지만 그 순간 히미코를 껴안으며 빌었다. 아니, 매일 밤을 기도로 지새웠다. 잠결에 우는 히미코를 껴안아 달래며 빌었다. 하루만, 내일 하루만 더 주십시오. 이 여자가 울지 않게 되는 날이 오면 떠날 수 있을지도 모릅니다. 그때까지만 시간을 주십시오.

　의후는 불어오는 바람에 몸을 부르르 떨었다. 오늘따라 히미코는 대전으로 가기 싫다며 투덜댔다. 평소에는 일어나자마자 허둥대며 서두는 히미코였지만 오늘따라 게으름을 피웠다. 그의 곁에서 뒹굴던 히미코는 노사미의 재촉에 입을 비죽거렸다. 봄날씨가 참 따뜻하다며, 내일은 나들이를 가자고 말하며, 히미코는 나갔다.

　사로는 히미코가 나가자마자 들어왔다. 구다라에서 전령이 왔습니다. 그 억양 없는 말을 듣는 순간부터 추웠다.

　의후는 애써 미소를 지었다. 히미코에게 웃는 모습으로 기억되고 싶었다. 히미코가 그를 얼마나 행복하게 해주었는지 확신할 수 있도록 웃는 모습으로 남고 싶었다. 히미코 때문에 항상 웃었던 사람으로.

"오늘은 기분이 좋은 모양이군."

의후의 말에 히미코는 방긋 웃었다.

"그래. 난 벚꽃이 날릴 때가 가장 행복해."

히미코는 콧노래까지 흥얼거린다. 어린아이처럼 팔짝팔짝
뛰면서. 난 벚꽃이 정말 좋아. 아주 아름답잖아, 그렇게 말했
다. 하지만 그는 벚꽃이 싫었다. 찬란하게 피었다가 금세 흔
적도 없이 사라지는 꽃이다. 속았다는 느낌이 들 정도로.

"더 이상 벚꽃을 볼 수 없는데도?"

"내년엔 다시 볼 수 있잖아. 그러니까 그냥 지금은 행복
할래."

히미코는 손을 내밀어 흩날리는 벚꽃을 잡으려 애쓴다.

"만약 다시 볼 수 없을지도 모른다면? 만약 내년에는 저
벚꽃이 피지 않는다면? 그래도 행복할 수 있을 거 같아?"

"그래. 난 그래도 행복할 거야. 이렇게 볼 수 있었으니까
행복할 거야."

무심코 대답하던 히미코는 손을 쓱 내린다. 아무렇지도 않
은 표정. 하지만 가녀린 어깨선이 딱딱하게 굳어 있다.

아직은 희미하게 남아 있는 미소. 가늘게 떨리는 목소리.
후드득, 벚꽃이 떨어진다. 시들지도 않고 한순간에 사라져버
리는 꽃. 존재했다는 것조차 확신할 수 없는 꽃.

"내가 만약 아무도 모르는 시골마을로 도망가서 살자고 하

면 당신은 뭐라고 할까? 왕이고 백성이고 모두 다 잊어버리고 어디 멀리 도망가 평범하게 살자고 하면, 나는 새벽부터 나가서 농사짓고 당신은 날 위해 새참을 준비하고 저녁이면 집에 돌아와 단둘이 밤을 보내고, 그렇게 살자고 하면 당신은 뭐라고 할까?"

의후는 기도하며 물었다. 하지 마. 하지 마. 그 말만은 하지 말아줘. 오래전 망설이다 못한 질문이었다. 그때 물었다면 운명이 달라졌을 거라는 생각에 계속 후회했었다. 하지만 그렇게 후회하면서도 의후는 또다시 오랫동안 망설이고만 있었다. 차마 물어볼 수 없었다. 그 대답이 두려워서……. 이젠 시간이 없었다. 하지 마. 제발 거절의 대답만은 하지 마. 부탁이야. 입으로 말을 내뱉으면서도 머릿속은 기도로 가득 찼다. 하지만 히미코는 전혀 망설이지도 않았다.

"싫다고 하겠지. 아무리……."

질문이 끝나기도 전에 나온 대답. 조금 더 망설여줄 수는 없었을까? 그 대답을 하기 전에. 조금이라도 주저하고 있다는 것을 알 수 있도록, 조금이라도 날 사랑하고 있다는 것을 알 수 있도록. 하지만 히미코는 망설이지 않았다. 비록 제대로 끝맺지도 못한 대답이었지만.

허옇게 쌓인 벚꽃들이 그들 사이로 파고든다. 잔인한 꽃. 어둠 속에서 벚꽃은 물고기 비늘처럼 보인다. 몸통은 모두 말라비틀어져 비늘만 남기고 죽은 물고기. 히미코가 없다면 의후도 그렇게 죽어버릴 것 같았다.

"당신과 헤어진다는 생각만으로도 죽을 거 같아. 죽을 만큼 고통스러워. 그러니 제발……."

의후의 힘없는 말에 히미코는 입술을 깨물었다.

"나도 그래. 당신을 볼 수 없다면 죽고 싶을 거야, 고통스러워 죽을 거 같아. 하지만 죽은 건 아니잖아. 날 왕으로 만들기 위해 얼마나 많은 사람들이 죽었는데……. 난 아직 죽지 않았잖아. 신께 맹세했어. 이 나라를 위해 모든 것을 바치겠다고. 내가 왕이 된다면 이 나라를 위해 모든 것을 버리겠다고 나 자신에게도 맹세했어."

멍한 눈의 히미코는 중얼거렸다. 쌓여 있던 벚꽃들이 바람에 소용돌이치며 날아간다. 그 틈에 히미코까지 날아가 버릴 것 같았다. 비늘만 남기고 죽어간 물고기처럼. 의후는 휘청거리는 히미코를 붙잡았다.

"맹세란 깨질 수도 있는 거야."

의후의 말에 히미코는 고개를 들었다. 그리고 의후의 눈을 똑바로 바라보았다. 가늘게 떨리는 어깨. 후들거리는 다리. 의후는 히미코의 팔을 더 세게 붙잡았다. 하지만 히미코는 그 손을 뿌리쳤다.

"맞아. 맹세란 깨질 수도 있는 거야. 사랑의 맹세도 그렇겠지."

히미코는 뒤돌아섰다. 그리고 벚꽃과 함께 멀어져간다. 의후는 붙잡을 수 없었다. 히미코는 뒤돌아보지 않았다. 단 한 번도……. 의후는 천천히 주저앉았다.

7

수인은 두꺼운 모전을 깔고 앉았다. 아이는 붉은 옷을 입고 있었다. 피로 물들인 검붉은 오스이. 어떻게 왕위를 지켰는지 잊지 않겠다며 직접 물들인 옷이었다. 왕이라는 사실을 잊어버리고 싶은 모양이었다. 쯧쯧, 그렇게 왕이 되고 싶어 하던 때가 얼마 지나지 않았는데 그깟 감정에 흔들려?

수인은 와타나베가 들어오자 모전의 위치를 약간 바꾸었다. 아무래도 이야기가 길어질 모양이었다. 아마가시는 꼭 이럴 때 드러누워버렸다. 이렇게 중요한 순간에. 땅굴 안은 습기로 축축했다.

"전쟁준비를 서둘러야겠습니다. 드디어 구다라가 움직일 모양입니다.

아이의 목소리는 언제나 그렇듯이 냉정했지만 억양이 전혀 없었다. 마치 누군가 쥐어짜서 억지로 말을 하게 만드는 것처럼. 와타나베는 조심스레 고개를 들었다.

"지금이라도 늦지 않았습니다. 구다라에 조공을 넉넉히 하여 보내면……."

"굶주린 배를 쥐고 아파하는 내 백성들에게 다른 나라 왕에게 보낼 선물을 준비해야 하니 세금을 더 내라 하라고요?"

"전쟁을 하면 누구와 싸워야 하는지 아십니까? 전하께서 그분을……."

"그만하세요. 언제나 세자에게는 쉬운 일이겠지요. 강 건너 불구경하듯이 그저 쉬운 일로 보일 겁니다. 아닌가요? 내가 어떻게 내린 결정인지 안다면, 조금이라도 아신다면 그런 말하지 못할 겁니다."

아이의 목소리는 점점 작아졌다. 금방이라도 울 듯한 얼굴이다. 하지만 아이는 와타나베의 손을 보고 움찔했다. 와타나베는 재빨리 주먹을 쥐며 손을 감췄지만 아이의 눈이 이미 보고 난 뒤였다.

"난 이 나라의 왕입니다. 이 나라를 위해서라면, 내 백성들을 위해서라면 목숨이라도 내놓겠다고 맹세한 왕입니다. 더 이상 구다라의 담로국으로 살 수는 없습니다. 난 완전한 독립을 선언할 것이에요."

수인의 속이 다 시원했다. 와타나베는 정신을 좀 차려야 했다. 하지만 아이는 화를 낸 것을 후회하는 모양이었다. 금방 미안하다고 말하는 것을 보니. 어리석은 것, 그게 누가

엉뚱한 사람한테 화풀이하래? 수인은 일어섰다. 이제 구경
거리는 다 끝났다.

수인은 물이 고여 있는 웅덩이를 뛰어넘으며 킥킥거렸다.
내일은 비가 올 것이다. 의후가 떠나는 내일은. 아마가시의
신경통은 언제나 정확했다. 이별에는 비가 제격이었다. 어차
피 아마가시가 드러눕지 않았어도 직접 오려고 했었다. 그녀
가 만들어낸 운명의 절정은 직접 보고 싶었다. 아마가시도
있었으면 재미있었을 텐데. 어리석은 인간들이 자아내는 인
생이란 항상 가슴을 설레게 했다.

8

얼마나 오래 저러고 있었던 걸까? 의후의 머리와 어깨에
는 벚꽃이 층층이 쌓여 있었다. 와타나베는 주저앉아 있는
의후에게 다가섰다. 순간 의후가 어깨를 굳혔다.

"당, 신, 이, 야?"

뚝뚝 끊어지는 말에서 절망이 묻어난다. 히미코를 기다리
고 있었던 건가? 와타나베는 한숨을 내쉬며 걸어 나갔다. 야
유이 소리에 의후의 어깨에 힘이 빠진다.

"가줬으면 좋겠군. 지금은 누굴 보고 싶은 심정이 아냐."

금세 냉정한 목소리. 히미코와 참 많이 닮았다. 그래서 히

미코는 의후를 사랑하는 걸까? 와타나베는 힘없이 웃었다. 이유가 없다고, 그렇게 말해놓고 이유를 찾아 헤매는 바보 같은 자신의 모습에…….

"전하께서는 아이를 가지지 못하십니다."

의후는 놀라서 고개를 번쩍 들었다. 아기는 의후의 마지막 희망일 터였다. 급히 일어나 다가오는 의후의 눈이 번뜩인다.

"그게 무슨 소리냐?"

와타나베는 눈을 내리깔고 손을 바라보았다. 히미코가 그랬듯이.

히미코는 한참 동안 와타나베의 잘려나간 새끼손가락을 바라봤다. 자신도 모르게 주먹을 쥐었다. 하지만 히미코는 움찔했다. 오스이가 바스락거렸다. 피로 물든 오스이. 어떻게 왕이 되었는지 잊지 않기 위해 직접 물들인 오스이가 피를 토해 냈다.

"나에겐 피가 따라다녀요. 불행한 아이지요. 태어날 때부터 버림받은……."

그 말을 할 때도 히미코는 와타나베의 왼손을 바라보고 있었다. 차라리 잘라버렸어야 했다. 이놈의 왼손. 나머지 손톱들까지도 거무스름하게 변하던 순간, 잘라버렸어야 했다.

"독립이 옳은 길입니다."

쥐어짜는 목소리. 울지도 않는 히미코. 주먹 쥔 그의 왼손만 보던 히미코. 왼손을 감추는 그를 보며 웃던 히미코. 울 수 없어 웃는 히미코.

와타나베는 다시 주먹을 쥐었다. 어느새 의후가 바로 곁에 와 있었다.

"무슨 소리냐고 물었다. 물론 아직까지 태기가 없지만, 그건 알 수 없는 일이다. 내가 구다라로 돌아가고 나서라도 임신 소식이 들려오면……."

의후가 멱살을 잡을 듯 다그쳤다. 희망이란 잔인한 것이다. 아무리 사소한 것이라도. 아니, 작은 희망일수록 독이 되는 법이다. 와타나베는 침을 꿀꺽 삼켰다.

"왕위에 오르기 전에 전하께서는 뱃속을 헤집어 아이를 갖지 못하게 만드는 시술을 받으셨습니다. 아마 그래서 처녀막도 없었을 겁니다."

의후는 주저앉아버렸다. 그리고 와타나베는 자신을 저주했다.

히미코는 발버둥조차 치지 않았다. 발버둥치면서 악을 쓴 것은 와타나베였다. 노사미의 말에 미친 듯이 달렸다. 처음으로 사람을 죽였다. 히미코에게 가기 위해. 막아서던 병사를 둘이나 칼로 벴다.

이토쿠는 쇠막대를 불로 소독하고 있었다. 도대체 의관이 왜, 라는 의문을 가질 여유도 없었다. 자욱한 연기 속에서 와타나베는 히미코에게 다가갔다. 피 묻은 칼로 대왕대비를 위협하면서.

"세자는 나가 계십시오."

대왕대비의 명에도 와타나베는 묶여 있는 히미코에게 다가갔다.

"제가 선택한 일입니다."

히미코는 입을 달싹였다. 냉정하고 차분한 목소리. 대왕대비의 입꼬리가 치켜 올라갔다. 나올 수밖에 없었다. 히미코의 간청에.

따라나온 대왕대비는 와타나베의 애원에도 끄덕하지 않았다. 오히려 잔인한 이유를 대며 그의 이해를 구했다. 태어나기도 전에 죽음을 명 받았다는 히미코의 불행……. 그것을 듣는 내내 와타나베는 대왕대비에게 무릎 꿇고 빌었다. 하지만 대왕대비는 그런 와타나베가 한심하다며 화를 내고는 안으로 들어가 버렸다.

지저분하고 어두운 왕궁 구석에서 와타나베는 멍하니 서 있었다. 히미코의 신음 소리를 들으며. 피비린내와 달궈진 쇠의 냄새, 그리고 신음 소리……. 히미코는 비명조차 지르지 못했다. 그 나약하고 희미한 신음 소리에 그가 조금씩 죽어갔다. 그래서 와타나베가 대신 비명을 질렀다.

"도대체 왜 그런 일을, 왜 그렇게 잔인한 일을……?"

의후가 기억을 비집고 들어왔다. 잔인한 기억. 되살리고 싶지 않은 기억. 하지만 히미코를 위해서라면 해야 했다.

의후는 부들부들 떨고 있었다. 대왕대비가 히미코의 임신에 엄청나게 화를 내며 부들부들 떨었듯이. 하지만 이토쿠는 입을 실룩거렸다.

'어차피 절대 태어날 수는 없습니다. 아마 이제는 결코 생기지도 않을 겁니다.'

그렇게 말하는 이토쿠를 죽여버리고 싶었다.

"왜냐고 물었다!"

의후의 호통에 와타나베는 눈을 깜박였다.

"왕위에 오르는 것을 도와주는 대가로 대왕대비가 내건 조건이었습니다. 전하께서는 왕과 아무 상관도 없는 구다라 천민의 자식이었으니까요."

"도대체 왜? 그냥 히미코를 내치면 될 것을. 게다가 세자는 너였는데, 왜 그런 짓을 하면서까지 히미코를 왕으로 만들었단 말이냐?"

"가장 훌륭한 왕이 되실 수 있는 분이었으니까요. 나라의 번영을 위해, 백성들의 안녕을 위해서였습니다."

그게 진실이었다. 비록 대왕대비의 생각이 다르다 해도.

"하지만 대왕대비께서는 구다라 천민인 전하의 자손이 왕실의 대를 잇게 될 것을 두려워하셨습니다. 여왕의 자식으로는 대를 잇지 않는다는 법까지 만드셨습니다. 하지만 그것만으로는 안심하실 수 없었나봅니다."

"히미코는 어째서 그런 일을 당하면서까지⋯⋯."

의후는 차마 말을 잇지 못했다.

"자고로 여자란 자식에게 집착하는 법이지요. 그래서였습니다. 전하께서 그 일에 찬성하신 이유가⋯⋯."

히미코는 울부짖는 와타나베에게 그렇게 말했다.

"성군으로 불리는 왕들도 말썽꾼 자식은 꼭 하나씩 있더군요. 가난한 백성의 돈을 몰래 갈취하거나 힘없는 백성들을 짓밟는⋯⋯. 하지만 아무리 큰 죄를 지어도 성군들조차 그런 자식을 차마 내치거나 벌하지 못하더군요. 그래서 자식들은 맘 놓고 또다시 말썽을 부리지요. 왕에게 무엇보다 중요한 것은 백성과 나라입니다. 다른 것은 모두 포기해야 합니다. 자식조차 포기할 겁니다. 왕위를 그르칠 수도 있는 약점 따위는 만들지 않겠습니다. 제가 왕위에 오르는 것 자체가 그른 일이니까요."

시뻘겋게 타오르는 쇠막대를 바라보며 히미코는 그렇게 말했다. 그 말을 전해 듣는 의후는 고개를 내저었다.

"말도 안 돼. 어떤 자식일지도 모르는 자식을 없애면서까지⋯⋯. 그건 광기라고밖에⋯⋯."

"꿈이란 미쳐야만 꿀 수 있는 것이니까요. 자신조차도 이해할 수 없을 정도로 미쳐야만 이룰 수 있는 것이니까요. 하지만 기억해주십시오. 한 인간으로서의 전하는 왕자님을 사랑하십니다. 그것만 생각해주십시오. 전쟁을 택할 수밖에 없는 전하를 이해해주십시오. 그리고 전하의 곁에 남아주십시오.”

와타나베는 그 말만 남긴 채 의후의 곁을 떠났다. 뭐든지 하겠다고 맹세했었다. 열흘 동안 혼수상태에 있던 히미코의 곁을 지키며. 왕실 따위는 잊어버린 지 오래였다. 손가락 하나로 모자란다면 온몸을 갈기갈기 찢을 수도 있었다. 히미코를 위해서라면 뭐든지 할 수 있었다. 깨어난 히미코가 그에게 미소 지었을 때. 자신이 어떤 사람인지도 기억할 수 없었다. 되살리고 싶지 않은 기억마저 토해내야 했다. 히미코가 사랑하는 사람이니까. 의후가 히미코를 원망하거나 증오하는 채로 남겨둘 수 없었다. 히미코는 결코 말하지 않았을 것이다. 왕실을 위해서 아무 변명도 하지 않았을 것이다. 와타나베는 신음을 삼켰다. 히미코를 위해서라면 무엇이든 해야만 했다. 그것이 자신을 향하지 않는 히미코의 사랑을 지켜주는 일이라도…….

9

의후는 히미코를 껴안은 팔을 풀지 않았다. 사라져버릴까봐 두려웠다. 히미코는 울었다. 오늘만 잊고 싶어, 왕이라는 걸. 그렇게 말하며 그의 품에 안기던 순간부터.

차라리 히미코가 울었으면 했다. 어떤 식으로라도 감정을 드러내길 원했다. 하지만 이건 아니었다. 히미코를 안은 손에 자신도 모르게 힘이 들어갔다. 히미코는 너무 지쳤는지 눈을 감은 채였다. 이건 아니었다. 무슨 방법이 있을 것이다.

"항상 가슴 한구석이 답답했어. 뭔가 응어리가 진 것처럼 꽉 막혀 숨을 쉴 수가 없어 미칠 것만 같았어. 그런데 당신이랑 있으면 숨쉴 수가 있었어, 가벼웠어, 훨훨 날 수 있을 것처럼. 참 이상하지?"

이상한 일이었다. 사랑이란 건. 히미코의 숨소리가 들렸다. 저 숨소리에 편안히 잠들 수 있었는데. 처음으로 느긋했었는데.

"만약……."

힘없는 목소리에 의후는 고개를 돌렸다. 마음을 바꿨을지도 모른다. 하지만 히미코는 눈을 감은 채였다.

"만약 내가 내 힘으로 왕이 되었다면…… 당신과 도망갔을지도 몰라. 다른 이의 힘은 전혀 빌리지 않고, 오직 내 능력만으로 왕위에 올랐다면 포기할 수도 있었어."

의후는 놀라서 히미코를 흔들었다. 하지만 히미코는 여전히 눈을 감은 채였다. 날 사랑한다면 그냥 가줄래? 내가 아무리 붙잡아도 그냥 떠나줄래? 히미코의 말이 울렸다. 하지만 그 부탁만은……

"당신은 누구보다 뛰어난 왕이야. 자학하지 마."

"아무리 능력이 뛰어나도 소용없어. 세상은 다르거든. 아무리 노력해도, 아무리 뛰어나도 될 수 없는 게 있어. 탐내서는 안 될 게 있어. 그런데 난 그 금기를 깨뜨렸어. 그래서 벌을 받나봐."

히미코는 눈을 뜬다. 하지만 시선은 허공을 향했다.

"아름다운 나라를 만들고 싶었어. 아무도 버림받지 않는, 누구도 슬픔의 눈물을 흘리지 않는, 그저 행복한 나라를 만들고 싶었어. 그리고…… 만약 그 나라가 내 눈물의 강으로 더 아름다워진다면 난 얼마든지 울어도 상관없다고, 얼마든지 더 버림받아도 상관없다고 생각했어."

알고 있었다. 왕이 아닌 히미코는 이미 히미코가 아니라는 것을. 오늘만 왕이 아니고 싶어, 라고 했던 히미코였지만.

뺨을 타고 흐르는 눈물. 의후는 히미코의 눈물을 천천히 닦아주었다. 그리고 히미코 앞에 천천히 무릎을 꿇었다. 히미코는 놀라서 일어나 앉았다. 하지만 그는 멈추지 않았다. 족옥(발에 끼우는 옥 장식)을 빼고, 버선을 벗기고. 의후는 천천히 히미코의 발을 어루만졌다. 히미코는 꼼짝하지 않았다.

딱딱하게 굳어서 갈라진 발바닥, 뒤틀린 발가락, 푸르스름

한 발톱. 처음 보았던 그대로였다. 한 뼘도 되지 않는 작은 발은 추했다. 아름다운 히미코와 어울리지 않았다. 굽이 높은 신발 때문이었다. 엄지발톱이 빠졌던 날, 의후는 다그쳤다. 그놈의 신발을 갖다 버리라고. 하지만 히미코는 매일 그 신발을 고집했다. 왕으로서. 저녁이면 발이 아프다고 투덜대면서도 아침이면 그 높은 굽을 신고 나섰다. 왕이기 때문에.

이젠 인정할 수 있었다. 왕으로서의 히미코를, 이제는⋯⋯ 이해할 수 있었다.

의후는 천천히 고개를 숙였다. 히미코는 고개를 저으며 그의 어깨를 잡았다. 하지만 의후는 히미코의 발에 입 맞추고 있었다. 아주 오랫동안.

"슬퍼하지 마. 몰래 숨어서 눈물 흘리지도 마. 당신은 왕이니까."

의후는 속삭였다. 눈물이 히미코의 발등을 타고 흘러내린다. 이 눈물로 당신의 아픔을 씻어낼 수 있다면 난 평생이라도 울 수 있어.

"운명의 신 따위에게 비는 일도 하지 마. 언제나 그랬던 것처럼 고고하고 당당하게 왕으로 살아가. 눈물 흘리지 마. 내가 대신 어디선가 울어줄 테니까. 운명 앞에 무릎 꿇지 마. 왕은 무릎 꿇지 않아. 그러니 내가 대신해줄게. 그러니까 당신은 하지 마. 나와의 기억들은 전부 잊어버려. 좋은 기억들도, 나쁜 기억들도 모두 잊어버려. 처음부터 몰랐던 사람들처럼, 만난 적도 없는 사람들처럼 그렇게 잊어버려. 당신은 기억하지 않아도 돼. 내가 한순간도 잊어버리지 않고 기억할 테니까, 그러니까 잊어버려."

히미코는 그의 등을 감싸안는다. 눈물이 등을 흥건히 적셨다. 잊혀지는 건…… 버림받는 거야…… 가장 처참하게. 그래도 좋아. 당신만 아프지 않다면, 당신만 울지 않을 수 있다면 상관없어. 모두 견딜 수 있어. 당신을 위해서라면. 모두 버릴 수 있어. 당신을 위해서라면. 의후는 그 생각에 고개를 들었다.

"만약 내가 당신 편에 선다면……."

히미코의 눈이 휘둥그레졌다.

"말도 안 되는 소리 하지 마. 만약 그러면 전쟁은 더 커지는 거야. 구다라에서 당신이 우리 편에 섰다고 믿을까? 우리가 당신을 인질로 잡고 있다고 생각할 거라고. 아니 믿는다 해도, 겉으로는 절대 믿는 척하지 않을 거야. 그러면 더 많은 피를 불러올 거야."

"아니, 그게 아냐."

히미코는 의아한 눈으로 그를 바라보았다. 의후는 눈을 감고 이를 악물었다. 상관없었다. 이제 모두. 상관없었다. 하늘의 벌도 달게 받을 수 있었다. 히미코만 행복하다면. 의후는 마른 입술을 뗐다.

"난 구다라로 돌아갈 거야. 당연히 전하께서는 내가 구다라군의 수장이 되길 바라시겠지. 난 승낙할 거고……. 그리고 당신에게 지는 거야. 이기는 것보다 지는 게 훨씬 쉽겠지."

신이여, 용서하소서. 내 백성의 피로 그녀의 꿈이 이루어진다면 내 손으로 직접 그들을 죽이겠나이다. 신이여, 허락해 주소서. 내 백성의 통곡으로 그녀의 눈물을 거둘 수 있다면 내 손으로 내 나라를 불태우겠나이다. 신이여, 용서하지 마소서. 그들의 고통을 내게 고스란히 돌리소서. 그들의 눈물이 모두 마를 때까지.

악! 히미코는 비명을 질렀다. 고개를 미친 듯이 저으며. 눈물에 젖는 눈이 아련하다. 의후는 그런 히미코를 껴안았다. 슬픔에 체해본 사람이 안다. 그게 얼마나 고통스러운지. 히미코는 엉엉 울었다. 의후에게 매달려 미친 듯이 울었다. 의후는 그런 히미코를 껴안아 달랬다. 품 안의 히미코는 가늘었다. 조금만 세게 껴안으면 부서져버릴 것처럼 여렸다. 이 여자를 지킬 수 있다면 뭐든 할 수 있었다.

"그래, 울어. 모두 토해내. 지금 모두 토해내. 그리고 잊어."

하지만 금세 잦아드는 울음. 히미코는 입을 틀어막고 있었다. 우는 것조차 마음대로 하지 못하는 히미코, 꿈속에서조차 소리 내어 울지 못하는 히미코, 왕이어야 하는 히미코. 의후는 그런 히미코에게 웃어주었다. 웃는 모습으로 기억되고 싶었다. 만약 히미코가 그를 기억한다면 웃음으로 기억되고 싶었다. 히미코와 함께했기에 행복에 겨워 웃기만 했던 사람으로.

제16장
꿈을 위해 모든 것을 버리다

"참 우습지 않나? 그녀에게 활시위를 당기고, 활을 겨누라고 하더군.

내 나라를 위해서⋯⋯. 나라를 버리고, 가족도 버리고,

내 자신마저 버린 맹목적인 사랑 따위는 사랑이 아니고 집착이라며 나답게 굴라고,

내 모습을 지키라고 하더군. 그래서 알았어. 한 번도 말하지 않았지만,

그녀가 날 사랑하고 있다는 걸. 참 우습지?

서로를 죽이자고 하는 게 서로의 사랑을 확인하는 방법이라니."

1

단고노셋쿠(端午の節句. 단오. 단오에는 양기가 넘친다고 여겨 남성다움을 북돋우는 풍습이 많았다. 『형초세시기荊楚歲時記』에 따르면 쑥인형을 대문에 걸어 집안의 독기를 제거하며 창포술을 마셨다고 한다)라 궁녀들이 분주히 오갔다. 마쓰리는 줄기차게 이어졌다. 다를 것 하나 없는 날이건만 사람들은 갖가지 의미를 갖다 붙인다. 히미코는 연못가에 앉아 무관심한 눈으로 주위를 둘러보았다.

눈을 돌리는 곳마다 고가쓰닝교장식[17], 고이노보리장식[18]이 눈에 띄었다. 이번 단고노셋쿠를 성대하게 축하해야 한다고 한 사람은 히미코였다. 전쟁을 대비해 백성들의 사기를 돋울 필요가 있었다.

하지만 히미코는 어색했다. 아직도 왕궁의 화려함에는 익숙해지지 않았다. 아니, 화려함이 낯설진 않았다. 미도리도 항상 집안 치장에 열을 올렸으니까. 하지만 왕궁의 화려함은 항상 그녀를 움츠러들게 만들었다. 모든 사람들이 원색의 장식을 하나씩 들고 그녀를 쫓아올 것만 같았다. 넌 구다라의 천민이잖아, 그렇게 소리치면서. 히미코는 조약돌을 들어 연못에 던졌다. 난 위대한 왕이 될 거야. 그러면 되는 거잖아. 위대한 왕이 되기 위해 의후마저 버렸잖아. 천민 주제에 왕위에 오른 히미코에게 하늘이 내린 벌이었다.

하지만 의후는 그 벌을 대신 받겠다고 했다. 히미코를 위해 전쟁에서 져주겠다고 했다. 조금이라도 더 같이 있고 싶어서 하츠모우데(설날에 하는 신사참배나 신궁참배)에 같이 가자는 청을 단칼에 거절했던 의후였다. 난 내가 믿지 않는 신에게 고개 숙이고 싶지 않거든, 그 강한 신념을 사랑했었다. 하지만 의후는 그 신념을 버리겠다고 했다. 마지막까지 사랑한다는 말 한마디 꺼내지 않는 히미코를 위해서…….

히미코는 그런 의후가 안타까워, 그들의 사랑이 서러워 울다 지쳤다. 의후의 얼굴을 조금이라도 더 오래 담으려 감기지 않는 눈을 억지로 감았다. 의후가 떠나는 모습을 보고 싶지 않았다. 의후는 뒤척이는 히미코를 품에 안아 달랬다. 의후의 심장이 자장가를 불러주었다. 사랑한다고, 사랑한다고…….. 그 달콤한 노래를 듣고서야 히미코는 잠이 들었다.

그리고 다음 날 깨어났을 때 의후가 누워 있던 자리에는 묘하게 생긴 양날 검만이 남아 있었다. 히미코는 머리맡에 놓인 서신을 집어 들었다.

내가 주는 마지막 선물이야. 활과 화살은 이미 선물했으니 검까지 갖추면 완벽하겠지. 수장이라면 다른 병사들과는 다른 특별한 검을 써야 하는 법. 왕이 적군 수장이 쓰던 검을 쓸 수는 없으니 초치검은 안 되겠고 해서 며칠간 어떤 검을 만들까 고민했어. 내가 고안했지만 아주 특이하게 생겼지? 칠지도[19]라고 이름을 붙였어.

당신에게 일곱 가지 행운이 있기를 바라며.

– 의후가.

그저 꿈이기만을 바랐다. 의후를 마주하는 순간 꾸기 시작했던 악몽이었으니까. 언제나 꾸었던 악몽이었으니까. 하지만 이번에는 깨지 않았다. 깨어날 수가 없었다.

노사미는 며칠을 울다 드러누워버렸다. 하지만 히미코는 울지 않았다. 대신 하늘이 울었다. 의후가 떠나던 날 봄비가 소곤소곤 내렸다. 그 비에 벚꽃들은 모두 떨어져내렸다. 다른 꽃들은 모두 피어나는데 벚꽃은 떨어져내려 사람들에게 짓밟혔다. 어릴 때 뒤꼍에 살던 퇴물기생은 벚꽃은 사랑이라고 했다. 소곤소곤 내리는 봄비에도 후드득, 떨어져버린다고, 그렇게 쉽게 사라지는 게 사랑이라고. 퇴물기생의 말은 틀리기도 옳기도 했다. 벚꽃은 사랑과 같았다. 떨어져 죽어 버리기 전에는 결코 시들지 않았다.

"운명에게도 귀가 있을까?"

히미코는 바람에 부풀어오르는 잉어인형에게 물어봤다. 하지만 인형은 대답이 없었다. 마치 이젠 불러도 대답하지 못하는 의후처럼.

"운명에게라도 말하고 싶어. 사랑했다고, 행복했다고."

히미코는 피식 쓴웃음을 지었다. 운명에게는 귀가 없었다. 만약 있었다면 히미코의 간절한 기도를 외면하지 않았을 것이다.

히미코는 의후의 심장처럼 붉은 반지를 만지작거렸다. 빼야 했다. 이제는……. 의후를 그리워할수록 반지는 점점 헐거워지고 있었다. 굳이 톱으로 잘라내지 않아도 언젠가는 저절로 빠질 것이다. 그때까지만, 자신에게 의후의 심장을 바라볼 수 있게 허락하고 싶었다.

이쓰카세치에(궁중의 단오 행사. 이날은 천황이 주재하는 기사騎射의식이 열렸으며, 천황은 참가자들의 머리에 창포를 꽂아주며 무병장수를 빌었다)가 모두 준비되었다는 스진의 말에 히미코는 일어났다. 그녀는 왕이었다.

노사미는 바위 위에 앉아 있는 히미코를 바라보았다. 새벽부터 시달리느라 지친 모양이었다. 어깨가 축 처져 있었다. 첩자는 새벽에 도착해 구다라의 전쟁준비가 거의 끝났다는 소식을 전했다. 대신들은 잔뜩 긴장했다.

그리고 소라('쇠의 나라'라는 뜻. 신라)의 사신이 도착했다. 거품을 물고 좋아하던 대신들은 아무 말도 못하고 쫓겨났다. 히미코는 단칼에 거절했다.

"소라와의 연합 따위는 없을 겁니다. 우리의 손으로 쟁취하지 못할 독립이라면 굳이 독립이라는 이름을 붙일 필요도 없을 테니까요."

대전을 나오는 대신들의 얼굴은 어두웠다. 바보가 아닌 이상 옳고 그른 것은 구별할 줄 알았다. 독립은 옳은 것이었다. 하지만 구다라의 대군을 이기기는 힘들었다. 소라와의 연합은 옳지 않았다. 하지만 그 방법이라면 희망이 있었다.

옳은 것, 히미코는 올바른 것에 매달린다. 하지만 정치란 옳은 것이 아니었다. 더럽고 추악한 것이 정치였다. 히미코가 물들어갈 줄 알았다. 깨끗한 것일수록 빨리 더러워지는 법이기에. 하지만…… 아니었다.

히미코는 멀거니 벚나무를 보고 있었다. 와타나베는 왕궁 곳곳에 벚나무를 심으라는 지시를 내렸었다. 히미코가 좋아한다는 이유에서였다.

그리고 그 벚나무 아래서, 히미코가 좋아한다는 벚꽃이 휘날리는 밤에, 노사미는 무릎을 꿇은 채 엉엉 울었다.

의후는 멍하니 앉아 있었다. 흩날리는 벚꽃들이 머리와 어깨에 수북이 쌓인 것도 모르고. 와타나베의 고백에 충격을 받은 의후는 노사미를 보고도 미동조차 하지 않았다.

노사미는 그런 의후 앞에 무릎을 꿇었다.

"저도 데려가주십시오. 보는 순간부터 마마를 사모하고 있었습니다. 제발, 소녀를 데려가주십시오. 소녀, 전쟁에 도움이 될 것입니다."

자신도 모르게 울먹이고 있었다. 하지만 멍하던 의후는 미친 사람처럼 소리를 질렀다. 의후가 버럭 고함을 지를 때마다 벚꽃이 떨어져내렸다.

"사랑이라는 이유로 나라를 배반하고 왕을 배반하겠다는 것이냐? 전하께서 널 얼마나 아끼는지 모르느냐?"

히미코가 나라를 배반하기 원했던 의후는 나라를 배반하겠다는 노사미에게 화를 냈다.

"하지만……."

"못 들은 것으로 하겠다."

"무엇이라도 하겠습니다. 죽으라면 죽을 수도 있습니다.

마마를 위해 어떤 일을 할 수 있다면, 마마를 위해 뭔가를 할 수 있다면 그것만으로도 만족할 수 있을 겁니다."

"전하께 충성해라. 그게 내가 원하는 일이다."

잔인한 말. 마치 꿈인 듯 벚꽃은 사라져버렸다. 의후와 함께…… 내리는 비에 모두 사라져버렸다. 달포가 지나도록 노사미는 드러누워 있었다. 어의는 상사병에는 약도 없다 했다. 며칠 전에야 겨우 걸을 수 있었다.

벚나무는 이제 눈이 시릴 정도로 푸르다. 이제는 바람이 덥게 느껴지는 초여름이었다. 하지만 히미코 곁에서 부는 바람은 차갑다.

붉은 노을이 대지를 뒤덮고 있었다. 주위는 조용했다. 히미코는 무언가를 들여다보느라 정신이 없었다. 지금밖에 없었다. 히미코가 혼자 있는 시간을 노리기란 생각보다 쉽지 않았다. 지금이 아니면 다시는 기회가 없을지도 모른다. 노사미는 신발을 벗었다. 맨발에 닿는 흙은 아직도 차갑다. 가슴에 숨긴 칼날만큼.

노사미는 칼을 치켜들었다. 노을에 칼날이 붉게 빛난다. 바로 앞에 히미코의 하얀 목이 보인다. 노사미는 손에 힘을 주며 눈을 질끈 감았다.

"네 언니 카오리왕후가 실패한 일을 네가 할 수 있으리라고 생각하느냐, 고엔유?"

노사미는 놀라서 칼을 떨어뜨렸다. 히미코는 등을 보인 채 그대로였다. 알고 있었다, 그녀가 누구인지……. 아니, 그런 건 상관없었다. 재빨리 칼을 주웠다. 칼을 쥔 손이 떨려왔다. 그냥 내리치면 되는데, 얼굴이 보이지 않을 때 내리쳐야 하는데, 이상하게 손이 말을 듣지 않았다. 대신 입술이 움직였다.

"무슨 말씀입니까?"

"내가 모를 거라고 생각했더냐? 넌 아마 보이지 않겠지만 지금 뜰 구석구석에는 무사들이 널 지켜보고 있어. 그러니 칼은 다시 집어넣어라."

빨리 칼을 숨겨야 하는데 옷을 헤치는 손이 말을 듣지 않았다. 급하게 칼을 숨기다 자신도 모르게 가슴을 찔렀다. 붉은 피가 뚝뚝 떨어졌다. 하지만 아무것도 느껴지지 않는다. 알고 있었다. 자신조차 잊어버린 이름까지. 고엔유, 피비린내로 가득한 집에서 도망쳐나올 때 버렸던 이름.

"왜, 왜, 알고 계시면서도 왜 그냥 두셨습니까? 아니, 언제 아셨습니까?"

한 번도 드러낸 적이 없었다. 알았다면 뭔가 달라졌을 텐데 노사미를 대하는 히미코의 태도는 단 한순간도 달라진 적이 없었다. 노사미는 다리가 떨려 바닥에 주저앉았다. 어떻게 해야 할지 알 수가 없었다. 다시 칼을 꺼내야 할까? 어차피 포기했던 목숨인데, 어차피 드러난 신분에 죽을 목숨인데……. 아냐, 죽일 거라면 내 정체를 안 순간 죽였을 거야. 수많은 생각이 몰려왔다.

"몇 달 전 대왕대비마마께서 알려주시더군. 맘대로 처분하라면서. 그런데 왜 살려두었냐고? 넌 내가 아는 어떤 사람이랑 굉장히 비슷하거든. 천민인 내가 왕이 되는 걸로 왕실에 복수를 할 수 있다고 하던. 네가 나의 왕위계승을 도운 이유도 그게 아니었더냐?"

미도리! 노사미는 놀라서 고개를 들었다. 히미코는 한 번도 말하지 않았다. 미도리에 관해서도, 생모에 관해서도, 왕에 관해서도……. 상처 따위는 없는 양 언제나 싸늘한 웃음을 짓던 히미코였다. 절대 울지 않았던 히미코였다. 그런 히미코이기에 가능하다고 생각했다. 상처가 곪으면 터뜨리는 방법밖에 없기에. 이 왕실을 피로 물들일 줄 알았다. 왕족들과 신하들을 죽이고 결국 그녀 자신까지 죽음으로 몰아넣을 줄 알았다. 하지만 히미코는 상처가 썩게 내버려둔다. 아무리 고통스러워도.

일어섰지만 다리는 계속 후들거린다.

"정말 이유가 그것뿐이었습니까?"

"궁금한 게 많기도 하구나. 글쎄다. 한 인간이 다른 인간을 죽이지 않는데 그렇게 많은 이유가 필요할까? 굳이 더 이유를 들자면 네가 쓸모가 있기 때문이겠지."

히미코는 계속 손안의 무언가를 만지작거리고 있다.

"하지만 전하께서 왕위에 오르고 나서야 아셨습니다. 이미 왕위에 오른 이상 제 도움은 필요 없었을 겁니다."

히미코는 한숨을 내쉬었다. 지친 듯한 목소리.

"기억하게 해줬어. 내가 어떻게 왕위에 올랐는지, 얼마나 많은 사람들을 죽이고 얻은 왕위인지 널 보면 떠올릴 수 있었어. 그게 많은 도움이 됐지."

히미코는 등을 돌렸다. 카오리왕후와 헤이제이? 아니면 생모의 이야기일까? 노사미는 숨을 죽였다. 생모의 이야기가 사기였다는 것도 알고 있을까? 등을 돌린 히미코는 망설이고 있었다. 아직도 무언가를 만지작거리며.

"이젠 떠나겠구나, 복수를 할 수 없는 한 궁에 남을 이유가 없을 테니. 떠나도 좋다. 네가 가고 싶은 곳으로 가거라. 마지막으로 부탁 하나 하자꾸나. 가는 길에 이걸 가져가서 버려라."

작은 목소리는 히미코답지 않았다. 노사미는 히미코에게 다가갔다. 피처럼 붉은 보석이 박힌 반지를 향한 손은 주저한다. 한 번도 빼지 않았던 반지를 빼어 든 손은 망설인다. 차마 버릴 수 없어서. 그것도 히미코답지 않았다.

"버려!"

울먹이는 목소리. 히미코에게서 떨어진 눈물이 반지를 타고 흘러내린다. 뚝, 뚝. 노사미는 놀라서 눈을 들었다. 잘못 본 걸까? 히미코의 눈은 말라 있었다. 히미코는 한 번도 울지 않았다. 왕이란 울 수 없는 사람이기에.

히미코는 반지를 휙 던지고는 가버렸다. 노사미는 반지를 주워들었다. 반지는 젖어 있었다. 붉은 눈물이 반지를 타고 흘러내렸다…….

노사미는 무릎을 꿇었다. 바람에 나뭇잎들이 웅성거린다. 히미코의 무겁고 힘든 발걸음은 질질 끌린다. 가녀린 어깨는 떨리고 고개는 자꾸만 주억거린다.

사람들은 생각한다. 버림받은 사람은, 한 번이라도 버림받아본 사람은 절대 다른 사람을 버릴 수 없다고. 하지만 버림받은 사람은, 한 번이라도 버림받아본 사람은 오히려 쉽게 버릴 수 있었다. 다시는 버림받고 싶지 않아서, 다시는 그렇게 비참하고 싶지 않아서, 버림받는 것보다는 버리는 게 훨씬 나으니까. 훨씬 덜 비참하니까.

하지만 버림받아본 사람은 안다. 기대어 울 어깨조차 없는 사람은 안다. 차라리 버림받는 게 덜 고통스럽다는 것을……. 버림받는 고통이 얼마나 큰지 알기에, 그 고통을 다른 이에게 주었다는 사실에 더 고통스럽다는 것을 버림받아본 사람은 안다.

히미코의 마른 몸은 산들바람에도 날아갈 것 같다. 고통은 살을 파먹고 자라난다. 히미코의 옷 속은 텅 빈 것 같다. 노사미는 입술을 깨물었다. 어쩌면 의후의 넓은 어깨보다 히미코의 가녀린 어깨가 기대기에 더 믿음직할지도 모른다고 생각하면서……

3

의후는 바닷바람에 날리는 머리카락을 쓸어 올렸다. 초여름, 바닷바람은 이제 시원했다. 내일이면 출발이었다. 버림받은 땅으로, 히미코가 자신의 목숨보다 사랑하는 백성들이 그와 싸우기 위해 진을 치고 있을 곳으로.

어머니는 아장아장 걷는 여자아이와 함께 마중을 나왔다. 오, 라, 버, 니. 똑바로 발음하려 애쓰는 아이는 아영이면서도 아영이 아니었다. 그래서 돌아서버렸다. 그에게 안기려 다가오던 아영은 엉엉 울었다. 어머니는 그의 소맷자락을 붙잡았다.

"그래도 동생인데 한번 안아주기라도 하렴."

어머니는 많이 늙었다. 거꾸로 매달려서도 아기를 지키기 위해 배를 움켜쥐었다는 어머니, 그 아기가 자라서 왕이 되고 싶다고 해 또 거꾸로 매달렸던 어머니는, 기어이 왕이 되겠다는 다 큰 아기를 위해 갇혀 살아야 했던 어머니는 히미코가 죽었다고 전했었다. 그래서 의후는 어머니의 눈물을 닦아줄 수 없었다.

'만약'이라는 말이 입에 붙어버린 의후였다. 만약 어머니가 진실을 알려줬더라면, 만약 그가 조금만 더 일찍 궁으로 돌아왔다면, 만약 히미코가 조금만 더 늦게 왜로 돌아갔다면……

과거에 대해 '만약'이란 가정을 쓸 수 없다는 것을 알면서도 의후는 자꾸 되뇌었다. 그래야 지겨워져서 미래에 대해 '만약'을 쓸 수 없을 테니까. 의후는 또 부질없는 '만약'이란 말을 내뱉고 있었다. 그래야 지쳐서 만약 적으로 히미코와 마주친다면 어찌해야 할까, 라는 말을 삼킬 수 있을 테니까.

왕은 어머니에게 냉정히 돌아선 의후의 손을 잡았다. 아무런 성과없이 돌아왔는데도……. 그리고 그날 밤 왕은 처음으로 의후의 머리를 쓰다듬었다. 난 너를 믿느니라, 아들아, 그렇게 말하면서. 왕에게는 아들이 셋이었다. 세자는 의후가 떠나 있는 사이 성병이 악화되어 죽었고, 세자보다 넉 달 늦게 태어난 아들은 세자가 왕위에 위협을 느껴 일찌감치 독살해버렸고, 나머지 하나는 갓 돌이 지났다. 그래서 의후는 왕의 네 번째 아들이 되었다. 인질로서의 가치를 잃은 어머니와 아영, 아직은 어린 친아들, 어딘가 모자라 도저히 왕위를 물려줄 수 없는 세자의 아들들, 그리고 끝없는 영토확장의 욕망이 혼합된 결과였다. 우스운 일이었다. 모든 것이……

의심 가득한 눈으로 아들이라 부르던 아버지도, 그런 아버지에게 아직도 미련이 남은 자신도, 그리고 사랑한다며 그와 전쟁을 벌이려는 히미코까지도……. 우스웠다.

사로는 걱정스런 얼굴로 의후를 바라보았다. 입술을 잘근잘근 씹어대고 있는 것을 보니 무언가 할 말이 있는데 꺼내기가 어려운 모양이었다. 하루 종일 씹어댄 입술이 남아나는 것이 신기할 정도였다.

"무슨 할 말이 있는 거냐? 아니면 아직도 태풍 걱정 때문에 그러는 거냐?"

"태풍도 태풍입니다만……."

"…… 입니다만?"

사로는 한참 동안 망설였다. 사로다운 침착함과 냉정함.

"마마께서 그분을 사랑하신다는 거 알고 있습니다."

'그분'이라는 말이 싫었다. '왕'이라는 말이 싫은 것처럼. 히미코가 멀게 느껴진다. 하지만 의후는 사로의 말을 막지 않았다.

"말씀하시지 않으셔도 알 수 있습니다. 마마께서는 아무리 아름답기로 소문난 여자라도 간단히 버리셨습니다. 휘녕도 마찬가지였지요. 휘녕과 세자가 혼인한다고 했을 때 뭐라 하셨습니까? 그것 참 어울리는 한 쌍이군, 이라 하셨습니다. 그러던 마마께서 그분을 만난 뒤로 변하셨습니다. 그 많은 궁녀들을 털끝 하나 손대지 않으셨습니다. 휘녕과 혼인하겠다고 말씀하신 그날도 다른 여자를 취하셨던 마마께서 말입니다. 이상하다고 생각하다 기억해냈습니다. 마마께서 갑자기 여색을 탐한 것이 언제였는지 말입니다. 그분이 죽었다는 거짓을 고했을 때부터였습니다. 아마도 그분을 잃은 아픔을 잊으려 그러셨을 테지요."

사로는 잠시 말을 멈춘 후 크게 숨을 들이켰다. 그리고 무릎을 꿇었다.

"출정에서 빠지십시오. 아직도 늦지 않았습니다. 사랑하는 여인을 포기하시고 왕위를 얻어 행복할 수 있는 분이 아니시라는 것, 잘 알고 있습니다."

의후는 웃었다. 사로가, 다른 누구도 아닌 사로가 그런 말을 하다니.

"그렇게 생각했느냐? 내가 왕위를 얻기 위해 이런 싸움을 벌인다고?"

"그러시면……?"

"히미코는 특별하지. 아마테라스 오미카미니까. 태양신. 태양처럼 그녀를 잘 표현해줄 수 있는 게 있을까? 밝고 따뜻하고 빛나는 태양만큼 그녀를 잘 표현할 수 있는 것도 없을 거야. 그런데 그거 알아? 태양이 그렇게 빛나기 위해서는 자신을 태우는 고통이 뒤따른다는 거 말이야. 하물며 작은 장작들이 탈 때도 그렇게 뜨거운데, 태양처럼 빛나려면, 태양처럼 자신을 태우려면 정말 뜨거울 거야. 속이 모두 타들어가는 고통이 얼마나 클까? 그래도 히미코는 웃더군. 자신을 태워서 백성들이 행복하다면 자신은 태워도 좋다고 생각하더군. 난 한 번도 그런 사람을 본 적이 없어. 정말로 왕다운, 왕위에 그보다 잘 어울릴 수 있는 사람은 없을 거야."

그래서 더 사랑할 수 있었다. 그가 진정으로 되고 싶었던 모습이었기에. 노사미가 그 말을 하는 순간 깨달았다. 나라를 배반하고, 왕을 배반하고, 자신의 모든 것을 버리고 의후를 따라오겠다고 하는 노사미의 말을 듣는 순간 깨달을 수 있었다.

와타나베의 말이 맞았다. 의후가 사랑한 사람은 여왕인 히미코였다. 만약 노사미처럼 자신의 모든 것을 버리고 사랑을 따를 수 있는 사람이었다면, 의후는 히미코를 이토록 사랑하지 못했을 것이다. 와타나베가 옳았다.

"그럼······?"

차마 말을 잇지 못하는 사로의 눈은 불안으로 가득했다. 눈치챈 모양이었다. 그 생각이 아니길 바라서, 너무나 엄청난 추측이어서 사로는 입만 벌리고 있었다.

"역시 넌 빨라. 그래, 히미코는 왕의 자리에 있어야 해. 그러기 위해선 전쟁에 이겨야겠지. 하지만 아무리 히미코가 위대한 왕이라고 해도 구다라의 대군에게 이기기는 힘들 거야. 그래서 내가 출정하려고 했지."

의후는 눈을 질끈 감는 사로를 보며 말을 이었다.

"그래서 내가 출정하려고 했어. 히미코에게 져주기 위해서."

"말도 안 됩니다. 차라리 이기셔서 그분을 비로 봉하시는 것이 훨씬 나을 겁니다. 백성을 버리겠다는 말씀은 마마답지 않으십니다."

사로는 펄쩍펄쩍 뛸 기세였다. 고래고래 소리를 지르며 왔다 갔다하던 사로는 뱃전에 주저앉았다. 설득이 소용없다고 생각한 모양이었다. 그래도 계속 중얼거렸다. 마마답지 않으십니다, 라고. 하지만 그런 모습의 사로도 사로답지 않았다. 의후는 바닷바람에 날리는 머리카락을 쓸어 올리며 한숨을 내쉬었다.

"그래, 나답지 않아. 그래도 히미코를 위해서라면 나를 버릴 수 있어."

버릴 수 있었다. 목숨보다 더한 것이라도 버릴 수 있었다. 나라도, 아비도, 어미도, 형제자매까지도, 자신을 따르는 수많은 군사들까지도. 세상 전부를 버릴 수 있었다. 히미코를 위해서라면. 히미코가 원한다면 버릴 수 있었다. 그들도 고통받고 상처받는 인간이라는 사실조차 잊을 수 있었다. 히미코가 원한다면 그런 사실 따윈 무시하고 모른 척할 수 있었다.

사로는 허공을 노려보고 있었다. 의후는 피식 웃었다.

"그런데 히미코도 알고 있었나봐. 그게 얼마나 나답지 못한 일인지. 하긴 모를 리 없겠지. 이 세상에 나보다 더 날 잘 알고 있는 사람이 그녀 말고 또 있을까?"

사로는 고개를 번쩍 들었다.

"싸우자고 하더군. 전력을 다해 싸우자고 하더군. 자기에게 활시위를 당기라고 하더군. 더 강한 자가 왕이 되는 것은 당연하다고. 져주는 싸움 따위는 하고 싶지 않다고. 정정당당하게 자기 나라를 독립시키겠다고."

의후는 털털하게 웃었다.

"참 우습지 않나? 그녀에게 활시위를 당기고 칼을 겨누라고 하더군. 내 나라를 위해서……. 나라를 버리고, 가족도 버리고, 나 자신마저 버린 맹목적인 사랑 따위는 사랑이 아니고 집착이라며 나답게 굴라고, 내 모습을 지키라고 하더군. 그래서 알았어. 한 번도 말하지 않았지만 그녀가 날 사랑하고 있다는 걸. 참 우습지? 서로를 죽이자고 하는 게 서로의 사랑을 확인하는 방법이라니."

사로는 딱하다는 듯 의후를 바라보았다. 하지만 의후는 사로를 바라보지 않았다. 그저 허공만 응시하며 픽 웃으면서 말했다.

"근데 그거 알고 있나, 사로? 히미코는 아무리 많은 구다라의 군사라도 무찌를 수 있을 것 같다는 생각이 들어. 우리가 죽을 각오로 싸워도 히미코가 이길 것 같다는 생각이 들어. 그래, 나도 죽음을 각오하고 싸울 거야. 그녀를 차지하기 위해서라도."

왕은 의후가 나서지 않아도 전쟁을 벌이겠다고, 기어이 히미코를 죽이겠다고 했다. 하지만 의후가 나서준다면, 그래서 왜를 정복한다면, 히미코를 살려두든, 히미코와 혼인하든 막지 않겠다고 했다.

당신을 꼭 되찾을 거야. 의후는 다짐했다. 아무리 힘든 싸움이라도 당신을 되찾는 거라면 이기고야 말 거야. 당신을 사랑하니까. 당신을 사랑해. 들을 수 있어? 당신을 사랑해. 의후는 웃으며 속삭였다. 정말 사랑한다고. 의후의 웃음소리가 파도를 타고 퍼져나갔다. 당신을 사랑해……

4

히미코는 갑자기 미친 사람처럼 뜰로 뛰어나왔다. 자러 가려던 와타나베는 놀라서 히미코에게 다가갔다.

"무슨 일이십니까, 전하?"

와타나베의 질문에 달려나가던 히미코가 멈춰 섰다.

"목소리를 들은 것 같은데, 웃음소리가 들린 것 같았는데."

히미코는 멍하니 뜰 안쪽을 바라보며 중얼거렸다. 의후…… 차마 내뱉지 못한 말이 와타나베의 머리를 헤집었다. 아직도 꿈결인 듯 행복해 보이던 얼굴은 금세 초연해진다. 가슴 한쪽이 싸하게 식어갔다. 의후를 사랑하는 히미코, 왕이어야만 하는 히미코.

히미코는 마치 항상 그랬다는 듯, 잠을 자다 뛰어나온 적이 많았다는 듯 턱을 치켜들었다. 그리고 어쩔 줄 모르고 서 있는 궁녀들 사이를 당당히 걸어 처소로 향했다. 와타나베는 그런 히미코의 뒷모습만 멍하니 보았다. 히미코는 맨발이었다.

와타나베는 뛰어가 히미코 앞에 등을 내밀었다.

"업히십시오."

히미코는 고개를 저었다. 하지만 와타나베는 히미코의 손을 잡았다.

"제가 업어드리고 싶어서 그럽니다."

목소리가 잠겨 말이 제대로 나오지도 않았다. 결국 히미코는 와타나베에게 업혔다. 하지만 침상에 눕힐 때까지도 히미코의 눈은 멍했다. 그 멍한 눈을 감고서도 히미코는 오랫동안 잠들지 못했다. 와타나베는 히미코가 잠들 때까지 곁에 머물렀다. 한 번도 이렇게 연약한 모습을 본 적이 없었다. 그날, 입에 담지 못하는 그날조차 히미코는 이렇게 아파하지 않았다.

와타나베는 잠든 히미코에게 속삭였다.

"당신을 위해서 제가 할 수 있는 일이 아직 남아 있다는 것을 알고 있습니다. 당신의 눈에서 눈물을 거둘 수 있다면 무엇이라도 할 수 있습니다. 비록 그것이 제 목숨을 대가로 지불하는 것이라 해도."

와타나베는 목걸이의 고리를 풀었다. 히미코가 주었던 구슬이, 그를 지켜줄 거라며 주었던 히미코의 영혼이 와타나베의 손안에 있었다.

"이제는 돌려드려야 할 때입니다."

와타나베는 히미코의 손에 목걸이를 내려놓았다. 잠결에도 히미코는 목걸이 줄에 매달린 구슬을 부여잡는다.

"이제 전하의 영혼은 완전해질 것입니다. 제게 주셨던 영혼마저 거두어가십시오. 완벽한 왕이 되십시오. 당신께서 진정으로 원하셨던 완벽한 왕이 되십시오."

히미코는 이제 완벽한 왕으로 불리기에 충분했다. 무엇을 희생하고서라도 지켜야 했던 왕위만이 히미코에게 어울렸다. 어떤 남자의 연인도 아닌, 어떤 여자의 딸도 아닌 왕위만이 히미코가 있을 곳이었다.

와타나베는 무릎을 꿇고 히미코에게 왕에 대한 예를 표했다.

와타나베는 재빨리 고삐를 붙잡았다. 허리가 아파 금방이라도 말 위에서 떨어질 것 같았다. 축축하고 뜨거운 여름, 온몸에 땀이 비 오듯 쏟아졌다. 허벅지에 생긴 물집이 말이 걸음을 내디딜 때마다 요동쳤다. 분명 히미코도 그럴 것이다. 하지만 히미코는 전혀 흔들림이 없었다. 그 가는 몸으로도.

와타나베는 절대로 안 된다고 못을 박았다. 히미코가 몸치수를 재는 것을 본 순간. 한 번도 그렇게 단호한 어조로 히미코에게 말한 적이 없었다. 아니, 무엄하게도 세이이간시(제의관사製衣冠司. 천황의 의관과 옷을 담당하던 직책)를 몰아내었다. 하지만 히미코는 상관하지 않았다.

"내 백성들이 피 흘리며 싸우고 있는데, 나보고 멀리 도망가 있으란 말입니까? 모든 결정은 내가 내렸습니다. 백성들은 무지해서 아무것도 몰랐습니다. 태어날 때부터 담로국의 백성으로서 참고 지냈습니다. 그런데 내가 한 독립선언 때문에 백성들은 아무 죄도 없이 전쟁에 대한 두려움에 떨고 있습니다. 날 원망하는 백성도 있을 겁니다. 하지만 나라를 위해서 나를 믿고 따르겠다고 한 백성들이 더 많습니다. 여인이건 어린아이이건……. 내 손으로 직접 쏠 겁니다. 적군의 수장을 내 손으로 직접 죽여 백성들의 믿음에 보답할 것입니다."

자신에게 내리는 벌이었다. 원수를 사랑한 죄, 나라를 위험에 빠뜨리고 싶어한 죄, 왕이라는 신분을 망각한 죄로 히미코가 자기 자신에게 내리는 벌이었다. 그걸 알기에 더 이상 말리지도 못했다.

"왕이 되는 것은 쉬웠습니다. 하지만 왕답기란 어려운 법인가봅니다."

와타나베는 한숨어린 히미코의 말을 들으며 방을 나왔다. 하지만 처음으로 후회했다. 어쩌면 끝까지 전쟁만은 안 된다고 매달려야 했는지도 모른다. 항상 히미코가 말하는 대로 다 해주었다. 하지만 처음으로 의심이 들었다. 항상 히미코가 원하는 대로 해준다고 생각했지만 그게 정말 히미코가 원했던 것일까?

오늘 안에 해변에 닿을 작정인지 히미코는 말을 더 거세게 몰았다. 히미코는 의후보다 먼저 도착하길 원했다. 첩자에 의하면 엄청난 대군이라고 했다. 아군의 수로는 어림도 없었다. 히미코는 먼 바다에서 군함들을 침몰시키려 전국의 물질 잘하는 해녀들을 모두 모았다. 바다에 빠진 적군이 상륙하기 전에 죽이려 궁사들의 훈련에 특히 더 신경을 썼다. 군사들의 사기를 북돋우기 위해 일부러 군사들과 함께 밥을 먹었으며, 군사들과 똑같은 천막에서 잠을 잤다. 여자들이 음식준비를 할 때면 자신도 도왔고, 궁사들이 짬짬이 화살을 쏠 때면 자신도 연습했다. 참모들은 질색했지만 병사들은 좋아했다.

조금씩 바다가 느껴졌다. 짜고 비릿한 냄새가 밀려들었다. 와타나베는 한숨을 내쉬었다. 히미코는 점점 야위어가고 있었다. 더 이상 마를 수 없을 것 같은데도 살이 쑥쑥 빠졌다. 소매 사이로 드러나는 팔은 뼈가 튀어나올 지경이었다.

그래도 아직은 희망이 있었다. 어쩌면 의후와 마주치지 않을 수도 있었다. 히미코는 의후의 함정이 닿을 가능성이 있는 곳에는 전부 군사들을 보냈다. 그런 해변만 열 군데였다. 하지만 이상하게도 불안했다. 와타나베는 허전한 목을 만졌다. 언제나 하고 있던 목걸이가 없는 목에는 수우가 준 목걸이가 대신 자리 잡고 있었다. 그래도 이상하게 허전했다.

6

천막을 치는 군사들을 뒤로한 채 히미코는 활 연습에 몰두했다. 바로 옆에서 파도가 치고 있었다. 군사들은 독살(조수 간만의 차를 이용해 물고기를 잡는 돌무더기. 썰물이면 돌에 물고기가 걸린다) 위에 더 많은 자갈을 쌓고 있었다. 돌 틈에 끼인 물고기 비늘이 반짝였다. 파닥파닥, 아직도 살아 있는 물고기는 몸부림을 쳤다. 바다로 돌아가고 싶어서. 바다가 너무 그리워서. 하지만 이젠 돌아갈 수 없었다.

히미코는 이를 물고 과녁을 향해 시위를 당겼다. 명중을 알리는 깃발이 올라간다. 깃발 뒤로 바다가 보였다. 바다를 건너다가 오고 있을 의후도······. 히미코는 다시 이를 물었다. 기억하지 마, 그 사람은. 그리고 기억해, 네가 왕이라는 것을. 하지만 파도에 의후의 웃음소리가 실려오는 것 같았다.

히미코는 고개를 돌렸다. 와타나베를 보면 잊지 않을 수 있었다. 어떻게 해서 왕이 되었는지, 얼마나 많은 피를 보았는지. 와타나베 한 명만으로도 충분했다. 히미코가 뚫어지게 바라보자 와타나베는 또 왼손을 숨긴다. 하지만 히미코는 이미 본 직후였다. 여름의 열기와 습기에 썩어가는 왼손을.

궁에서 해안까지 오는 보름 동안 말 한마디 걸지 않았다. 히미코는 한숨을 내쉬었다. 이제는 용서해주어야 했다. 하지만 도저히 화가 풀리지 않았다. 출정하기 전날, 와타나베는 대전에서 한참을 머뭇거렸다.

"전하, 제 간청 하나를 들어주시겠습니까?"

와타나베가 말하길 기다리느라 짜증이 났었다. 히미코는 우습다는 듯이 말했다.

"간청이라? 우습군요. 재물도, 권력도, 명예도, 아무것도 필요 없다고 했던 세자가 간청이라니? 도대체 어떤 대단한 것을 원하는지 무서울 정도입니다. 말해보세요. 제가 들어줄 수 있는 거라면 기꺼이 들어드리겠습니다. 누구의 부탁이라고 거절하겠습니까? 그리고 고개를 드세요. 그러지 않으셔도 기꺼이 들어줄 테니."

와타나베는 고개를 들었다. 하지만 히미코의 시선을 피했다.

"세자빈이 회임하였습니다."

순간적으로 멈칫했다. 히미코는 결코 가지지 못할 아이였다. 하지만 아무런 감정도 드러내지 않았다. 왕이었기에. 치솟는 질투심을 억누르기 힘들었다. 그래도 꾹 참았다. 사랑하는 사람과 함께할 수 있는 수우는, 사랑하는 사람의 아기를 가진 수우는 이제 부러울 것이 없었다. 그리고 히미코는 수우를 부러워할 이유가 또 하나 생겼다.

"그거 축하할 일이군요. 그런데요?"

"혹시라도 제가 죽게 된다면 저 대신 그 아이를 지켜주시겠습니까?"

싸늘하게 식어갔다. 아무도 잡아줄 사람이 없는 손이 하얗게 질렸다.

"세자가 한 말이 대역죄라는 것을 아십니까? 어찌 감히 나를 의심하시는 겁니까? 하긴 그럴 수도 있겠군요. 모든 것을 버리고 택한 왕위니, 피도 안 섞인 조카 따윈 쉽게 죽일 수 있겠지요. 고맙습니다. 미리 알려주셔서. 그렇지요. 만약 그 아이가 태어나면 대왕대비께서 가만있지 않으시겠지요. 당장 절 죽이겠다고 하실지도 모르겠습니다. 안 그렇습니까?"

와타나베는 아무 대답도 하지 못하고 다시 고개를 수그릴 뿐이었다. 히미코는 그런 와타나베를 뒤로하고는 대전을 나왔다.

"살아남으세요. 살아남아 세자의 아이는 세자가 지키십시오."

그 말만을 남긴 채……

제기랄, 화살이 빗나갔다. 히미코는 재빨리 화살을 주워 오는 스진을 바라보았다. 그래도 노사미를 남겨놓았다. 와타나베의 아기를 위해서. 하지만 아직까지 화가 풀리지는 않았다. 날 의심하다니. 다른 사람도 아니고 와타나베가. 모든 걸 알고 있는 와타나베조차 의심하다니.

결국 히미코는 활을 집어던지고 바다를 향했다. 파도는 밀려오기만 할 뿐 밀려가지 않았다. 바닷물은 조용히 잔잔하게 다가왔다. 발끝이 잠기고……, 발목이 잠기고……, 무릎이 잠겼다. 바다는 따뜻했다. 의후를 싣고 오는 바다는 히미코를 감싸안았다.

허리가 잠기고……, 가슴이 잠겼다. 그 품에서라면 쉴 수 있을 것 같았다. 입이 잠기고……, 코가 잠기고……, 이마가 잠겼다. 그래도 아늑했다. 숨이 막혀왔다. 그래도 차라리 행복할 수 있을 것 같았다.

'네가 살아가는 이유에 하나를 더 덧붙일래? 나, 라는 이유 말이야.'

바다가 속삭였다. 의후를 신고 오는 바다가 속삭였다.

'네가 있으면 나도 살아남았을 수 있을 거 같거든. 아무리 지긋지긋해도……'

바다가 속삭였다. 히미코 대신 울어주는 바다가 속삭였다.

'그러니까 날 버리지 마. 날 버리고 가지 마.'

히미코는 이를 악문 채 바닥을 박차고 수면 위로 올라왔다.

7

히미코는 오스이를 입고, 다스키를 들고, 얼굴에 붉은 분을 가득 칠했다.[20] 준비를 마치기도 전에 신악이 울리고 있었다. 바다에 가까우니 더 잘 들리겠지. 신은 바다 너머에 계시니까. 북이 둥둥 울린다. 가는 피리 선율은 파도소리와 잘도 어울렸다(고대 일본에서는 북과 피리를 연주하고 노래를 부르고 춤을 추면 신의 혼이 흔들려 인간과 더 잘 교감할 수 있다고 믿었다).

히미코가 나오자 신악을 연주하던 손길이 일제히 멈추었다. 히미코는 소나무 기둥(고대 일본에서는 신들이 높은 장소나 먼바다 저편에 있다고 생각해 멀리 있는 신을 제사 지내는 장소로 부르기 위해 삼나무, 소나무, 대나무 등으로 표시를 했다)을 꽂아 놓은 모래밭으로 걸어갔다. 다스키를 쳐들자 다시 신악이 울려퍼졌다. 요란한 신악소리에 맞춰 히미코는 소리쳤다. 하늘을 향해.

"비를 내려라! 스사노오 노 미코토! 폭풍의 신이여, 나의 동생이여. 거센 바람과 비를 내려라! 그들이 이 땅에 발을 내디딜 수도 없을 정도로 거센 비바람을 내려라!"

사람들의 노랫소리가 커지고 춤사위가 격렬해졌다. 해녀들은 웃옷을 찢어 가슴을 드러냈다. 해녀들의 문신(잠수하여 어패류를 채취하는 사람들은 문신을 새겨 큰 물고기나 동물, 해수 등으로부터 보호받고자 했다)이 격한 움직임에 살아 움직이는 것 같았다. 벌써 발가벗고 음모를 드러내며 춤추는 여자들도 많았다. 병사들은 칼을 들어 허공을 가르며 장단을 맞추었다.

히미코는 무거운 칠지도를 양손으로 집어들었다. 검은 말(고대 기우제에서는 검은 말을 죽여 신께 바쳤다고 한다. 반대로 비가 너무 많이 오면 흰 말을 바쳐 날씨가 좋아지기를 기원했다고 한다)은 덩치 큰 병사 셋이 붙잡고 있는데도 도망치려고 애썼다. 말발굽에 모래들이 날린다. 무거운 검을 있는 힘껏 머리 위로 치켜들었을 때 번개가 번쩍했다. 히미코는 그 순간을 놓치지 않고 말의 목을 베었다. 말의 울음소리가 바다 너머까지 울렸다. 천둥소리에 말의 울음소리가 묻혔다. 검은 피가 모래 사이로 파고들었다.

"비를 내려라! 스사노오 노 미코토! 폭풍의 신이여, 나의 동생이여. 빛나는 번개와 우렁찬 벼락으로 그들의 배를 함몰시켜버려라! 스사노오 노 미코토, 나의 동생이여! 네 누나, 아마테라스 오미카미를 위해서 폭풍을 내려라!"

미친 듯한 절규 끝에 하늘에서 가느다란 빗줄기가 내려오기 시작했다. 어떤 사람들은 놀라서 비명을 지르고, 어떤 사람들은 울면서 손을 모았다. 어떤 사람들은 멍하니 하늘만 바라보았고, 어떤 사람들은 믿어지지 않는 듯 손을 내밀어 비를 만지고 있었다. 그리고 한참 뒤, 모두 히미코를 향해 연방 절을 하면서 손을 치켜올렸다. 히미코는 눈을 감고 비를 맞으며 다시 소리를 질렀다.

"스사노오, 나의 동생아! 구다라의 배 따위는 모두 날려버려라. 그들이 나의 땅에 발도 디딜 수 없도록!"

히미코는 입안에 들어오는 빗물을 삼키며 외쳤다. 히미코의 고함은 천둥소리에 가려 들리지 않았다. 거센 빗줄기가 바다를 뒤흔들고 있었다.

8

히미코는 의후에게 화살을 겨누었다.

참 이상한 일이다. 이 많은 군사들 중에, 그것도 전부 갑옷을 입고 있어서 누가 누군지 알아볼 수도 없는 많은 군사들 중에서도 의후는 한눈에 들어왔다.

히미코가 의후를 발견한 순간, 의후의 눈도 히미코의 눈을 향했다. 둘은 마주친 눈길을 떼지 못하고 서로를 한참 동안 바라보았다. 그리고 누가 먼저랄 것도 없이 등 뒤에 있는 화살통에서 화살을 꺼내 들었다. 그리고 서로의 눈을 똑바로 바라보며 동시에 화살을 겨누고, 동시에 화살을 날렸다.

히미코는 눈을 감았다. 차마 의후를 향해 날아가는 화살을 볼 수 없었다. 하지만 기다리던 고통은 없었다. 히미코는 천천히 눈을 떴다. 의후의 화살이 빗나간 걸까? 의후는 언제나 멀리 있는 과녁도 정확히 꿰뚫었는데. 눈을 뜨자 의후의 활이 한눈에 들어왔다. 히미코는 멍한 시선으로 의후의 활을 바라보았다. 활에서 화살이 천천히 떨어져내린다. 그리고 활이 천천히 땅에 떨어졌다. 한참 후에야 깨달을 수 있었다. 의후가 화살을 쏘지 않았다는 것을.

히미코는 고개를 들었다. 그리고 의후를 바라보며 고개를 저었다. 가슴에 박힌 화살을 뽑으려 애쓰느라 붉어진 의후의 얼굴에서 눈을 뗄 수가 없었다. 의후는 그녀를 바라보며 웃고 있었다. 눈을 깜박일 수도 없었다. 의후의 피가 갑옷 밖으로 흘러나와 땅으로 뚝뚝 떨어져내렸다. 그래도 의후는 웃고 있었다. 그녀를 바라보면서. 아무렇지 않다는 듯 웃고 있었다.

움직일 수가 없었다. 의후의 뒤에서 그녀를 겨누는 사로를 보았는데도. 움직이다 의후를 놓칠까 두려웠다. 아니, 어쩌면 움직이고 싶지 않았는지도 모른다.

화살은 공기를 가르며 히미코를 향해 날아왔다. 그래도 히미코는 의후만 바라보았다. 의후의 눈이 그녀를 보며 웃고 있었다. 그 웃음에서 고개를 돌릴 수 없었다. 어깨에 통증이 느껴졌다. 둔탁하고 무거운 아픔에 히미코는 자신도 모르게 눈을 감았다. 눈을 뜨기가 힘들었다. 하지만 눈을 떠야 했다. 의후를 봐야 했다. 의후의 행복한 미소를 봐야 했다……. 히미코는 무거운 눈을 억지로 떴다. 눈앞에 와타나베의 얼굴이 있었다.

와타나베가 왜 내 말 위에 올라탔을까 궁금하지 않았다. 언제나 그녀를 바라보던 와타나베의 눈빛은 여전히 무겁기만 했다. 의후를 볼 수 없게 시야를 가린 와타나베의 얼굴이 사라져 버렸으면 했다. 순간, 와타나베의 얼굴이 히미코의 어깨 위로 고꾸라졌다. 이젠 의후를 볼 수 있겠구나. 말에서 주르륵 미끄러지는 와타나베의 팔에 안겨, 와타나베 위로 떨어지면서도 히미코는 의후만 생각했다.

빨리 일어나야 한다는 생각밖에 없었다. 그래야 의후를 찾을 수 있을 테니까. 와타나베 위에서 일어나려던 히미코는 그제야 보았다. 와타나베의 가슴을 뚫은 화살이 히미코의 어깨를 꿰고 있었다. 히미코는 달려오는 의관을 보며 정신을 잃었다.

제17장
아프지 않았다

왜 그 순간에 그 생각이 났는지 히미코도 알지 못했다.

왕이 되기 위해 치러야 한다면 기꺼이 치르겠다고

결심한 고롱을 이기기 위해 끄집어낸 기억이 왜 하필 의후의 얼굴이었는지,

아직도 히미코는 이유를 알 수 없었다.

그저 육체의 고통을 이기기 위해 그 기억에 매달렸을 뿐이었다.

그래서였을까, 아프지 않았다. 그녀가 한 선택이었으니까, 아프지 않았다.

1

히미코가 와타나베의 손을 잡았다. 그 손길에도, 다른 누구도 아닌 히미코가 손을 잡았는데도 와타나베는 아무런 움직임이 없었다. 수우는 눈을 질끈 감았다. 혹시나 눈을 뜰지도 모른다고 생각했었다. 히미코라면. 수우가 아무리 울부짖어도 이제는 눈조차 깜박이지 못하는 와타나베였지만, 히미코의 손길이라면 혹시나 눈을 뜰지도 모른다고 생각했었다.

하지만 와타나베는 여전히 눈을 감은 채였다. 히미코는 와타나베의 손을 토닥이며 입을 열었다.

"일어나세요, 세자. 언제나 내 말이라면 무조건 들어줬잖아요. 왕으로서 명령합니다. 세자가 없으면 안 돼요. 세자가 있었기에 가능했다는 거, 알잖아요. 그러니까 깨어나세요, 세자."

와타나베는 대답이 없었다. 수우는 이를 물었다. 와타나베는 이미 그녀가 기억하는 모습이 아니었다. 온몸에 독이 퍼져 피부는 울긋불긋했고, 얼굴이며 팔다리는 퉁퉁 부어 있었다. 별의별 해독제를 써도 상태는 악화되어갔다.

이젠 숨을 내쉴 때마다 들리는 끽끽거리는 소리만이 와타나베가 살아 있다는 것을 알려줄 뿐이었다. 히미코는 손으로 머리 언저리를 꽉 누르며 말을 이었다.

"말했잖아요. 세자의 아이를 지켜줄 자신 없다고, 약속할 수 없다고, 그러니까 일어나서 세자의 자식은 세자 손으로 지키란 말이에요."

수우는 부른 배를 손으로 감싸안았다. 히미코가 가는 곳이라면 어디라도 가겠다며 기어이 따라나섰던 와타나베였다. 자식조차 안중에 없다고 원망했었다. 하지만 아니었다.

"일어나요, 명령이니까. 일어나요."

히미코는 몇 마디 내뱉지도 않았는데 지쳐버렸다. 힘없는 히미코는 처음이었다. 하지만 그렇게 약한 모습의 히미코에게도 수우는 다가갈 수 없었다. 지켜줄 수 없다고 했다. 이 아이를. 수우는 배를 감싸안았다.

어의는 히미코에게 처소로 돌아가 안정을 취하라고 했다. 하지만 히미코는 그 말에 픽 웃었다.

"나도 여기서 세자의 상태를 지켜보고 있겠다."

히미코의 말에 어의가 재빨리 반박을 하고 나섰다.

"전하께서는 안정을 취하셔야 합니다. 아무리 살짝 들어간 화살이라고는 하나 독화살이었습니다. 아직도 완전히 해독되지 않았습니다."

"내가 괜찮다고 하지 않느냐."

하지만 히미코는 비틀거렸다. 어지러운 모양이었다.

"나라를 생각하십시오. 백성을 생각하십시오."

노사미가 거들었다. 하지만 한참 동안 숨을 몰아쉬던 히미코는 또다시 입을 열었다.

"내가 여기 있겠다고……."

더 이상 참을 수 없었다.

"전하께서는 쉬십시오. 여기는 제가 지키겠습니다."

처음으로 하는 말이었다. 히미코가 돌아온 뒤 처음으로 한 말이었다. 입을 열기가 겁났다. 한 번 입을 열면 멈출 수 없을 것 같았다.

히미코만 없었더라면, 와타나베는 살 수 있었을 것이다. 그렇게 오르고 싶어했던 왕위에서 행복하게 오래오래 살 수 있었을 것이다. 하지 못한 말들이, 하고 싶었던 원망들이 쏟아져 나올까 두려워 수우는 히미코에게 한마디도 하지 않았었다.

수우의 말에 히미코는 밖으로 나갔다. 수우는 와타나베를 바라보았다. 그래도 아직은 살아 있었다. 살아 있기만 하면 된다. 그저 살아 있기만 해도 좋았다.

2

노사미는 가마를 준비하라는 신호를 보냈다. 히미코는 의관에게 불호령을 내리고 있었다.

"어찌 아직도 저렇단 말이냐?"

"이상하게도 해독이 되지 않고 있습니다. 해독제란 해독제는 모두 쓰고 있습니다. 하지만 약을 그리 많이 쓰는데도 불구하고 점점 상태가……."

의관은 차마 말을 잇지 못했다. 히미코는 단호한 어조로 말했다.

"만약 살린다면 내 너희 집안 모두가 대대로 살아갈 수 있을 정도로 큰 재물을 내릴 것이야. 하지만 만약, 만약 그렇지 못할 시엔 너희 의관 전부가 무사하지 못할 것이다."

노사미는 진땀을 닦으며 물러가는 의관을 바라보았다. 와타나베는 아무래도 힘들 모양이었다.

히미코는 가마로 가는 그 짧은 길조차 힘든지 헉헉댔다. 화살이 살짝 박힌 히미코가 이 정도인데, 와타나베는 아무래도 힘들 것 같았다. 노사미는 히미코를 부축했다.

"그러게 제가 말씀드리지 않았습니까? 아직 해독되지도

않았는데 이렇게 무리를 하시면……."

히미코는 노사미의 말을 잘랐다.

"신전으로 가야겠어. 아무래도 세자 때문에 걱정이 되어
서……."

히미코는 힘이 완전히 빠졌는지 말을 잇지 못했다. 노사
미는 어쩔 수 없이 스진에게 오스이와 다스키를 가져오라고
명령했다. 기도를 올릴 모양이었다. 히미코는 가마에 올라
타자마자 눈을 감았다. 바싹 마른 몸은 금방이라도 쓰러질
것 같았다.

전쟁은 너무나 쉽게 끝났다. 태풍에 반 이상이 죽은 상황
에 적장까지 사라지자 구다라의 군사들은 갈팡질팡했다. 히
미코의 군사들에게 포위된 상황에서 대부분 아사하거나 포
위망을 뚫고 나가려다 죽임을 당했다.

히미코의 명을 어기고 찾아간 전쟁터에서 노사미는 의후
를 찾아 헤매었다. 하지만 의후의 모습은 어디에서도 볼 수
없었다. 참모진은 의후가 죽었다고 결론을 내렸다. 하지만
시체는 찾지 못했다. 아마도 측근에 의해 어딘가에 매장되었
거나 다른 곳으로 옮겨졌을지도 모른다는 말에 노사미는 안
도했다. 아직 살아 있을지도 모른다는 희망에.

하지만 히미코는 참모진의 보고에 고개를 저었다.

'적군의 수장은 반드시 찾아야 한다. 잡아서 꼭 시체를 확

인해야 해.'

깨어나자마자 가진 회의였다. 워낙 강한 독화살이었고 약
해질 대로 약해진 히미코였다. 화살이 뚫고 지나간 와타나베
보다 상태가 나빴던 히미코는 열흘이 지나서야 혼수상태에
서 깨어났다. 그리고 깨어나자마자 참모진을 소집했다.

'전국 방방곡곡에 방을 써붙여라. 적군 수장의 시체를 찾
는 자에게 어마어마한 상금을 내린다고.'

가늘지만 차가운 말투. 참모진은 당연한 명에 고개를 숙이
며 물러갔다. 그들은 아무것도 모르고 있었다. 혼수상태에
있는 동안 히미코는 내내 의후를 불렀다. 정신이 혼미한 동
안 히미코는 울었다. 소리 한 번 못 내고 뚝뚝 흘리는 눈물에
노사미는 무너져내렸다. 노사미가 반지를 끼워주고 나서야
히미코는 눈물을 그쳤다. 하지만 깨어난 히미코는 그 반지를
노사미에게 던졌다. 녹여버리라는 명령과 함께.

"가마가 흔들리지 않느냐? 조금 더 주의를 하여라. 그러다
전하께서 깨시겠구나."

노사미는 내관에게 속삭였다. 히미코는 살아 있어야 했다.
이 나라와 백성들을 위해서. 노사미의 말에 깼는지 히미코가
속삭였다. 아직도 힘이 없는 목소리였다.

"지금 어디로 가고 있는 게냐?"

"아마테라스 오미카미의 신전으로 가시는 게 아니옵니까?"

"아니, 이자나미 노 미코토(죽음의 신)의 신전으로 가자꾸나."

사람들의 표정이 더 어두워졌다. 하지만 히미코는 다시 눈을 감았을 뿐이다. 처음으로 히미코가 빛나지 않았다. 처음으로 히미코가 빛을 잃어버렸다.

노사미는 빌었다. 와타나베라도 살려달라고. 와타나베마저 잃으면 히미코는 견디지 못할 거라고. 우리에겐 아직 히미코가 필요하다고. 그사이 가마는 왕궁 입구를 지나쳐 도성 밖으로 나갔다.

그 이름만큼이나 어두운 신전이었다. 밤이라 그런지 더 들어가기가 겁났다. 하지만 히미코는 부축하려는 노사미의 손도 뿌리친 채 천천히 계단을 올랐다. 신전으로 들어서며 히미코는 침을 꿀꺽 삼켰다. 목이 아직도 부어 있는지 침을 삼킬 때마다 넘어가는 소리가 들렸다. 오스이를 입혀주고 얼굴에 붉은 분을 칠해주면서 노사미는 눈물을 삼켰다.

"가서 세자의 상태를 보고 있다가 수시로 보고해라."

노사미는 고개를 숙이며 밖으로 나갔다. 등 뒤로 히미코의 목소리가 울렸다.

"누구에게도 진심으로 무릎 꿇은 적 없는 저입니다. 단 한 번도 고개 숙인 적 없는 저입니다."

히미코가 바닥에 무릎을 꿇고 있었다. 붉은 오스이가 펄럭이면서 먼지를 일으켰다. 열린 문 밖으로 놀란 궁녀들의 얼굴이 보였다. 노사미는 재빨리 신전문을 닫았다. 하지만 궁녀들이 이미 보아버린 뒤였다. 땅바닥에 닿도록 고개를 숙이는 히미코의 모습을……

"내 아버지의 이름으로 부탁드립니다. 당신을 잃으신 슬픔에 흘린 눈물로 태어난 이 아마테라스 오미카미, 당신을 향한 사랑의 눈물로 태어난 당신의 딸이 부탁드립니다. 이자나미 노 미코토시여, 죽음의 신이시여. 당신을 사랑했던 이자나기 노 미코토의 딸이 부탁드립니다. 세자를 살려주시옵소서! 이자나미 노 미코토시여, 제발 간청드립니다. 제 아버지에게도 진심으로 무릎 꿇은 적 없던 아마테라스 오미카미가 간청드립니다. 세자를 살려주시옵소서!"

숨죽인 궁녀들 틈으로 히미코의 가늘고 떨리는 목소리가 울려퍼졌다. 노사미는 손사래를 쳐서 궁녀들을 내쫓고는 수우의 처소로 달렸다. 달리는 동안 내내 빌었다. 신이시여, 전하를 보살펴주십시오. 더 이상은 그분이 버림받지 않게 해주십시오.

3

노사미는 미친 듯이 달렸다. 히미코는 며칠 동안 끼니도 거른 채 이자나미 노 미코토에게 맹세하고 있었다.

"세자를 살려주신다면 맹세코 당신의 신전을 더 화려하고 아름답게 장식해드리지요. 당신이 원하시는 그 무엇이라도 당신 앞에 가져다 바치겠습니다. 당신이 원하시는 것이라면 무엇이라도 드릴 수 있습니다. 하지만 세자만은 안 됩니다. 세자만은 남겨두십시오."

백성들은 히미코가 신전에서 기도 드린다는 말을 전해 듣고는 기도에 동참했다. 수많은 촛불 행렬에 신전 앞은 대낮처럼 밝았다. 노사미는 인파를 뚫고 신전문을 열었다. 엎드린 채 기도하던 히미코가 숨을 몰아쉬며 노사미를 바라보았다.

"무슨 일이냐?"

히미코는 당장이라도 쓰러질 듯 창백했다. 도저히 입이 떨어지지 않았다. 히미코는 살아야만 했다. 이 나라를 위해서. 그 소식을 들으면 쓰러져 버릴 터였다.

"무슨 일이냐고 물었다."

차마 입이 떨어지지 않았다. 지금 히미코에게 필요한 건 죽어버린 생명이 아니라 태어나는 생명이었다.

"세자빈께서 산기가 있으십니다."

노사미는 일어서려다 다시 주저앉는 히미코를 보며 말을 아꼈다. 그리고 히미코를 부축하러 달려갔다. 그녀라도 남아야만 했다. 히미코의 곁에, 끝까지⋯⋯.

4

히미코는 와타나베의 얼굴에 손을 댔다. 하얗고 파리한
얼굴이 차가운 것만 같아 손을 가져가기 두려웠다. 하지만
아직도 따뜻한 얼굴. 와타나베는 한 번도 그녀에게 차갑지
않았으니 당연했다. 언제나 그랬듯이 그녀를 바라보고 있
는 눈⋯⋯.

히미코는 와타나베의 머리 위에 마쿠라메시[21]를 놓았다.
오라버니는 된밥을 좋아하는데. 히미코는 베갯머리에 놓인
밥을 물끄러미 바라보다 노사미가 건네주는 대나무통을 받
아들었다.

스르륵, 스르륵. 대나무 통을 흔들 때마다 그 안에 든 쌀알
들이 소리 내어 울었다. 와타나베의 귓가에 들리지 않을세라
히미코는 좀 더 대나무 통을 가까이 댔다. 스르륵, 스르륵.

곤요비(혼 부르기. 육체로부터 유리되려는 혼을 멈추게 하거나
되돌아오게 하려고 친척들이 고인의 이름을 부르는 행위다. 고인
의 넋을 불러 소생시키기 위해 대나무통에 쌀을 넣어 귀에 대고 흔
들어주기도 한다)가 시작되었다.

오라버니.

오라버니.

히미코는 그 말을 다시 입에 담았다.

오라버니, 오라버니. 제발 돌아오세요.

달싹이는 입술을 통해 나오는 말은 왕족들의 '세자저하'
라는 큰 소리에 묻혀버렸다. 하지만 히미코는 계속 중얼거
렸다.

한 번도 외로움에 절망한 적은 없었다. 언제나 뒤돌아보면
와타나베가 있을 거라고 생각했었다. 그저 자신이 손만 내밀
면 되는 거였다. 그러면 와타나베가 손을 잡아줄 테니까. 그
리고 절망에서, 외로움에서 건져 올려줄 테니까. 하지만 결
국 그 손을 놓은 것은 자신이었다.

세자저하, 세자저하……

왕족들은 목이 쉬어오자 대나무통을 흔들고 있는 히미코
를 흘낏거렸다. 하지만 히미코는 눈 한 번 깜박이지 않고 와
타나베의 눈을 바라보며 통을 흔들었다. 스르륵, 스르륵.

노사미가 마즈고노미즈(일본에서는 사람이 죽으면 물을 먹이
는데 이를 마즈고노미즈末期の水, 즉 사수死水라 한다)를 내밀었
다. 말기의 물.

하지만 혹시 깨어날지도 모르는데, 이렇게 잠든 것처럼 평
온한데, 왕족들은 벌써 지친 얼굴로 히미코를 바라보고 있었
다. 히미코는 천천히 대나무통을 내려놓았다.

그릇을 입에 댄 순간 와타나베가 마시기 싫은 듯 움찔했다. 마치 그녀가 그랬던 것처럼. 입에 담지 못하는 그날, 그녀가 움찔했던 것처럼.

노사미는 전했다. 잠시 정신을 차리셨습니다. 그 말이 과거형이라는 것을 깨달았을 때 히미코는 눈을 감았다. 그때 전하를 지켜드리지 못한 것이 죄송스럽다고 하셨습니다. 노사미는 이상하다는 듯이 물었다. 그게 무슨 뜻이었습니까? 히미코의 닫힌 눈썹이 파르르 떨렸다. 나도 모르겠구나. 전혀 모르겠어.

하지만 알고 있었다. 히미코는 와타나베의 목으로 넘어가지 못하고 뺨을 타고 흘러내리는 물을 수건으로 닦았다. 와타나베가 그랬던 것처럼.

너무나 고통스러워 잠에서 깨고 싶지 않았었다. 하지만 누군가가 깨어나라며 울먹이고 있었다. 온몸을 짓누르는 고통에 비명조차 지를 수 없었다. 그때 말라붙은 입가에 끈적끈적한 액체가 닿았다. 억지로 입을 벌리고 들어오는 숟가락. 그 쓴맛에 히미코는 움찔하며 눈을 깜박였다.

와타나베의 얼굴이 보였다. 다시 눈을 감았다. 아직도 쏟아낼 피가 남았는지 온몸에서 피비린내가 나서 견딜 수 없었다. 제발 일어나, 정신 차려. 와타나베의 눈물이 얼굴에 떨어졌다. 피비린내에 헛구역질이 나는 것을 참으며 히미코는 다시 눈을 떴다. 와타나베는 다시 숟가락을 들이밀었다.

조금씩 감각이 되살아나는지 볼을 타고 흘러내리는 탕약이 간지러웠다. 히미코는 베개에 볼을 닦았다. 그리고 베개를 바라보며 피비린내의 정체를 확인했다. 와타나베는 다시 숟가락을 들어 내밀고 있었다. 오른손이었다. 와타나베는 왼손잡이인데…….

무심코 약사발을 잡던 와타나베의 왼손이 움찔했다. 그녀는 고개를 돌렸다. 그러지 마. 피를 많이 흘렸잖아. 와타나베는 그녀를 달래며 숟가락을 들었다. 히미코는 구역질을 참으며 억지로 삼켰다. 자꾸만 왼손이 말을 안 듣잖아. 무의식적으로 자꾸 힘이 빠지더라고. 오른손은 어색해선지 힘을 주기가 편하더라고. 와타나베는 등 뒤로 손을 감추며 밝게 웃었다. 울지 마, 내 덩치가 얼마나 큰데. 이 정도의 피쯤은 흘려도 괜찮아. 아무렇지도 않아. 괜찮아. 히미코는 아무 말도 하지 못했다. 그리고 와타나베의 피를 받아 마셨다.

그 뒤로 와타나베는 오른손을 썼다. 어눌한 움직임에 쑥스러워하는 와타나베를 볼 때마다 히미코는 고개를 돌렸다. 와타나베도 히미코도 그날을 입에 담지 않았다. 그저 그 기억이 너무나 고통스러워 모른 척했다.

와타나베는 언제나 히미코 앞에서 주먹을 쥐었다. 그녀는 모른 척했다. 하지만 알고 있었다. 그 주먹 안에 숨겨진 새끼

손가락의 첫 마디가 잘려져 나갔다는 것을, 히미코도 알고 있었다. 하얗고 긴 손가락, 그 아름다운 손을……, 언제나 히미코가 잡아주길 바라던 손을…… 그녀가 산산조각 내버렸다는 사실을.

지켜주지 못해 죄송하다고 했다. 바보 같은 오라버니. 마지막까지 지켜주지 못해 죄송하다고 했다. 바보 같은 오라버니, 바보 같은 오라버니……. 왜 죽는 순간까지 날 이렇게……. 그녀는 그녀 자신이 지켜야 하는 것이지 와타나베가 지켜주어야 하는 사람이 아니었다. 그리고 그녀가 택한 길이었다.

빈 그릇을 내려놓는 순간, 궁녀들이 욕조를 들고 들어왔다. 노사미가 자신을 일으켜세우려 하자 히미코는 손을 내저었다.

"유칸[22]은 나 혼자 하겠다."

밖으로 나가던 왕족들이 움찔했지만 감히 뒤돌아보지는 못했다. 히미코는 무거운 와타나베의 팔을 잡아 어깨에 메고 욕조 안으로 옮겼다. 미지근한 물이 식기 전에 유칸을 끝내야 했다. 서두르는 손길이 서툴렀다. 한 번도 누군가의 시중을 들어본 적 없는 손길이 어색했다. 와타나베는 그런 그녀의 손길이 버거운지 자꾸 물속으로 빠져들었다.

히미코는 와타나베를 껴안아 욕조에서 일으켜세웠다. 와

타나베의 팔이 히미코의 목을 둘렀다. 히미코는 와타나베를
자리에 눕혔다. 하지만 그녀를 껴안은 와타나베의 팔은 꼼
짝도 하지 않았다. 아니, 오히려 히미코를 잡아당겼다. 히미
코는 와타나베 옆에 누워 기다렸다. 와타나베는 아직도 또
렷한 눈망울을 빛내며 그녀를 바라보고 있었다. 그녀를 감
싼 팔은 풀릴 기미가 보이지 않았다. 밖에서 왕족들이 기다
리고 있을 터였다. 그녀는 조용히 속삭였다. 옷을 입으셔야
지요, 오라버니.

와타나베의 팔이 힘없이 스르르 풀렸다. 당연했다. 언제나
히미코의 부탁이라면 들어주었던 와타나베였으니까. 왼쪽을
앞으로 해서 여민 고름이 어색했다(수의는 평상시와는 반대로
왼쪽을 앞으로 해서 여민다). 히미코는 몇 번이나 고름을 풀었
다 다시 묶기를 반복했다. 히미코는 와타나베의 옷을 모두
입히고 나서야 문을 열었다.

궁녀들이 욕조를 내가고 상을 내오기 시작했다. 왕족들은
이미 밥상 앞에 서서 히미코를 기다리고 있었다(가족들이 고
인과 함께 하는 마지막 식사로 서서 먹기 때문에 다치하노메시立
飯, 즉 입석밥이라 불린다). 히미코는 와타나베가 보이는 자리
로 가서 섰다.

히미코가 젓가락을 들어 밥을 한술 뜨자, 기다렸다는 듯
왕족들이 일제히 밥을 먹기 시작했다. 오츠야(장례식 전날 밤

이나 죽은 당일 밤 가까운 친척들이 모여 고인과 함께 하룻밤을 지내는 것)를 견디려면 넉넉히 먹어야 한다는 걸 그들은 알고 있었다. 이윽고 술상과 함께 악사들이 들어왔다(『위지왜인전』에 따르면 왜인은 사람이 죽으면 십여 일 동안 초상을 치르지 않으며, 그동안 상주는 크게 곡을 하고 다른 사람들은 술 마시고 노래하고 춤춘다고 한다). 히미코는 와타나베 옆에 앉아 춤추는 이들을, 노래하는 이들을, 술을 마시는 이들을……, 그리고 그들을 보며 웃고 있는 와타나베를 바라보았다. 죽어가는 고통의 순간까지도 그녀에게 죄스러워했던…….

히미코는 이야기를 시작했다. 이제는 말할 수 있었다. 아무에게도 들리지 않겠지만 와타나베는 들을 수 있으니까. 사실은 나 하나도 아프지 않았어요, 라고.

이상하게도 전혀 고통스럽지 않았다. 날카로운 쇠막대가 불에서 달구어지는 동안 두려움을 느낄 만도 했건만 아무런 감정도 들지 않았다. 그저 기억에 매달렸다.

의후의 눈, 의후의 코, 의후의 입…….

이토쿠가 쇠막대를 들자 대비는 다시 물었다. 이렇게 뱃속을 헤집으면 평생 아기를 가질 수 없어. 죽을 수도 있고. 그래도 하겠느냐? 그녀는 고개를 끄덕였다.

의후의 이마, 의후의 뺨, 의후의 턱, 의후의 손…….

쇠막대가 몸으로 들어오는 순간에도, 쇠막대가 그녀의 몸을 헤집는 순간에도 히미코는 기억에 매달렸다. 무엇에라도 집중하면 고통을 이길 수 있었다. 그래서 히미코는 기억에 매달렸다. 네가 살아야만 하는 이유 중에 나도 포함시켜줄래, 라고 말하던 의후에게, 처음으로 그녀를 안아주었던 의후에게 매달렸다.

의후의 눈, 의후의 코, 의후의 입, 의후의 이마, 의후의 뺨, 의후의 턱, 의후의 손······.

왜 그 순간에 그 생각이 났는지 히미코도 알지 못했다. 왕이 되기 위해 치러야 한다면 기꺼이 치르겠다고 결심한 고통을 이기기 위해 끄집어낸 기억이 왜 하필 의후의 얼굴이었는지, 아직도 히미코는 이유를 알 수 없었다. 그저 육체의 고통을 이기기 위해 그 기억에 매달렸을 뿐이었다.

그래서였을까, 아프지 않았다. 그녀가 한 선택이었으니까, 아프지 않았다.

히미코는 속삭였다. 그러니까 아파하지 말아요. 나도 아프지 않았으니까. 혹시나 들리지 않을까 싶어 히미코는 와타나베에게 다가갔다. 따뜻한 눈은 히미코를 향하고 있었다. 히미코는 와타나베의 귀에 대고 다시 한 번 말했다. 한 번도 아픈 적 없었어요. 왠지 그 말만은 꼭 해야 할 것 같았다. 한 번도 아픈 적 없었다고······, 언제나 곁에 있었던 와타나베에게 말했다. 정말로······, 정말로 한 번도 아픈 적 없었다고…….

그 순간 와타나베는 마침내 눈을 감았다.

다단다단다…… 둥둥…… 장장…… 댕댕…… 쿵쿵…….
왕족들도 지쳤는지 노랫소리는 들리지 않고 악기만 울려대
고 있었다. 딸랑딸랑, 딸랑딸랑. 언제나 곁에 맴돌던 와타
나베만큼 친숙한 소리, 딸랑딸랑, 야유이 소리. 히미코는
놀라서 고개를 들었다. 왕족 중 하나가 일어나 춤을 추고
있었다. 무릎에 매달린 야유이가 흔들렸다. 딸랑, 딸랑, 딸
랑딸랑.

히미코는 조용히 눈을 감았다. 언제나 주위를 감싸고 있었
던 달구어진 쇠냄새가 옅어지고 있었다. 쇠도 냄새가 나는구
나, 쇠도 향기가 있구나, 라는 것을 깨달았던 기억이 사라지
고 있었다.

5

수우는 하나무수비노사츠(옛날 일본에서는 재채기를 할 때
혼이 달아나는 것을 막기 위해 아기가 재채기를 할 때마다 실을 묶
어 매듭을 만들었다. 탄생 후 일주일 동안 만든 매듭과 탯줄을 함
께 넣어둔 상자를 하나무수비노사츠鼻結びの薩라 한다)를 만지작
거렸다. 아기는 재채기를 많이도 했다. 하나, 둘……, 수우

는 실로 만든 매듭을 세어보았다. 아기가 재채기를 할 때마다 정성스레 자신이 손수 묶은 매듭이었다. 수우는 뚜껑을 닫았다.

히미코는 아기의 울음소리라도 듣기 위해 아침저녁으로 처소에 들렀다. 아기의 이름을 짓기 위해 전국의 역술가란 역술가는 모두 불러모으고 있다고 말했다. 아기를 위해 성대한 오미야마이리(아기가 태어난 지 한 달 뒤 치르는 신사참배)를 준비하고 있다고 말했다.

하지만 히미코는 세자의 아이는 지켜줄 자신 없다고, 약속할 수 없다고, 그러니까 일어나서 세자의 자식은 세자 손으로 지키라고도 말했었다. 그래서 수우는 삼칠일이 지나기 전에는 절대 아기를 보여줄 수 없다고 했다. 아기에게 해가 될지도 모른다는 말에 히미코는 참겠다고 했다.

수우는 상자를 들고 한숨을 내쉬었다. 이제 내일이면 삼칠일이다. 히미코는 분명 아기를 보러 올 것이다. 이제 더 이상 변명은 통하지 않았다. 특히 수우를 위한 변명이라면 어림도 없었다. 보름 전 그날처럼.

나가지 않을 수 없었다. 왕의 명령이었다. 아기를 낳은 지 겨우 며칠이 지났을 뿐이었다. 하지만 히미코는 변명 따위는 듣지 않았다. 수우는 부은 몸을 가마에 싣고 도성에서 가장 큰 시장으로 향했다. 난전은 깨끗이 정리되어 있었다. 수우는 내리고 싶지 않았다. 하지만 히미코는 내리길 원했다. 수우는 백성들의 환호성을 들으며 가마에서 내려 마련된 자리로 갔다. 그리고 눈을 감았다.

처음으로 끌려나온 사람은 사로였다. 산발한 머리카락은 엉켜 있었고, 입술은 터지지 않은 곳이 없었다. 꺼멓게 멍이 들어 흰자위가 보이지 않는 처참한 사로의 눈이 수우를 바라보고 있었다. 사로를 끌고 나온 병사는 사로가 빨리 걷지 않는다며 채찍을 휘둘렀다. 이미 수없이 스쳐간 채찍질에 찢겨진 옷은 아무런 방패가 되어주지 못했다. 사로는 채찍질에 꿈틀거렸지만 쓰러지진 않았다. 그렇게 사로는 수우를 바라보며 걸어 나왔다.

아름다운 음악은 절절했다. 안라국에서 왔다는 악사들은 구슬픈 음악을 울리고 있었다. 그 부드러운 곡조를 타고 사로는 꿋꿋하게도 걸어 나왔다. 가장 고통스럽게 만들기 위해서라고 했다. 애절하고 슬픈 음악을 연주해 사람의 마음을 모두 흔들어놓으면 그 고통은 몇 배가 된다고. 하지만 사로가 아닌 수우가 더 고통스러웠다. 눈을 감고 귀를 막고 싶었나. 아시반 사로의 눈에서 눈을 뗄 수가 없었나.

히미코가 가장 먼저 쏘았다. 가는 화살은 횡, 공기를 가르며 날아갔다. 사로의 가슴에 맞은 화살을 보고 백성들은 환호성을 질렀다. 수우는 활을 들고 다가오는 히미코를 피해

도망가고 싶었다. 잔뜩 움츠린 수우를 보며 히미코는 활을 내밀었다. 수우는 고개를 저었다.

"무슨 뜻입니까, 세자빈? 화살을 쏘지 않겠다는 겁니까?"

히미코는 낮은 목소리로 물었다. 그 엄한 목소리에 소름이 돋았다. 백성들의 눈이 모두 그들에게 향하고 있었다. 하지만 그녀는 할 수 없었다. 사로는 내내 그녀를 바라보고 있었다. 마치 수우에게서 힘을 얻는다는 듯이. 이상하게 할 수 없었다. 그 눈이 너무나 간절했다.

"저자가 누구인지 아십니까? 세자를 쏘았던 사람입니다. 다른 사람도 아니고 세자를 쏘았던 사람이란 말입니다. 그런데도 이 가는 화살 하나 쏘지 못하겠다고요?"

히미코는 코웃음을 치며 돌아서버렸다. 일부러 가는 화살을 쓰는 거라고 했다. 조금이라도 잔인하게, 오랫동안 고통을 주기 위해. 지원자는 많기도 했다. 결국 추첨을 해서 뽑힌 백성들은 길게 줄을 섰다. 차라리 죽어버렸으면 했다. 하지만 그 줄이 모두 끝날 때까지 사로는 수우를 바라보는 눈을 감지 않았다. 흥건하게 땅을 적시는 피는 수우에게까지 흘러올 것만 같았다. 그렇게 흘러와 수우를 집어삼킬 것 같았다.

백성 중 한 명이 쏜 화살이 사로의 오른쪽 눈에 박혔을 때 수우는 놀라서 일어섰다. 하지만 히미코가 그녀를 쏘아봤다.

그녀는 힘없이 주저앉으며 사로를 바라보았다. 남은 왼쪽 눈을 부릅뜨고 그녀를 바라보는 사로를.

제발 그냥 죽어요, 제발. 수우는 빌었다. 하지만 자결도 불가능했다. 사로의 입안에는 천조각이 가득 물려져 있었다. 제발 죽었으면, 제발, 누구라도 저 사람을 죽여주세요. 수우의 말이 하늘에 울렸을까, 사로는 수우를 바라보던 눈을 돌렸다. 그리고 죽, 었, 다. 백성들의 환호성이 아직도 생생했다.

수우는 고개를 저었다. 잊어야 한다, 아픈 기억은. 문을 열자마자 궁녀 하나가 재빨리 다가온다. 히미코는 하나무수비노사츠라도 보고 싶다고 했다. 히미코가 원하는 건 항상 빼앗겨야 하는 수우였다. 수우는 궁녀에게 상자를 내밀며 히미코에게 가져다주라고 일렀다.

달려가는 궁녀 뒤로 병사들이 보였다. 하나같이 큰칼과 활을 가지고 있었다. 병사들을 보면 그날이 기억난다. 피로 만들어진 강이 그녀에게 흘러올 것 같던 그날이.

히미코는 아기를 위해서 병사를 풀었다고 했다. 세자의 자리가 비어 있으니 아기의 목숨이 위험하다고. 아기가 없어지면 세자위에 오를 수 있을 것으로 생각하는 왕족들이 많다고. 하지만 수우는 믿을 수가 없었다. 이제는 아무도.

수우는 방으로 들어와 아기를 바라보았다. 와타나베와 똑같은 얼굴의 아기는 잘 보채지도 않는다. 그녀는 망설였다.

하지만 결심은 변하지 않았다. 이 아기는, 그녀의 아이였다. 이 아기만은, 히미코에게 빼앗길 수 없었다.

수우는 무거운 몸을 이끌고 보자기 하나를 꺼내 펼쳤다. 우선 필요한 옷가지와 금붙이만 챙겼다. 옷장 깊숙이 감춰두었던 보석상자를 꺼내는데, 아직 손에 힘이 없는지 상자가 두르르르 굴러갔다. 둔탁한 소음에도 아기는 울지 않았다. 아기 쪽으로 굴러가지 않은 것이 천운이었다.

수우는 상자 쪽으로 다가갔다. 워낙 무거워서인지 상자는 벽에 흠집까지 냈다. 수우는 상자를 들어올리다 벽을 뚫어지게 바라보았다. 작은 구멍은 벽지 무늬와 어울려 교묘하게 감춰져 있었다. 수우는 상자로 벽을 쳤다. 벽이 아니라 나무판자였다. 수우는 미친 듯이 판자를 도려냈다. 구멍은 점점 커졌다.

그리고 수우는……, 보았다.

6

수인은 아이를 바라보았다. 이제 아이의 권력에 도전할 수 있는 사람은 아무도 없었다. 아무도.

종전 후 처음 가진 회의에서 구다라노에 거주하는 구다라인들을 보호하겠다고 했을 때도 대신들이 반대했지만 결국 아이의 뜻대로 되었다. 구다라노에 살고 있는 구다라인들은 나름대로 쓸모가 있었다. 비록 '작은 구다라'라는 별칭이 맘에 들지 않기는 했지만.

구다라 왕실의 미움을 사서 망명한 왕족이나 귀족들은 학문을 전파하는 데 쓸모가 있을 터였고, 그들이 데리고 온 기술자들은 구다라가와(히라노강)의 개척에 도움이 될 터였다. 하지만 그것이 문제가 아니었다.

와타나베의 선왕 추대도 아무 문제가 되지 않았다. 바라던 일이었으니까. 문제는 계획이 일그러지고 있다는 거였다. 와타나베의 죽음 따위는 계획에 넣지 않았다.

"선왕 추대에 제가 반대할 이유가 어디 있겠습니까? 오히려 절대적인 지지를 한다면 몰라도 말입니다."

"예, 그럼 그렇게 알고 가지요."

아이는 바쁘게 일어섰다. 하지만 수인은 한숨을 내쉬었다.

"무슨 문제가 있습니까?"

아이는 도로 주저앉았다.

"아직 한 가지 남은 일이 있습니다."

"무슨 말씀입니까?"

"전 아주 오랫동안 왕실이 강해지는 일이라면 가리지 않고 했습니다. 지금은 지방씨족 세력들도 거의 무너진 상태지요. 제 평생소원이 전제왕권을 이루는 것과 구다라에서 벗어나는 것이었습니다. 그런데 이젠 구다라에서 벗어났으니 한 가지 소원만 남았지요."

아이는 영문을 알 수 없는 말에 잠자코 듣고만 있었다. 수인은 물끄러미 아이의 얼굴을 쳐다보며 물었다.

"제가 미우십니까?"

아이는 수인을 바라보았다. 도대체 무슨 생각을 하는 건지 알 수가 없었다. 하지만 아이는 다행히 원하던 답을 해 주었다.

"예, 마마가 밉습니다. 하지만 이해도 하지요. 마마께서 하신 일은 모두 이 나라를 위한 것이었습니다. 아마 제가 마마라도 그렇게 했을 겁니다."

"그래요. 가끔씩은 이 세상에 절 이해해줄 사람은 전하뿐이라는 생각을 하기도 했었지요."

수인은 한숨을 내쉬며 눈을 감았다.

"제가 이 나라를 위해 한 일 중 최고의 일이 뭔지 아십니까?"

"많지요. 우선 중앙집권 기반을 마련하셨고……."

수인은 아이의 말을 잘랐다.

"바로 전하를 왕으로 만든 거였습니다. 전하께 왕위를 물려준 것이 제가 이 나라를 위해 한 일 중 최고의 일이었지요."

"과분한 말씀이십니다."

비웃음이 섞인 말투였다. 하지만 만족스러움도 가득했다.

"그렇게 겸손할 것은 없습니다. 전하도 알고 계시는 사실이 아닙니까? 전하께서는 그 말을 들을 자격이 충분하십니다."

적당한 칭찬과 적당한 채찍질. 수인은 한 박자 쉬고 다시 입을 열었다.

"의후를 사모했던 것을 알고 있습니다."

"그 얘기는 꺼내지 않으시는 것이 좋겠습니다."

아이는 단호하게 말을 잘랐다. 하지만 수인은 멈추지 않았다. 살살 약 올릴 필요가 있었다.

"제가 이 나라를 위해 한 최고의 일이 전하께는 최악의 일이었을 테지요. 하지만 다시 그런 상황에 처해도 전 똑같은 결정을 내릴 겁니다. 이 나라를 위해서."

수인은 후후 웃으며 말을 이었다.

"서론이 참 길기도 하지. 아직도 미련이 많이 남은 게야. 어리석은 목숨 같으니."

"도대체 무슨 말씀을 하시려는 건지 전 도통 감을 잡을 수가 없습니다."

아이는 의후, 라는 말이 나온 순간부터 손톱을 물어뜯고 있었다. 너무 약을 올린 건 아닐까? 괜찮아, 아이는 절대 못해. 수인은 다시 입을 열었다.

"그래요. 그렇겠지요. 제가 아까 아직 한 가지 일이 남았다고 한 거 기억하십니까?"

"물론입니다."

"그래요, 그랬지요. 이제 구다라에서 독립했고, 남은 한 가지는 전제왕권을 이루는 것이지요."

"예, 그렇지요."

아이는 넙죽넙죽 대답한다. 조금은 귀찮다는 듯이.

"그래서 제가 전하께 부탁드리는 겁니다. 강력하고 절대적인 왕권을 위해서."

수인은 품에서 칼을 꺼내들었다.

"마마!"

아이는 놀라서 일어섰다.

"전 어리석고 모자라 용기가 나지 않습니다. 그러니 전하께서 해주셨으면 합니다. 그러면 제가 전하께 저질렀던 불손함도 조금은 에누리가 되겠지요. 전하의 손으로 죽여주십시오."

"전 못합니다."

"이 나라를 위해서입니다. 이 나라를 위해서."

아이가 다가와 손목을 잡았다. 수인은 힘없는 척 칼을 놓았다.

"제게 또 어떤 멍에를 더 지우고 싶으십니까? 저더러 숙부를 죽이고, 남편을 배반하고, 이제는 할머니까지 죽였다는 멍에를 쓰란 말씀이십니까? 그렇게는 안 됩니다. 살아 계십시오. 살아서 보십시오, 당신의 나라가 얼마나 번영하는지."

아이는 칼을 들고는 방을 나섰다. 수인은 안도의 한숨을 내쉬었다. 아이는 아직도 순진했다. 그저 옳은 것만 생각하는 아이였다. 그래서 나쁜 의도는 눈치채지 못하는 아이였다.

죽을 생각은 전혀 없었다. 아직 할 일이 남아 있었다. 와타나베의 아기가 왕위에 오르는 날까지는 살아 있어야 했다. 원래는 아이를 죽이고 와타나베를 즉위시킬 생각이었지만 어쩔 수 없지. 수인은 후후, 웃었다. 조금은 기다려야 할 모양이었다. 아마가시가 벽의 문을 열고 땅굴에서 나왔다. 아직도 손에 칼을 든 채였다.

7

"수작입니다."

노사미는 단호하게 말했다.

"아직도 대왕대비에게 충성하는 기미들이 얼마나 많은지 아십니까? 왕권을 다잡기 위해서는 대왕대비를 죽이는 것이 가장 좋은 방법입니다. 그걸 알고 있는 겁니다. 그래서 그런 엉터리 연극을 펼친 것이고요. 하지만 거기에 속아서는 안 됩니다."

"알고 있다."

노사미는 멈칫했다.

"하지만 대왕대비가 그 정도로 위협을 느끼고 있다는 것은 그만큼 내 권력이 강해졌다는 뜻도 되느니라. 지금은 서로 화합해야 하는 때다. 서로 공치사하려는 기미들이나 대신들을 다잡기 위해서라도. 그리고 대왕대비가 어떤 사람이냐? 왕실에 나쁜 일이라면 목에 칼이 들어와도 안 할 사람이야. 그러니 사서 걱정할 필요 없다."

"하지만 믿을 수 없는 분입니다. 언제 어떻게 전하께 해를 끼칠지……."

"그만해. 지금은 그런 얘기를 하고 싶지 않구나."

노사미는 금세 입을 다물었다. 죽이고 싶었다. 그 순간에는, 대왕대비의 입에서 의후라는 이름이 나온 그 순간에는 정말 죽이고 싶었다.

'당신은 혼자 아파하고, 혼자 눈물 흘리고, 혼자 고통스러워하고, 혼자 힘들어하고, 뭐든지 혼자 하잖아.'

의후의 부드러운 속삭임.

'나쁜 건, 무거운 건 혼자 다 짊어지잖아. 이젠 그러지 마.

힘들면 나한테도 조금 나눠줘. 무거우면 나한테 모두 다 줘. 내가 짊어질게.'

아무리 잊으려 해도 파고드는 기억들.

'나한테 당신은 이 나라 왕이 아냐. 내가 사랑하는 여인일 뿐이야. 그러니까 내 앞에서는 왕의 체면 따위는, 왕의 권위 따위는 잊어버려.'

그녀의 화살에 맞으면서도 웃던 의후.

'맘껏 울부짖고, 비명 지르고, 고통스러워해. 내 앞에선 울어도 괜찮아. 내가 당신 눈물 닦아줄 테니까. 내 앞에선 고통스러워해도 괜찮아. 당신이 고통스러우면 난 당신보다 훨씬 많이 고통스러워 비명 지르고 있을 테니까. 그러니까 혼자 하지 마. 이젠 내가 있으니까 혼자 하지 마.'

하지만 그 의후는 이제 곁에 없었다. 히미코는 고개를 저었다. 잊어야 해. 잊어야 한다. 아무리 고통스럽더라도. 하지만 의후는 항상 그녀의 곁을 맴돌았다. 와타나베를 살려달라고 빌고 있던 그 순간까지도⋯⋯.

"세자빈의 처소로 가자꾸나."

"오늘은 늦었으니⋯⋯."

히미코는 먼저 발길을 돌렸다. 노사미는 아무 말 없이 쫓았다. 비록 얼굴을 볼 수는 없었지만 가끔씩 울음소리를 들을 수 있었다. 그것만이라도 좋았다. 히미코는 수시로 수우의 처소에 들렀다. 와타나베가 죽는 순간 세상에 나온 아기였다. 그래서 아기는 더 소중했다. 의후의 기억을 씻어내줄 테니까.

와타나베를 닮았다고 했다. 내일이면 삼칠일이다. 내일이면 아이를 볼 수 있었다. 아기의 얼굴을 보면 생각나지 않을 것이다. 더 이상은. 세상에 나오지도 못하고 사라져간 자신의 아이 따위는. 히미코는 고개를 저었다. 선택할 때는 망설이지도 않았다. 어리석었다. 아예 존재조차 하지 않는다면 버릴 수도 없을 테니 없는 것이 차라리 좋은 거라고. 그렇게 생각했었다. 살아서 왕이 되면 더 이상 버리지 않아도 된다고, 왕이 되면 더 이상 버림받지 않을 거라고 생각했다. 하지만 아니었다.

히미코는 기억을 떨치려 고개를 저었다. 아기에게 가는 길이었다. 와타나베의 아기에게. 그 길을 의후에 관한 생각으로 채울 수는 없었다. 히미코는 아기에게 신경을 집중했다. 아기에게는 뭐든지 최고로 해줄 것이다.

"이름을 뭐라고 지을까?"

노사미는 아무 대꾸도 하지 않았다. 하지만 히미코는 계속 말을 했다. 잊어야 했다.

"단고노셋쿠(단오)가 되면 왕궁 곳곳을 화려한 갑옷에 가부토(투구)를 쓴 영웅인형으로 꾸며야지."

제발 살아 있어줄래? 곁에 없어도 좋으니 살아만 있어
줄래?

"하나밖에 걸리지 않는 마고이(검정색 잉어 장식, 아들이 늘
어날 때마다 잉어 장식의 수가 늘어나는데 제일 첫 번째가 마고이,
두 번째가 빨간색의 히고이, 세 번째가 코고이다)가 초라해 보이
지 않도록 아주 크게 만들 거야."

많이 아파? 독화살이었잖아. 그래도 조금만 참아줄래? 살
아만 있어줘.

"시치고산²³⁾은 무조건 크고 성대하게 하는 거야."

당신 아이를 낳고 싶었어. 당신과 꼭 닮은 예쁜 사내아
이……. 내가 아니라도 좋아. 그러니 행복하게 살아가. 다른
여자와 함께라도 좋으니까.

"가미오키 때까지는 짧은 단발머리겠지? 그때부터 머리를
기르기 시작할 테니까. 얼마나 귀여울까?"

말할 걸 그랬지? 사랑한다고, 한 번쯤은 말할 걸 그랬지?

"하카마기 때는 최고급 비단 하카마를 만들라고 시켜야지."

할 수 없는 말들, 해선 안 되는 생각들……. 시간은 금세도
흘러간다.

어느새 수우의 처소 앞이었다. 병사들이 분주하게 왔다갔
다하고 있었다. 뭔가 이상한 분위기. 히미코는 놀라서 노사
미를 바라보았다.

"무슨 일인지 제가 알아보고 오겠습니다."

노사미가 급히 뛰어갔다. 히미코도 걸음을 빨리했다. 노사미는 사색이 된 얼굴로 히미코에게 달려왔다.

"아기씨와 세자빈께서 사라지셨답니다."

히미코는 달렸다. 병사들은 모두 무릎을 꿇고 사시나무 떨듯 떨고 있었다.

"도대체 니들은 무엇을 하고 있었단 말이냐? 그깟 여인네와 갓난아이 하나도 못 지킨단 말이더냐?"

"그것이……, 방에 밖으로 통하는 땅굴이 있었던 모양입니다."

병사 중 하나가 변명을 한다.

"그래서 그게 변명이 될 거라 생각했더냐? 지키라고 했는데 오히려 겁을 줘서 도망가게 만들어?"

"죽여주십시오, 전하. 모든 것이 저희들의 불찰입니다."

"죽여? 죽이란 말이 참 쉽게도 나오는구나. 빨리 군사들을 모아 수색범위를 넓혀라. 갓난아이를 데리고 도망갔으니 멀리는 못 갔을 것이다. 반드시 찾아서 데리고 와야 한다. 다음 대의 왕이 될 사람이야. 떠돌며 크게 할 수는 없어."

히미코는 한숨을 내쉬었다. 분명히 수우에게 전했다. 아기를 해칠 의도는 전혀 없다고. 하지만 수우는 믿지 않았다. 와타나베의 선왕 추대 소식을 들으면 믿을 수 있을 거라 생각하고 마음을 놓았다. 미리 말할 수도 있었지만 추대가 완전히 끝난 후에 들으면 수우의 기쁨도 더 커지리라고 생각했는데……. 히미코는 발을 구르며 소리쳤다.

"무슨 수를 써서라도 찾아야 한다!"

제18장

아마테라스 오미카미

모든 것을 버리셔야 진정으로 위대한 황제가 되실 수 있을 것입니다.

한 번도 그런 생각은 해 보지 않았다.

어머니는 수색을 포기하겠다는 다짐을 받고서야 밖으로 나갔다.

하지만 어머니의 말은 계속 울리고 있었다.

상황폐하께서는 진정한 우리들의 아마테라스 오미카미이셨습니다.

1

시월, 두 개의 이름을 가진 달이었다. 시구레즈키와 고하루.[24) 시구레란 늦가을부터 초겨울에 내리는 비를, 고하루란 따뜻하고 화창한 날을 뜻한다. 시구레는 끈질기게도 계속되었다. 잊어버릴 만하면 다시 내리기 시작하는 비였다. 차라리 한 번에 모두 쏟아지면 시원하기라도 할 것을 조금씩 내려 사람을 지치게 만드는 비였다.

시구레 때문에 보름 동안 장이 열리지 않아서인지 시장엔 사람들이 가득했다. 겨울용품을 사고파는 사람들, 오랜만에 나들이 나선 사람들……, 그야말로 인산인해였다. 게다가 가을비가 오고 나면 날씨가 차가워지기 마련인데 이번엔 반대였다. 고하루가 다시 시작된 것이다. 따뜻한 햇살은 관청의 담벼락에도 내리쬐고 있었다.

"국호는 해가 뜨는 나라라는 뜻인 일본, 국기는 태양을 상징하는 흰 바탕에 붉은 원이 있는 것으로 한다. 즉, 현재 아마테라스 오미카미의 신전에서 노보리(깃발)로 사용되는 것을 국기로 하고 이를 히노마루라고 부른다. 또한 국가는 기미가요로 한다.[25] 이는 모두 천황폐하[26]의 명이시다."

쇼토쿠[27]는 낭랑한 목소리로 벽에 붙은 방을 읽어내리고는 기미가요를 흥얼거리기 시작했다. 요즘 가장 유행하는 노래였다. 지은이가 누군지 알려져 있지도 않은 와카(일본 고유의 시)는 지방마다 곡조가 달랐지만, 모든 사람들이 가장 좋아하는 노래로 꼽았다.

"기미가요? 기미가요면 천황찬가를 말하는 건가?"

옆에 서 있던 남자가 고개를 갸웃했다.

"아이고, 이 아이가 부르는 것을 보면 모르는가?"

일행인 듯한 남자가 쇼토쿠를 가리키며 면박을 주었다. 그 말에 모든 사람들이 쇼토쿠를 바라보았다.

"참, 잘 부르는구먼."

"내가 아는 곡조와 조금 다른데. 다른 지방에서 온 아인가?"

"좀 조용히 해, 노래가 안 들리잖아."

사람들의 소곤거림에도 아랑곳하지 않고 쇼토쿠는 노래를 불렀다.

"천황이 다스리는 태평성대는 천 대에서 팔천 대까지, 작은 돌멩이가 바위가 되고 그것에 이끼가 낄 때까지……."

왜인들은 작은 돌이나 모래가 모여 뭉치고 굳어져 큰 바위가 된다고 생각했다. 그러니 작은 돌멩이가 바위가 되고 그것에 이끼가 낄 때까지, 다시 말해 영원히 천황의 치세가 계속되라는 의미였다. 천황에 대한 맹목적이고 절대적인 사랑이 담긴 노래였다. 사람들이 쇼토쿠의 노래를 따라 부르기 시작했다.

따뜻한 햇살 아래 노래가 울려퍼졌다. 비가 온 뒤의 공기는 맑고 깨끗했다. 시구레와 고하루, 대조적이지만 동일한 단어. 마치 히미코처럼. 가을비처럼 쓸쓸하고 가을햇살처럼 가련한 히미코. 가을비처럼 눈물겹고 가을햇살처럼 아쉬웠던 나의 사랑, 시월 같은 히미코…….

천황이라……. 사람들은 이제 그녀를 그렇게 불렀다. 아주 자연스럽고 당연하게. 사람들은 그런 식으로라도 히미코에 대한 그들의 사랑을 전하려 애썼다. 아마테라스 오미카미, 천황을 위해서라면 그들은 목숨이라도 기꺼이 내놓았다.

하지만, 의후는 생각했다. 하지만 히미코는 행복할까? 그렇게 많은 사람들의 사랑 속에서, 맹목적인 신뢰와 추앙 속에서 그녀는 행복한 걸까? 자기 자신을 버린 맹목적 사랑은 사랑이라 부를 수 없다던 히미코가 과연 행복할 수 있을까,

백성들의 맹목적 사랑 속에서?

우렁찬 박수 소리에 의후는 고개를 들었다. 그사이 노래가 끝난 모양이었다. 쇼토쿠는 자신을 둘러싼 사람들에게 일일이 인사를 하고 그에게 달려왔다.

"대체 이름이 뭐냐?"

옆에 서 있던 남자가 물었다. 의후는 긴장으로 어깨가 굳어졌다. 재빨리 자리를 피하고 싶었지만 쇼토쿠는 명랑하게 입을 열었다.

"쇼토쿠라고 합니다."

공손한 대답이었다. 하지만 남자는 얼어붙어버렸다. 쇼토쿠를 살피는 날카로운 눈이 빛났다.

"빨리 가자꾸나."

의후는 쇼토쿠의 손을 잡아끌었다. 등 뒤에서 남자의 눈길이 느껴졌다. 아무래도 오늘 밤 여길 떠야 할 모양이었다. 아직도 이 산길이 낯선데 이젠 어디로 가야 할까, 의후는 이맛살을 접었다. 멀리 오두막이 보이자 의후는 뒤를 돌아보았다. 아무도 없었다. 다시 앞을 보니 쇼토쿠가 자기 머리를 마구 쥐어박고 있었다. 의후는 놀라서 쇼토쿠의 손을 잡았다.

"왜 그러는 게냐? 그러다 다치기라도 하면 어쩌려고?"

아이는 주저하다 기어들어가는 목소리로 대답했다.

"제 이름을 말할 때마다, 또 제 이름을 들을 때마다 자꾸 나쁜 생각이 들어요."

"나쁜 생각이라니?"

"혹시나 제가 궁에서 도망쳤다는 선황폐하의 아들이 아닐까 하는 생각이요. 자꾸 그랬으면 좋겠다는 생각이 들어요. 참 무엄하죠?"

천진난만한 얼굴이 죄책감으로 어두워졌다. 다행이었다. 쇼토쿠가 자기 생각에 빠져 있느라 그의 얼굴을 볼 수 없는 것이. 의후는 놀란 가슴을 진정시키려 애썼다.

"왜, 도대체 왜 그런 생각을……?"

하지만 생각보다 더 놀란 모양이었다. 입이 떨어지지 않았다.

"모르겠어요. 아마 이름 때문이겠죠."

쇼토쿠, 히미코가 직접 지은 이름이라고 했다. 전국 방방곡곡에 방을 붙여 아기의 이름을 쇼토쿠라 지으라고 명했다. 하지만 그것은 명령이 아닌 명령이었다. 아기를 데리고 도망친 수우가 히미코의 명을 지킬 것으로 생각하는 사람은 아무도 없었다.

그래도 히미코는 미친 듯이 아기에게 매달렸다. 아이를 찾는 군대를 따로 조직한 것으로도 모자랐는지, 아이의 시치고산 때면 치토세아메[28]를 무료로 배급해 전국을 술렁이게 만들었다. 또 단고노셋쿠에는 모든 관청에서 창포주나

창포잎, 가시와모치[29]를 나누어주었다. 모든 것이 히미코의 명이었다.

"도대체 왜 엄마는 내 이름을 쇼토쿠라고 지은 걸까요?"

쇼토쿠가 생각을 비집고 들어왔다. 아이는 불만스럽다는 듯 입을 비죽거리며 말을 이었다.

"나이까지 똑같으니까 사람들이 이상하게 생각하잖아요. 사람들이 이상하다는 듯 절 쳐다볼 때마다 자꾸 나쁜 생각만 들고, 자꾸 그 아이가 부러워요."

"왜?"

쇼토쿠는 대답 없이 웃으며 하늘을 바라봤다. 그럴 때면 아이의 얼굴에 히미코가 겹쳐 보였다. 인형처럼 웃던 히미코가.

"왜 아무 대답이 없는 게냐?"

"참 무엄하다는 생각이 들어서요. 궁금하세요?"

"그럼."

"그러면 제가 대답해드릴 테니 스승님도 제 질문에 대답해주시겠어요?"

"질문? 내가 언제 네 질문에 대답하지 않은 적이 있었니? 근데 얼굴이 우습구나. 혹시 내가 대답을 못할 정도로 어려운 질문인 게냐? 걱정 말고 해봐. 금세 대답해줄 테니."

하지만 아이는 한참을 망설였다. 의후는 멍하니 하늘을 바라보았다. 구름 한 점 없이 맑은 날씨. 시월은 가을의 끝과 겨울의 시작을 의미한다.

곧 이즈모 기미(王, 씨족장)와 히미코의 혼례가 있을 거란 소문이 파다했다. 또다시 이즈모가 말썽인 모양이었다. 백성들은 이즈모 지방 사람들을 이해할 수 없다고 했다. 그렇게 위대하신 천황폐하께 반기를 드는 이유를 알 수 없다고 했다.

"히미코가 누구예요?"

"뭐?"

의후는 제대로 들었는지 확신할 수조차 없었다. 히미코에 관한 생각을 하다보니 잘못 들은 게 아닐까? 하지만 쇼토쿠는 말을 이었다.

"어쩌다 밤에 악몽을 꾸실 때면 그 이름을 부르셨어요."

"내가…… 그랬니?"

"예, 모르셨어요? 어, 엄마가 이 얘기는 하지 말라고 했는데. 비밀 지켜주실 거죠?"

쇼토쿠는 손으로 입을 막으며 물었다. 의후는 간신히 숨을 쉴 수 있었다. 결국 그런 것이었나, 의식적으로 피했는데, 너무 아파서…….

"그분과 관계 있지 않나요? 그 거울……."

쇼토쿠는 고개를 숙였다. 처음으로 손찌검을 할 뻔했다.

쇼토쿠가 몰래 거울을 꺼내보다 들켜서 떨어뜨렸을 때. 아직도 기억하고 있는 걸까? 벌써 일 년도 지난 일을?

"그래. 그건 그 사람이 준 거울이야."

히미코가 존재했다는 유일한 증거이자 그가 살아가야 하는 유일한 이유였다. 히미코의 화살에 거울은 반으로 쪼개져버렸다. 거울을 볼 때마다 두 동강이 난 히미코의 영혼이 안타까웠다. 그래서 거울이 더 이상 부서지지 않도록 의후는 조심하고 또 조심했다.

"나도 대답을 했으니 너도 대답을 해야지."

의후는 말을 돌렸다. 조금씩 해야 했다. 아주 조금씩만. 기억의 파도는 그를 휩쓸어버릴지도 모르니까. 그 거친 파도에 숨이 막혀 죽을 것 같으니까.

"스승님이 그러셨잖아요. 사내라면 천하를 통치하고 싶어 하는 게 당연한 거라고."

"내가 말한 건 이상적인 나라를 꿈꾸는 게 당연하다는 말이었다."

"맞아요. 그런 나라를 만들고 싶어요. 아무도 버림받지 않는, 누구도 슬픔으로 눈물 흘리지 않는, 그저 행복하기만 한 나라를 만들고 싶어요."

내 눈물로 아름다워질 수 있다면 내 눈물이 강이 되어 흘러도 상관없어. 히미코의 말이 울려 퍼졌다. 아무도 버림받지 않는 행복한 나라를 만들고 싶어. 의후는 놀라서 쇼토쿠를 바라보았다.

"누가, 도대체 누가, 내가 혹시 네게 그런 말을 했더냐?"

너무 떨려서인지 말도 제대로 나오지 않았다.

"아뇨. 그냥 제 생각이에요. 떠돌면서 너무 많은 걸 봐서 그런가? 어른들은 구다라에서 독립해서 살기 좋아졌다고 하는데, 전 모르겠어요. 전 구다라에서 독립하고 난 뒤에 태어났으니까요. 너무 신경 쓰지 마세요. 그저께 마비키로 아이가 죽는 걸 봐서 그런가 봐요."

"아이가 자꾸 그렇게 어두운 생각을 하면 못쓰는 법이다."

"치, 어두운 생각은 스승님이 더 많이 하시면서. 저더러 글 읽으라고 말씀하시고는 매일 먼 산만 바라보시면서. 어쨌든 꿈도 꿀 수 없는 일이죠, 제가 나라를 다스리는 건. 아무리 하고 싶다고 해도……."

푸념하는 쇼토쿠 뒤로 수우가 보였다.

2

"스승이라는 자가 누구냐? 마치 내가 가르친 것처럼 내 정치철학을 빼다 박았구나. 스승이라는 자에게 내가 큰 상을 내리고 싶구나."

수우는 놀라서 고개를 들었다. 이렇게 빨리……?

히미코는 수우와 쇼토쿠가 도착하자마자 그들을 떼어놓았다. 일종의 시험이었다. 하지만 수우는 걱정하지 않았다. 쇼토쿠는 어디 내놔도 빠질 아이가 아니었으니까. 그래서 당당하게 보냈다.

하지만……? 수우는 입술을 깨물었다. 어떻게 알았을까? 잠시였는데, 아주 잠시였는데……. 대답 없는 수우가 이상한지 히미코가 말을 이었다.

"혹시 쫓기는 자냐? 구다라 군이나 다카미의 군에 있었던 사람이냐? 그런 사람이라도 내가 죄를 사해주면 되니 말해 보아라. 아무리 그래도 태자의 스승인데, 태자를 저렇게 잘 가르쳤으니 죄를 사해줄 만도 하지."

눈앞이 캄캄했다. 수우는 고개를 들었다. 대답 없는 수우를 바라보는 히미코의 눈이 커지고 있었다. 그리고…… 어디선가 와타나베의 목소리가 울렸다.

'제발……, 부탁이야. 다음 생에는 너만 사랑할게.'

턱이 덜덜 떨렸다. 수우는 고개를 가로저었다. 아니라고 대답해야 했다. 하지만 말이 나오지 않았다. 의후는 무릎을 꿇었다. 떠나기 전날 밤.

'사랑이란 건……, 죽음조차 투명해 보이게 만들지요.'

와타나베가 했던 말이었다. 죽음조차 투명해 보이는 사

랑……. 하지만 그 사랑은 결코 자신을 향하지 않았다. 아름답고 순수한 사랑은 지독하게 쓰린 법이다. 누리지 못하는 사람에게는.

"그 사람이냐? 그 사람이 살아 있는 거야?"

히미코는 자신이 말해놓고 더 놀랐는지 벌벌 떨고 있었다. 혹시나 하는 생각, 혹시나 하는 기대로 가득한 히미코……. 간절한 목소리는 젖어 있었다.

무릎 꿇은 의후에게 물었다.

'폐하께서는 모른 척할 분이 아니십니다. 당신이 살아 있다는 걸 알면 분명 죽이려드실 분입니다. 그래도 좋으십니까?'

의후는 씩 웃었다. 그리고 대답했다. 사랑이란 건 죽음조차 투명해 보이게 만든다고. 수우는 이를 물었다. 말하고 싶지 않았다. 그런 말 따위는 전해주고 싶지 않았다. 하지만 귓가를 맴도는 목소리가 애원했다.

'제발 부탁이야…….'

사랑하는 와타나베의 목소리. 미친 사람처럼 비명을 지르는 수우에게 애원하던 그 목소리. 수우는 차가운 목소리로 입을 열었다.

"기다리겠다고 했습니다. 폐하께서 더 이상 황제가 아닐 그날을. 아무리 긴 시간이라 해도 견딜 수 있을 거라 했습니다. 그때가 되면, 그날이 오면 폐하께서 어디에 계시든 어떻게 변하셨든 단 한 번에 알아보고 찾을 수 있을 거라 했습니다. 그날까지 기다리겠다고 하셨습니다."

의후는 슬픈 듯 덧붙였었다.

'어떤 결정을 내려도 그 결정이 옳다는 걸 안다고 전해주십시오. 그저 그녀가 자신의 손으로 날 죽였다는 생각만은 하지 않았으면 해요. 그게 얼마나 큰 상처인지 아니까.'

히미코는 잠시 비틀거렸다. 수우는 혹시나……, 하고 기대했다.

하지만 히미코는 명령했다. 방방곡곡에 방을 써 붙이라고. 구다라의 수장을 잡는 사람에게 엄청난 상금을 내릴 거라고. 그렇게 노사미에게 명령했다. 냉정한 목소리였다. 노사미가 아무리 빌어도 소용없었다. 노사미의 목소리는 아직도 대전을 울리고 있었다.

"그분께서 왜 그리 태자전하의 교육에 힘쓰셨다고 생각하십니까? 모두 폐하를 위해서였습니다. 폐하에 대한 사랑으로 그리 하신 겁니다. 폐하께서도 그분을 사모하고 계신다는 것을 알고 있습니다. 매일 밤 한숨으로 지새우시는 것이 모두 그분 때문이라는 것을 모를 줄 아셨습니까? 국사를 보시면서도 가끔씩 허공을 보시며 멍하니 생각에 잠겨 계시는 폐하를 대할 때마다 제 가슴이 무너졌습니다. 폐하, 그분이 이제 와서 이 나라에 무슨 해악을 끼칠 수 있겠습니까? 제발 통촉하여주시옵소서."

기나긴 애원을 자르는 냉정한 목소리.

"노사미, 넌 언제나 그놈의 감정이 앞서서 문제야. 네가 하지 않겠다면 다른 사람도 많아."

히미코는 문 쪽으로 나가며 스진을 불렀다. 스진은 금세 들어와 고개를 숙인다. 히미코는 숨을 한껏 들이마시고 말했다.

"가서 나가야를 들라고 해라. 과거 구다라 수장에 관한……."

노사미의 울음소리가 커졌다. 수우는 이를 물었다.

'제발 부탁이야……'

귓가를 울리는 와타나베의 목소리가, 와타나베의 울음소리가 커졌다. 와타나베를 위해서였다.

"잊지 않았습니다."

수우의 말에 히미코가 뒤돌아섰다.

"뭐?"

스진은 금세 고개를 숙이고 나갔다. 무거운 분위기에 눌린 모양이었다.

"잊지 않았다고 했습니다. 세자께서, 아니 이젠 선황이신 그분께서 어떻게 돌아가셨는지 잊지 않았습니다. 그래서 죽이고 싶었습니다. 그 사람을 죽이고 싶었습니다."

수우는 엎드린 채 잇새로 말을 내뱉었다. 히미코와 노사미가 숨을 들이켜는 소리가 울렸다.

"죽이고 싶었습니다. 처음 그 사람을 봤을 때, 땅굴에 몰래 숨어 있던 그 사람을 봤을 때부터 죽이고 싶었습니다. 매일, 가슴에 품고 있던 칼을 꺼내든 적이 한두 번이 아니었습니다."

도망친 첫날 밤, 의후가 모닥불을 피우고 있는 사이 다가갔다. 칼을 들고. 의후는 멈칫했지만 다시 부싯돌로 불을 붙이려 애쓰며 말했다. 불을 피우고 나서 죽여달라고. 자신이 지금 수우에게 해줄 수 있는 일은 그것밖에 없다고.

수우는 미친 듯이 웃어댔다. 그리고 말했다. 다시 히미코를 보지 않겠다고 약속한다면 죽이지 않겠다고. 히미코가 자신의 손으로 의후를 죽였다는 죄책감에 평생 괴로워하게 만들고 싶었다. 하지만 의후는 모닥불에 장작을 넣으며 말했다. 그냥 죽이라고, 죽여달라고……

한두 번이 아니었다. 수십 번, 수백 번, 수천 번도 넘게 반복된 일이었다. 내일은 꼭 죽여야지, 하는 생각에 수우와 아기를 지켜주고 싶다는 의후의 청을 거절하지 않았다. 수우는 아직도 품에 있는 칼을 만져보았다. 차가운 칼날이 손에 닿자 좀 진정이 되는 것 같았다.

"그런데 왜 죽이지 않았느냐? 선황께서는 전쟁만 아니었다면……."

전쟁만 아니었다면, 그 말이 가슴에 사무쳤다. 차라리 그
랬다면, 그렇게 생각하고 살 수 있었다면……. 히미코는 수
우 앞으로 다가왔다. 하지만 수우는 히미코를 바라보고 싶지
않았다. 지금 이 순간만은……, 모든 걸 버린 이 순간만
은……. 그래서 눈을 감았다.

"하지만 선황께서, 제가 목숨보다 사랑했던 선황께서 그
사람이 살기를 바라셨습니다. 그래서 자신의 목숨 대신 그
사람을 택하셨습니다."

"그, 그게 무슨 뜻이냐?"

히미코는 놀라서 우뚝 선 채 더듬거렸다.

"온몸에 독이 퍼져가는 와중에도 가마 밑에 의후를 숨겨
오셨습니다. 정신이 혼미한 중에도 땅굴에 의후를 숨겨주셨
습니다. 그리고……."

수우는 목이 메어 말을 잇기가 힘들었다. 히미코는 눈조
차 깜박이지 않고 수우를 쳐다보고 있었다. 이상하게도 히
미코의 눈이 두렵지 않았다. 수우는 히미코의 눈을 똑바로
바라보았다.

"해독제를 드셨더라면 살 수 있었을지도 모릅니다. 하지만
선황께서는 그러지 못하셨습니다. 사랑하는 여인이 사랑하
는 사람을 위해서. 폐하가 사모하는 그 사람을 살리기 위해

314

자신의 생명을 버리셨습니다. 자신의 해독제를 모두 그 사람에게 주었습니다. 그 사람이 살아나는 동안 선황께서는 조금씩 죽어가셨습니다. 폐하를 위해서요. 그 사람의 생명이 선황폐하의 생명입니다."

수우는 그 말을 내뱉고는 엉엉 울기 시작했다. 노사미의 손길이 어깨에 닿았다. 하지만 그런 노사미에게서도 눈물이 뚝뚝 떨어져내린다. 수우는 조금 진정이 되자 부드러운 목소리로 애원했다.

"제 간청 한 가지만 더 들어주시겠습니까?"

히미코는 대답하지 않았다. 하지만 수우는 무릎을 꿇었다. 그리고 빌었다.

"선황께서는 돌아가실 때 제게 말씀하셨습니다. 불교에서 말하는 윤회라는 게 정말 존재하는 거라면 다음 생에서는 저만 사랑하시겠다고, 그렇게 맹세하셨습니다. 이생에서 사랑해주지 못한 것이 너무나 미안하여 다음 생에서는 저만 사랑해주시겠다고 약속하셨습니다."

와타나베는 맹세했었다. 릿칸호도키(한 되 정도의 소금을 싼 종이와 흰 부채를 넣는 짓)[30]를 하지 말라는 유언에 미친 듯이 비명을 지르는 수우에게 맹세했었다.

다음 생에는 너만 사랑할게. 덜덜 떨리는 턱으로 흐르는 눈물을 거칠게 닦는 수우에게 부탁했었다. 다음 생에는 너만

사랑할게. 그러니⋯⋯, 제발⋯⋯, 부탁이야. 릿, 칸, 호, 도,
키는 하지 마.

하지만 수우는 진통으로 고통스러운 중에도 릿칸호도키를
준비했다. 소금을 종이에 싸라고 명했다. 흰 부채의 부채 심
을 떼라고 일렀다. 죽은 후에도 바라는, 죽음조차도 깰 수 없
었던 꿈이 히미코의 행복이라는 것을 알기에, 그 꿈을 용서
할 수 없었기에⋯⋯.

문 하나를 사이에 두고 노사미의 말을 들으면서도 수우는
준비한 것들을 만지작거렸다.

'릿칸호도키를 위해 세자저하의 옷을 주십시오.'

수우는 산고로 부은 몸을 일으켰다. 와타나베의 옷을 내어
주려고 문을 열었을 때⋯⋯, 바로 그 순간에 쇼토쿠가 갑자기
울음을 터뜨렸다. 울지 않는 아이였다. 너무 울지 않아 걱정
스러웠던 아이였다. 수우는 놀라서 쇼토쿠를 달래기 위해 다
가섰다.

기저귀는 멀쩡했다. 젖을 물렸지만 고개를 돌렸다. 열도
없었다. 하지만 쇼토쿠는 울었다. 와타나베와 똑같은 얼굴이
수우를 바라보며 울고 있었다.

'릿, 칸, 호, 도, 키는⋯⋯, 세자께서⋯⋯, 바라지⋯⋯, 않
으셨다.'

그 말을 내뱉는 순간 울음을 그친 쇼토쿠 대신 그녀의 눈

에서 눈물이 흘렀다.

수우는 속으로 되뇌었다. 전 약속을 지켰습니다. 그러니 이제 당신의 차례입니다. 수우는 흐르는 눈물을 닦았다.

"그래서 내가 다음 생에서는 태어나지 말아주었으면 좋겠다고? 그걸 부탁하는 게냐?"

히미코는 멍하니 물었다. 다시는 보고 싶지 않은 얼굴이 창백하게 굳어 있었다. 죽어버렸으면 했다. 히미코만 없었더라면, 히미코만 없었더라면, 매일 그렇게 되뇌었다. 하지만 그런 히미코를 와타나베는 사랑했다.

"아닙니다. 폐하께서는 다음 생에 꼭 태어나셔야 합니다. 하지만 전 다음 생에 그 어떤 것으로도 환생하지 않을 것입니다. 전 태어나지 않을 테니 폐하께서 태어나십시오. 평범한 여인네로 태어나시어 선황폐하만을 사랑해주십시오. 그래서 다음 생에서는 선황께서 사랑으로 충만할 수 있도록 해주십시오. 그러면 그다음 생에 제가 태어나겠습니다. 그리고 그때입니다. 폐하께서 환생하시지 않아도 되는 때가. 아마 그분은 그 생에서도 폐하만을 사랑하실 테지요. 그래서 일생을 폐하만을 그리워하면서 사실지도 모르겠습니다. 그래도 상관없습니다. 그 전생에서 폐하께서 주신 사랑으로 조금은 그 애절함이 덜어질 테니까요. 사랑의 충만함으로 조금은 슬픔이 덜어질 테니까요."

눈물 때문에 히미코의 모습이 잘 보이지 않았다. 수우는 손으로 눈가를 비볐다. 그리고 히미코를 바라보았다.

"제 간청을 들어주시겠습니까, 폐하?"

하지만 히미코는 대답이 없었다. 대신 멍하니 허공을 바라보고 있었다. 처음으로 히미코의 눈에서 눈물이 흘러내리기 시작한다. 히미코는 눈을 감은 채 구슬 목걸이만 만졌다. 와타나베는 자신이 받았던 구슬 한 알까지도 돌려주었다. 히미코가 완벽한 여왕이 되게 하기 위해. 햇빛에 그리고 눈물에 젖은 구슬은 찬란한 빛을 발하고 있었다.

3

쇼토쿠는 절을 하고 물러갔다. 수인이라면 자다가도 벌떡 일어날 정도로 착한 증손자였다. 벌써 열일곱, 황위를 물려받아도 충분할 나이다. 하지만 아이는, 이제는 늙어서 아이란 말도 어울리지 않는 그 아이는 물러날 생각이 없는 것 같았다.

조금만 더 기다리면 된다. 쇼토쿠는 다음 달에 세이와라는 아름다운 처녀와 혼례를 치를 예정이었다. 쇼토쿠가 첫눈에 반한 황족이었다. 쇼토쿠는 대신들의 반대에 부쩍 말았었다. 대신들은 이즈모 기미의 딸과 쇼토쿠를 혼인시키고 싶어했다. 이즈모 지역이 심상치 않다는 이유였다.

하지만 늙은 아이가 워낙 완강하게 쇼토쿠의 편을 들어주었다. 의후 생각이 나서였을까? 결국 늙은 아이의 고집에 대신들이 물러설 수밖에 없었다. 하지만 조금도 고맙지 않았다. 애초에 모든 것이 그 늙은 아이 탓이었으니까. 이즈모 기미와 혼인하라고 그렇게 성화를 부렸건만 늙은 아이는 끝내 거절했다.

이제 늙은 아이의 쓸모는 다하고 있었다. 나라는 풍요로워졌고 백성들은 행복했다. 게다가 안라국과의 관계도 이젠 안정된 편이었다. '임나일본부'라 불리는 안라국에 보낸 사신 집단은 예상보다 좋은 성과를 거두고 있었다. 모든 것이 다시 원상태였다. 이제 다시 선택을 해야 할 때가 온 것이다.

하지만 망설여졌다. 쇼토쿠는 모자람이 없어 보였다. 간택령을 내리기 전까지는. 아니 세이와에게 반하기 전까지는. 그때부터였다. 와타나베가 쇼토쿠에게 겹쳐 보이던 것이.

"마마, 아마가시입니다."

대답도 듣지 않고 들어온 아마가시는 숨을 헐떡였다.

"무슨 일이냐?"

"그 소문 들으셨습니까?"

"소문?"

야단치는 것도 잊어버렸다. 아마가시가 전하는 소식에.

수인은 미소를 지었다. 구다라의 왕이 죽었다. 구다라의 왕이 죽었다. 혀끝에 맴도는 말이 감미로웠다. 곧 새로운 왕이 등극을 할 것이다. 그리고 새로운 세상이 열릴 것이다. 과거를 모두 청산할 좋은 기회였다. 그리고 늙은 아이는 과거였다.

"가서 이토쿠를 불러오너라."

아마가시는 고개를 숙이며 나갔다. 이미 결정은 내려졌다. 이젠 그녀가 만들어낸 운명을 끝내야 했다.

4

히미코는 다시 드러누웠다. 이젠 가슴이 아니라 온몸이 아프다.

"괜찮으십니까? 이거라도 대고 계시면 좀 나아지실 겁니다."

노사미는 뜨거운 물주머니를 내밀었다. 히미코는 물주머니를 배에 갖다댔다. 하지만 배보다 가슴이 아팠다. 평생 익숙해지지 않을 고통……

당신은 모를 거야. 그 부드러운 속삭임. 히미코는 눈을 감았다. 부드러운 속삭임이 비수가 되어 찌른다. 당신은 모를 거야, 내가 얼마나 당신을 사랑하는지.

"아무래도 진맥을 받아보시는 편이 좋을 것 같습니다. 이젠 달거리를 하지 않을 때까지 이리 고통스러워하시니……."

노사미의 말에 히미코는 고개를 저었다.

"난 좀 아파도 돼. 나 때문에 다른 사람들이 받은 고통, 나도 겪는 거야."

"폐하, 어찌 그런 망극한 말씀을……."

"게다가 황제가 아프다는 소문이라도 나면 이즈모에서 참 좋아하겠구나."

궁에 있는 의관들은 모두 믿을 수 없었다. 히미코는 가슴을 움켜쥐었다. 기억은 점점 살을 파고들어가 뼛속까지 스며든다. 평생 잊을 수 없도록. 기억은 가슴에 구멍을 낸다. 처음에는 작은 구멍, 하지만 맴도는 기억 때문에 구멍은 점점 커진다. 한 인간을 집어삼킬 정도로.

"도성 밖에는 벚나무들이 한창이겠구나."

물주머니를 바꾸어주던 손이 멈칫했다.

"내가 모를 줄 알았더냐? 도성 안에 있는 벚나무란 벚나무는 다 베어내라고 네가 시켰다는 걸."

"벚꽃 구경이 하고 싶으신 겁니까?"

"그러는 넌?"

노사미는 고개를 숙이고 대답이 없었다. 폐하께서 그분께 가지 않으신다면 저도 가지 않습니다, 라고 했던 노사미. 하지만 히미코는 갈 수 없었다. 가서는 안 되는 거였다.

쇼토쿠는 자랄수록 아버지를 닮아갔다. 그 모습을 볼 때마다 빌고 싶었다. 죄송합니다, 오라버니. 죄송합니다. 와타나베를 살려달라고 빌던 그 순간까지 떠올랐던 의후였다. 와타나베를 살려달라고 빌면서도 머릿속은 의후로 가득 차 있었다. 살아 있는 걸까? 정말 내가 죽인 걸까? 제발 살아만 있게 해주십시오. 제발……. 와타나베가 의후 대신 죽어가고 있는 그 순간을 히미코는 그렇게 보냈다. 그랬기에 갈 수 없었다.

"악!"

자신도 모르게 나온 신음에 노사미가 벌떡 일어섰다.

"폐하!"

찢어지는 아픔, 마치 그때와 같은……. 히미코는 손을 내저으며 숨을 들이켰다.

"괜찮아, 괜찮으니 앉아라."

쇼토쿠의 정치철학은 의후의 것과 똑같았다. 관리들의 위계를 정하고 능력에 따라 등용해야 하며, 대륙에 사신을 보내 선진문물을 받아들여야 하며, 법전을 편찬해야 하며……. 언제나 의후가 했던 이야기들. 쇼토쿠가 말할 때마다 의후의 목소리가 들렸다. 와타나베의 얼굴과 의후의 목소리를 지닌 아이……, 그 아이면 충분했다. 하지만 이불 위로 피가 흥건히 쏟아지고 있었다.

"아무래도 안 되겠습니다. 내일 도성에서 용하다는 의원을 찾아가야겠습니다. 그러면 폐하께서 편찮으시다는 소문도 나지 않을 것입니다."

히미코는 노사미가 깔아준 새 요 위로 몸을 굴렸다. 일어설 수조차 없었다. 노사미는 검은 핏덩어리가 묻은 홑이불을 벗겨내 보자기에 쌌다.

"오늘도 네가 밤이슬 맞으며 빨래를 하게 생겼구나."

노사미는 물끄러미 히미코를 바라봤다. 가끔씩 그 시선이 진실처럼 느껴져 두려웠다. 믿지 말아야 했지만 믿고 싶었다. 히미코는 한숨을 내쉬었다. 모든 것을 잊고 싶었다, 모두 다. 하지만 기억이란 피가 흐르는 한 계속 맴돈다.

"허튼 걱정까지 하시니 빨리 낫지 않으시는 게지요."

물기어린 목소리. 노사미는 홑이불만 가득한 장으로 가 한참을 서 있었다. 그리고 곧 오이풀(피를 멎게 하므로 자궁출혈, 월경과다, 장출혈 등에 쓴다)을 달인 물을 가져왔다. 노사미는 궁의 전나무잎(자궁출혈, 냉대하, 이질, 설사 등에 쓰인다)을 다 따 벌거숭이로 만들고, 뜰이란 뜰에는 오이풀과 익모초(생리통, 생리불순에 좋다)를 심어댔다. 히미코를 위해서라면 꾸역꾸역 뭐든지 했다. 보지 않으면 믿을 수 있었다.

"가!"

"예?"

노사미는 뜨거운 물주머니를 만들다 놀라 고개를 들었다.

"가고 싶으면 가란 말이다."

"폐하께서 가지 않으시면 저도 가지 않습니다."

언제나 같은 대답.

"어리석은 짓이야."

"폐하께서 나라를 선택하셨듯이 저도 폐하를 선택했을 뿐입니다."

"그러니까 어리석은 짓이라는 게지. 내가 뭐 대단한 인물이라고."

노사미는 대답이 없다. 착착, 눈이 부실 정도로 하얀 천들을 개는 손길이 부지런하다.

"제가 한 가지만 여쭤봐도 되겠습니까?"

"아직도 내게 궁금한 것이 있더냐? 그렇게 오래 내 곁에 있었으면서도?"

망설이는 노사미. 충성스러운 노사미. 그리고 믿을 수 없는 노사미. 의후를 사랑한 노사미…….

가라고 했었다. 여러 번, 그 눈빛을 견딜 수 없을 때마다 말했다. 가라고, 의후에게로. 하지만 노사미는 고개를 저었다. 폐하께서 가신다면 저도 가지요. 제가 사랑하는 사람은 폐하입니다, 그분이 아니라. 하지만 진실한 눈빛에도 믿을 수 없었다.

"왜 그때 아무 말씀도 하지 않으셨습니까?"

노사미의 질문에 히미코는 눈썹을 모았다.

"뭐?"

"그때, 다음 세상에서는 선황폐하만을 사랑해주시겠냐는 질문에 왜 대답하지 않으셨는지, 항상 궁금했습니다."

십 년이나 기다린 질문……

히미코는 눈을 감았다. 가슴의 구멍은 점점 커진다. 눈물은, 흘릴 수 없는 눈물은 가슴에 쌓인다. 그렇게 가슴에 고여 찰랑인다. 그 커다란 웅덩이가 커져 호수가 되고, 호수가 바다가 되면 잊을 수 있을까?

"두려워서, 사랑이란 것이. 인간에 대한 사랑도, 꿈에 대한 사랑도……"

눈을 감고 어둠 속에서 히미코는 말했다. 어쩌면……, 그 호수가 바다로 변하면 오히려 태풍이 몰아치지 않을까, 하는 생각을 하면서.

5

어딜 가나 누린내로 가득했다. 노사미는 지난달부터 약을 달여대기 시작했다. 제가 택한 고통이거늘 곱게 견딜 것이지, 수인은 혀를 찼다. 늙은 아이는 살려고 발버둥칠 모양이었다. 노사미는 이젠 드러내놓고 군사들을 풀어 옻나무와 누렁개를 구해오라 명했다.[31] 수인은 코를 막았다. 개를 달이는 냄새가 역겨워 견딜 수가 없었다. 이건 궁이 아니라 완전히 약방이구면.

아이는 아직도 의심이 많았다. 궁녀들이 시음하는 것만으로는 안심할 수 없는지 뜰에서 탕약을 달였다. 게다가 탕약을 지키는 병사까지 두었다. 탕약도 가지각색이라 병사도 수십 명이 넘었다. 그런다고 죽을 목숨이 살 수 있을까? 수인은 코웃음을 쳤다.

"아마가시! 약은?"

"준비해두었습니다. 제가 가지고 갈까요?"

어림도 없었다. 직접 해야 했다. 수인은 모 자락을 휘날리며 아이의 처소로 향했다. 오늘로 꼭 열흘째였다. 아무리 지루하고 짜증나도 직접 하고 싶었다. 그녀의 아들을, 그녀의 손자를 죽인 아이였다. 그런 원수에게, 그녀가 만들어낸 허상에게 남아 있는 미련을 잘라내기 위해서라도 직접 해야 했다.

아이는 감히 처소 출입을 제한했다. 물론 수인에게만 해당하는 말은 아니었다. 황족 중 누구도 함부로 아이의 처소에 들 수 없었다. 황족이나 외척의 정사 관여를 용납하지 않겠다며 아이는 법까지 만들었다.

게다가 지난달부터는 궁녀나 내관들까지 처소 출입을 제한했다. 노사미만이 황명을 전하기 위해 들락거릴 수 있었다. 그래서 아이에게 일어나는 일을 거의 알 수 없었다. 상관없었다. 어차피 죽을 아이니까…….

수인은 아이의 처소 옆에 붙어 있는 수라간으로 향했다. 나인 하나가 설거지를 하다 놀라 달려왔다.

"이런……, 이런……. 오늘도 그릇이 더럽구나."

수인은 독약이 묻은 손수건으로 그릇을 쓸었다. 지난 아흐레 동안 그랬듯. 나인은 어쩔 줄 몰라 하며 고개를 숙였다. 아무도 의심하지 않았다. 쇼토쿠가 돌아온 이후로 하루걸러 한 번씩 아이의 수라간에 들렀으니까…….

"황제폐하 쓰시는 그릇이거늘 이렇게 성의가 없어서야. 쯧쯧."

아마가시가 옆에서 거들고 나섰다. 아마가시의 말에 어린 나인은 무릎을 꿇었다.

"살려주십시오, 마마."

"설마 내가 이깟 일로 사람 목숨을 빼앗기야 하겠느냐?"

수인은 너그럽게 말했다.

"그런데 오늘은 왜 너뿐이더냐? 다른 궁녀들은 어딜 가고?"

"저녁 수라 올리시자마자 연근(몸을 따뜻하게 하므로 여성의 생리통이나 생리불순에 좋다)을 구하러 나가셨습니다. 폐하께서 갑자기 그것만 찾으시는데, 이제 도성 안에서는 구할 수가 없어서 흩어져 찾기로 하셨답니다. 내일 첫 수라 올리기 전까지는 들어오실 겁니다."

나인은 야단치지 않는 너그러움에 감사해 묻지도 않는 말까지 주저리주저리 대답한다. 일이 쉽게 풀릴 모양이었다. 언제까지 감질나게 독약을 그릇에 묻혀야 하나 한심스럽던 참이었다.

"그래? 그럼 폐하의 탕제는 누가 바치느냐?"

"제가 할 것입니다."

"네가?"

수인은 코웃음을 쳤다.

"네가 잘할 수 있겠느냐? 설거지조차 못하는 주제에?"

나인의 얼굴이 어두워졌다.

"안 되겠다. 내가 같이 가도록 하마."

나인은 어리둥절해 대답을 못했다.

"뭐 하고 있느냐? 앞장서지 않고!"

수인은 소맷자락에 묶어둔 독약병을 만지작거리며 나인의 뒤를 따랐다. 탕약은 뜰에서 따라야만 했다. 게다가 나인 옆에 감시병까지 붙었다. 황명이라 어쩔 수 없다고 했다. 나인은 조심스레 살금살금 걸었다. 수인은 아마가시에게 고갯짓을 했다. 다행히 아마가시는 금세 눈치를 채고 감시병에게 말을 붙였다.

자넨 어느 지방 출신인가? 혼인은 했고? 아니면 내가 중매를 할까 하는데. 늙으면 매사가 궁금한 법이지. 부모님은 다 살아 계신가? 아마가시의 끝없는 질문에 감시병은 나인에게서 자꾸 눈을 뗐다. 수인은 독약병의 뚜껑을 열었다.

"조심해야지. 그러다 쏟겠구나."

수인의 말에 나인이 고개를 들었다. 순간 독약을 넣을 수 있었다. 하지만 나인은 미처 치우지 못한 수인의 손을 바라보고 있었다. 탕약 바로 위에 있는. 수인은 재빨리 쟁반을 든 나인의 손을 바로잡아주었다.

"이렇게 들란 말이다. 그래야 쏟아지지 않지."

쏟아진다는 말에 나인은 다시 탕약에만 주의를 기울였다.

"마마, 이젠 가셔야 합니다. 태자전하 문안 드실 시간입니다."

오늘따라 아마가시까지 눈치 빠르게 행동했다. 정말 운이 좋은 날이었다. 수인은 처소 한구석으로 몸을 숨겼다. 직접 볼 수 없는 것이 안타까웠다. 그놈의 땅굴이 아쉬웠다. 그걸 짓느라 금을 얼마나 들였는데, 아이는 모조리 메워버렸다. 몸을 잔뜩 움츠리고 있으려니 온몸에 쥐가 나는 것 같았다.

다행히 반응은 금세 왔다.

"악!"

노사미의 비명소리였다. 드디어, 아이가 죽어가는 모양이었다. 수인은 재빨리 구석에서 나왔다. 악, 비명소리에 궁녀들이 달려왔다. 모두들 놀라 수인은 안중에도 없었다. 궁녀 몇 명이 아이의 방문을 열고 들어갔다. 나머지 궁녀들은 방문을 에워싸고 있었다. 아이가 죽어가는 모습을 보는 행운은 저만치 달아나버렸다. 그래도 좋았다. 모든 것이 계획대로 되어가고 있으니까. 감히 날 뒷방 늙은이 취급해? 감히 날!

"이게 무슨 일이냐?"

그 말에 수인은 놀라서 고개를 돌렸다. 아이였다.

6

히미코는 방으로 뛰어들다 미끄러질 뻔했다. 바닥이 피로 흥건했다.

"노사미!"

히미코는 궁녀들을 헤치고 앞으로 나아갔다.

"노사미!"

바들바들 떨리는 속눈썹.

"어떻게 된 일이냐?"

벌린 입으로 피만 쏟아져나왔다. 히미코는 무릎을 꿇고 노사미를 안아 올렸다.

"어떻게 된 거야?"

"떠나십……, 그분께……."

노사미는 숨을 몰아쉬었다.

"아니, 말하지 마. 더 힘들 거야. 스진! 어의를 불러라! 빨리!"

스진이 급히 나갔다. 하지만 노사미는 고개를 흔들었다.

"이미……, 늦었……."

"아냐! 안 늦었어. 그리고 말하지 말라고 했잖아."

히미코는 고개를 저으며 달랬다.

"이러지 마. 정신 차려. 정신을 놓으면 안 돼!"

노사미의 눈이 가늘게 떨렸다. 쿨럭쿨럭, 또다시 토해져나오는 피, 뒤틀리는 몸.

"무슨 일입니까?"

태황태후[32]의 목소리에 히미코는 고개를 돌렸다.

"이런, 이게 무슨 일입니까? 혹시 역병이라도 든 것입니까? 그렇다면……."

"조용히 하세요."

히미코는 소리쳤다. 하지만 태황태후는 다가왔다.

"나가세요. 여기는 제가 돌보겠습니다. 폐하께 역병이라도 옮으면⋯⋯."

그 순간 노사미의 손이 목을 움켜쥔다.

"괜찮아. 괜찮아. 조금만 참아. 어의가 곧⋯⋯."

하지만 급히 들어선 사람은 이토쿠였다.

"어의는?"

"복통이 있으셔서⋯⋯."

어쩔 수 없었다. 그래도 실력은 있는 의관이었다.

"빨리 진맥하여라."

히미코를 고통스럽게 했던 손이 노사미의 손목을 잡았다. 히미코는 고개를 돌렸다. 이토쿠는 진땀을 닦으며 눈썹을 모았다. 그리고 진맥을 하는 동안 내내 태황태후와 히미코의 눈치를 봤다.

"제발⋯⋯, 그분께⋯⋯, 가⋯⋯."

노사미는 태황태후를 노려보며 힘겹게 말을 내뱉었다.

"제발 힘 빼지 마."

히미코는 노사미를 달랬다. 태황태후를 바라보던 노사미의 동공이 커지며 눈이 감겼다. 노사미, 노사미, 소리치며 흔드는 히미코를 이토쿠가 말렸다.

"그러면 오히려 해롭습니다."

히미코는 그저 노사미를 안았다. 힘없이 축 처진 노사미의 몸이 두려웠다. 그래도 아직은 숨쉬고 있었다.

"도대체 무슨 일이냐?"

"더 이상 말은 못할 겁니다. 목이 다 상했습니다."

알 수 없는 대답에 히미코는 눈살을 찌푸렸다. 이토쿠는 계속 태황태후의 눈치를 살피고 있었다. 도대체 뭐가 잘못된 것일까?

"도대체 이유가 뭐냐고 물었다. 앞으로의 일이 아니라."

"폐렴입니다. 꽤 오래된 듯합니다."

노사미의 몸은 차가웠다. 폐렴은 열이 오르는 병인데…….
태황태후는 전염병이 어쩌고저쩌고 하더니 나가버렸다.

"폐렴? 열이 없는데?"

"더 이상 손을 쓸 수 없는 상태가 되면 오히려 몸이 식어갑니다. 전염되는 병이니 피하시는 것이 좋겠습니다."

"여기 있겠다."

"하지만……."

이토쿠는 곤란한 듯 말을 질질 끌었다. 뭔가 할 말이 있는 것도 같았다. 그때 태황태후의 목소리가 울렸다.

"뭐 하는 거냐? 나들 나오시 않고!"

이토쿠는 재빨리 명을 따랐다. 하지만 궁녀들은 히미코의 눈치만 보고 있었다.

"다른 사람은 다 물러가도 좋다. 하지만 난 여기 있겠다."

그 말이 떨어지기가 무섭게 다들 도망치듯이 물러갔다. 전염될까 두려운 모양이었다. 하지만 히미코는 노사미 곁에 있었다. 누구보다 그녀 곁에 오래 있었던 노사미였다. 그 이유만으로도 충분했다.

　　몸이 아파 신경 쓰지 못했다. 아니, 요즘 들어 노사미의 얼굴을 보기가 힘들었다. 노사미는 히미코 대신 정사를 돌보고 있었다. 혹시나 히미코가 아프다는 소문이라도 나면 겨우 안정된 조정이 흔들릴지도 모른다는 생각 때문이었다.

　　히미코의 처소 출입을 제한하는 법령 때문에 궁에서는 아무도 모르는 일이었다. 대신들도 별 의심 없이 넘어갔다. 원래 바쁠 때는 노사미가 히미코의 명을 대신 전달하기도 했으니까. 게다가 모든 일은 히미코의 허락을 구했다. 히미코는 일주일에 한 번 있는 회의에만 참석했다. 그리고 모든 업무 처리는 노사미가 대신했다. 아무리 히미코의 명대로 수행하는 것이라 해도 힘든 일이었다. 하지만 노사미는 불평 한 번 하지 않았다. 이렇게 많이 아팠으면서도.

　　결국 노사미는 그날 밤을 넘기지 못했다. 히미코는 밤새도록 노사미의 시신을 안고 있었다. 벌써 동이 트고 있는지 방이 환해지고 있었다. 그러고보니 촛불도 켜지 않았다.

　　"아직도 여기 계신 겁니까?"

　　태황태후가 문을 열었다. 갑작스런 빛에 히미코는 눈을

감았다.

"죽었습니까?"

히미코는 눈을 떴다. 빛에 조금씩 적응되어가는 눈에 고개를 갸웃거리는 태황태후가 들어왔다. 노사미의 죽음을 확인하려는 듯 고개를 내빼는 태황태후가 보기 싫어 히미코는 고개를 돌렸다. 그리고……, 보았다.

몸이 부들부들 떨렸다. 끝까지 믿지 않았다. 가장 가까이 두고 부리면서도 믿지 않았다. 노사미는 원수였으니까, 그래서 항상 또 다른 궁녀에게 감시하라고 일렀다. 수시로 대신들에게 확인했다. 히미코의 명대로 정사를 잘 돌보고 있는지. 하지만 노사미는…….

"왜 그러셨습니까?"

생각보다 차분한 목소리.

"예?"

태황태후는 멈칫했다.

"왜 그러셨습니까?"

"무슨 말씀인지 모르겠습니다."

눈물이 뚝뚝 떨어진다. 이젠 울 거야. 내가 울고 싶은 때는, 울 거야. 이제는.

"태자 때문이었습니까? 제가 혹시라도 황위에 미련이 있을까봐요? 물려줄 생각이었습니다. 진작 물려줄 생각이었단 말입니다. 이즈모가 걱정되어서였습니다. 혹시라도 또 반란이 일어나지 않을까 걱정되어서였습니다. 물려줄 생각이었단 말입니다."

"무슨 말씀인지 전 도통……."

믿지 말라고 했다. 태황태후를 믿지 말라고, 노사미는 그렇게 말했다. 하지만 노사미가 그 말을 하던 순간 히미코는 생각했다. 노사미보다는 오히려 태황태후가 미덥다고.

"바보! 이 바보야!"

히미코는 노사미를 때렸다. 바보! 이 바보야!

"폐하."

태황태후의 목소리가 떨리기 시작한다.

"왜 그러시는 겁니까? 폐하."

히미코는 허허, 웃었다. 바보, 이 바보야. 날 살리자고 그런 짓을 벌여? 이 바보. 히미코는 허허, 웃었다. 난 어차피 죽을 텐데. 몰래 찾아간 의원에서는 그렇게 말했다. 석 달도 보장하지 못한다고.

히미코는 울지 않았다. 죽음이라는 말에도……. 노사미는 울부짖었다. 제발 우십시오. 울기라도 하십시오. 고래고래 소리지르면서 노사미는 울었다. 멍한 히미코를 부여안고. 저라도 울겠습니다. 폐하 대신 저라도 울어야겠습니다. 노사미는 히미코에게 매달렸다. 가십시오, 그분에게. 마음의 병입니다. 그분을 보면 나을 수도 있을 겁니다. 그렇게 울면서 매달렸다. 그렇게 울 수 있는 노사미를, 언제라도 의후에게 달려갈 수 있는 노사미를 순간적으로 질투했었다. 하지만 노사미는……

히미코는 궁녀들의 시식과 시음을 금지했다. 어차피 죽을 목숨이었다. 더 이상 누군가를 볼모로 잡기 싫었다. 절대로 안 된다고 노사미에게 못을 박았다. 그 많은 탕약을 그냥 드시다니요? 누가 독약이라도 타면 어쩌려고 그러십니까? 노사미는 엄청나게 반대했다. 하지만 이미 독약이었다. 의관은 그렇게 말했다. 적취(암이 되기 전단계에 있는 어혈이나 염증이 뭉쳐 덩어리가 생겨서 아픈 병)를 없애기 위해서는 독이 제일입니다. 그래서 더 허락할 수 없었다. 하지만 노사미는 히미코 몰래 시식을 하다 들켰다. 이젠 절대로 안 된다는 히미코의 명에 절대로 하지 않겠다고 약속했었다.

울기라도 하십시오, 노사미는 그렇게 매달렸다. 그래서 히미코는 울었다. 이젠 울 수 있었다. 눈물에 햇살이 가득 찬다. 방 안 깊숙이 햇살이 파고들었다. 햇살에 핏자국이 번들거렸다. 노사미가 쓴 글자가 보인다.

수인(殊絪).[33]

피로 쓴 글자들이 꺼멓게 변해가고 있었다.

쇼토쿠는 한숨을 내쉬며 대신들을 바라보았다. 이럴 때 상황께서는 어떻게 했을까? 그가 황위를 물려받은 지 오늘로 한 달이었다. 아직 준비되지 않았다는 말에 상황께서는 이젠 충분하다고 했다. 하지만 이럴 때는 어떻게 해야 하지요?

"폐하! 통촉하시옵소서."

안칸은 목이 다 쉬어 있었다. 쇼토쿠가 입을 열 새도 없이 센카가 나섰다.

"이즈모가 또 일어서려고 하는 이때입니다. 이 나라가 다시 갈라질 수도 있는 때입니다. 모두 거짓을 기록하자는 것이 아닙니다. 그저 조금 바꾸자는 것뿐입니다. 어느 나라에서나 있는 일입니다. 백성들을 단결하게 하기 위해서라도 황조실록은 고쳐야 합니다. 사실만 쓴 역사서가 이 세상 어디에 존재하겠습니까?"

바로 쇼토쿠 앞에 있었다. 상황은 역사를 기록하는 일을 직접 감독했다. 철저한 진실, 그게 상황이 원한 것이었다.

"세상이 바뀌면 역사도 바뀌는 법입니다. 힘이 있는 쪽이 무조건 옳고 훌륭한 겁니다. 정말 몰라서 그러십니까? 아니, 다른 것은 다 문제되지 않습니다. 어린아이들이 이 역사서를 보고 무엇을 배우겠습니까? 구다라의 담로국이었다는 사실만은 삭제해야 합니다. 통촉하시옵소서!"

긴메이가 토하는 열변이 귀에 들어오지 않았다.

상황은 온천에서 휴양을 하고 싶다며 길을 떠났다. 호위할 군사는 두 명이면 충분하다며 떠난 여행에서 상황은 돌아오지 않았다. 돌아온 것은 군사들뿐이었다. 생각지도 못했던 일에 당황한 쇼토쿠는 군사의 전언을 들으며 멍하니 있기만 했었다.

'천하에 태양은 하나면 충분하다.'

이기적인 대신들이 쇼토쿠의 보복까지도 감수한 채 양위를 드러내놓고 반대할 정도로 상황은 위대한 황제였다. 쇼토쿠가 즉위하고 나서도 대신들은 상황에게 가서 정사를 의논했다. 그래서 사라졌을 터였다. 쇼토쿠를 위해서. 하지만 쇼토쿠는 고맙다기보다는 두려웠다. 상황은 구다라에서 나라를 완전히 독립시키고, 영토를 두 배나 넓히고, 중앙집권 체제를 마련한 위대한 황제였다. 관료들과 씨족장들의 재물을 빼앗아 백성들을 먹여 살린 위대한 황제였다.

하지만 상황이 위대한 황제였던 만큼 쇼토쿠는 부담 때문에 미칠 지경이었다. 아직은 배울 게 너무 많이 남아 있었다. 아직은 모르는 것이 너무 많았다. 이럴 때는 어떻게 해야 하는 거지요?

"알겠느니라. 좀 더 고려해볼 테니 물러가 있어라."

대신들은 그 말에 입이 벌어져 나갔다. 그리고 금세 지토
가 들어섰다. 수색대장이었다. 쇼토쿠는 지토가 절을 하기도
전에 물었다.

"그래, 찾았느냐?"

하지만 지토는 고개만 수그렸다.

"군사를 더 많이 풀어라. 어떻게든 찾아야 한다. 무슨 수를
써서라도……."

말을 마치기도 전에 궁녀의 목소리가 울렸다.

"황태후마마 드셨습니다."

어머니는 대전에 오는 법이 없었다. 하지만 쇼토쿠는 반갑
게 어머니를 맞았다. 지금은 누군가의 위로가 절실했다. 점
점 자신이 없어졌다. 어머니라면 자신을 위로해줄 수 있을
것이다. 지토는 절을 하고 물러갔다. 어머니의 눈이 지토를
향했다.

"아직도 못 찾았답니까?"

"예. 그래서 제가 더 많은 군사를 풀라고 지시했습니다."

"그러지 마십시오."

당연히 잘못 들은 거였다. 증조할머니라면 몰라도 어머니
는 그럴 사람이 아니었다. 물론 어머니와 상황의 사이가 별
로 좋지 않다는 것은 알고 있었다. 하지만 어머니가 모를 리
없었다. 상황이 그에게 어떤 의미인지…….

"그게 무슨 말씀이십니까?"

"찾을 필요 없다고 말했습니다. 그분이 원치 않으실 겁니다."

"하지만 상황폐하께서는……."

"상황폐하께서는 원하시던 길을 가신 겁니다. 오랜 세월 동안 어깨를 억누르고 있던 황제라는 무거운 짐을 벗고 상황폐하께서 원하셨던 그 길을 가고 싶으실 겁니다, 이제는."

상황이 원하던 길이라니? 그게 무엇인지 쇼토쿠는 짐작할 수 없었다. 상황이야말로 황제의 자리에 가장 잘 어울리는 사람이었고, 황제가 아닌 다른 무엇으로도 상황을 상상할 수 없었다.

"하지만 상황폐하께서 아니 계시면 전, 전 아직 너무 모자라고……."

"도대체 무엇이 두려운 겁니까, 폐하? 황위를 잃는 것이 두렵습니까?"

"조금은 그렇습니다. 상황폐하께서는 위대한 황제셨습니다. 신하들은 제가 아무리 사력을 다한다 해도 모자란 황제라 여길 것입니다. 게다가 제가 집권하면서 씨족들도 다시 기세를 펼칠 기미를 보입니다. 이러다 황위를 잃을 수도……."

"상황폐하께서 왜 훌륭한 황제였는지 아십니까?"

"무슨 말씀이십니까?"

쇼토쿠는 의아해서 물었다.

"상황폐하께서는 황위에 대한 미련이 전혀 없으셨습니다. 상황폐하께서는 황제라는 것을 자랑스러워하시고 황제의 임무에 모든 것을 바치셨으나 황위를 잃을까 두려워하시지는 않았습니다. 권력에 대한 욕심도, 재물에 대한 욕심도, 명예에 대한 욕심도 없으셨습니다. 황위를 지키겠다는 생각을 한 적도 없으십니다. 황위를 지키기보다는 나라를, 나라를 지키기보다는 백성을 지키겠다는 생각으로 나라를 다스리셨습니다.

물론 처음에는 그렇지 않았습니다. 처음에는 상황폐하께서도 황위를 지키기 위해서는 무엇이라도 하실 분이었지요. 무엇이라도 했던 분이셨습니다. 황위를 잃을까봐 항상 두려워하셨습니다. 하지만 변하셨습니다. 그래서 상황폐하께서는 더 위대한 황제가 될 수 있었습니다. 미련을 버리십시오. 황위에 대한 욕심까지도 버리십시오. 모든 것을 버리셔야 진정으로 위대한 황제가 되실 수 있을 것입니다."

한 번도 그런 생각은 해보지 않았다. 어머니는 수색을 포기하겠다는 다짐을 받고서야 자리를 떴다. 하지만 어머니의 말은 계속 울리고 있었다.

"상황폐하께서는 진정한 우리의 아마테라스 오미카미셨

습니다."

존경심이 가득하던 어조. 의외였다.

쇼토쿠는 한숨을 내쉬었다. 불행하셨던 걸까, 상황께서는? 그래서 이렇게 쉽게 버릴 수 있었던 걸까? 이해할 수 없었다. 그는 절대 할 수 없는 일이었다. 모든 것을 바쳐서라도, 모든 것을 희생해서라도 지키고 싶은 황위였다.

도대체 어딜 가신 겁니까?

매일 쇼토쿠의 손을 잡아주었던 상황이었다. 쇼토쿠의 손을 토닥이면서 '아버지와 참 많이 닮으셨습니다' 라고 말해주던 그 목소리가 그리웠다. 제발 돌아와주십시오. 당신이 세우신 나라로……

쇼토쿠는 하늘을 향해 빌었다.

에필로그

사람들은 제각기 기도하느라 바빴다.

사람들은 용서를 구했다. 태양의 고마움을 잊고 있었다는 것에 대해.

사람들은 빌었다. 돌아오라고.

사람들은 용서를 구했다.

자신을 불태워 희생한 태양을 향해.

쇼토쿠 1년.

모든 것이 풍요롭고 가득한 세상이었다. 사람들은 하늘을 쳐다보지 않았다. 바랄 것이 없는 한 하늘 따위는 쳐다보지 않는 것이 당연했다. 게다가 뜨거운 여름이었다. 더운 여름, 누가 그 강렬한 태양을 바라보겠는가.

처음 그 사실을 눈치챈 사람은 점성술사와 농부들이었다. 직업상 하늘을 바라볼 일이 많은 사람들은 기겁을 하고 비명을 질렀다. 하지만 그때까지도 사람들은 무심했다. 아니, 오히려 좋아했다. 지나가는 구름이 그렇게 뜨겁던 태양을 가려주어서.

하나둘씩 비명을 지르는 사람들이 늘어났다. 그리고 모두 하늘을 바라보았다.

태양이 사라지고 있었다.

혼란 그 자체였다. 미쳐버린 사람들, 재물을 싸들고 도망가는 사람들, 신을 찾으며 울부짖는 사람들, 두려움에 굳어버린 사람들……. 하지만 이미 태양이 그 모습을 반 이상 감춘 뒤였다.

그런 사람들을 비웃기라도 하듯 땅이 흔들리기 시작했다. 내로라하는 황족과 대신들의 집 기둥뿌리조차 뽑혀나갔다. 사람들은 아마테라스 오미카미의 신사로 몰려들었다. 쇼토쿠도 마찬가지였다. 신악을 연주하고 제사를 집행하는 쇼토쿠의 손이 덜덜 떨렸다. 하지만 쇼토쿠를 눈여겨보는 사람은 없었다.

사람들은 제각기 기도하느라 바빴다. 사람들은 용서를 구했다. 태양의 고마움을 잊고 있었다는 것에 대해. 사람들은 빌었다. 돌아오라고. 사람들은 용서를 구했다. 자신을 불태워 희생한 태양을 향해. 사람들은 빌었다. 돌아오라고. 신악을 연주하는 사람들이 지쳐갈 때쯤 태양이 조금씩 모습을 드러내기 시작했다. 사람들은 하늘을 향해 고개를 숙였다.

그리고 다시 태양이 밝았다.[34]

〈끝〉

이 글은 히미코의 전기가 아닌 '소설'…

히미코(卑彌呼, 서기 149~248년)는 야마타이국(邪馬台國)의 여왕으로 서기 189년에 30여 개국을 통합해 일본황실의 모태를 만든 실제인물이다.

야마타이국은 7만여 호로 이루어진 큰 나라로(당시 다른 나라는 1~4천 호) 신분제 사회(대인·하호·노예)였으며, 『위지 왜인전』에 따르면 왜인국에서 가장 강한 나라였다. 히미코는 궁전인 스쿠시성에서 천여 명의 궁녀들에게 둘러싸여 생활하면서 남동생을 통해서만 명을 전달하여 신비로움을 유지했다. 또한 체계적인 행정기구를 만들고, 위의 명제에게 조공을 바치고 '친위왜왕'이라는 칭호와 금인, 동경을 하사받는(239년) 등 정치외교적인 면에서도 뛰어났다.

하지만 불행히도 히미코에 대한 객관적인 역사기록은 그리 많지 않다. 야마타이국이 있었던 3세기와 야마토정권(大

和政權)[35]이 성립한 5세기까지는 중국 대륙이 혼란스러워서 역사기록이 거의 없기 때문이다. 너무나 완벽하게 그 시대를 기록한 서기 720년에 편찬된 『일본서기』나 서기 712년에 편찬된 일본의 가장 오래된 사서 『고사기』가 있긴 하지만, 이성과 분별력을 갖춘 사람들은 역사서가 아닌 소설로 취급하여 의미를 두지 않는다.

따라서 이 시기에는 수많은 '설'이 가득하다. 히미코의 정확한 이름이 무엇인가에 대한 설(日巫女, 日御子, 卑彌呼 등의 설이 있다), 히미코의 출신에 대한 설(한반도 출신 무녀라는 주장, 수로왕의 딸 묘견공주妙見公主라는 한국학자들의 주장을 일본학자들은 아주 싫어한다), 야마타이국의 소재지 및 성립시기에도 갖가지 설이 있고, 히미코의 출생연도에 대한 의문까지 학자들의 '설' 대립은 아직도 계속되고 있다.

그 가운데 특히 나를 매혹시킨 설은 히미코가 아마테라스 오미카미 신화의 모델이라는 사이토설이었다. 아마테라스 오미카미(天照大神, Amaterasu Omikami)란 일본 고유 종교인 신토[36]의 최고신으로 태양신이다. 고도의 문명을 가진 나라에서 발달한다는 태양신[37]이 당시 우리 한반도보다 수준이 낮은 야마타이국에서 생긴 것도 이상한데,[38] 게다가 여성이라니?

아마테라스의 모델이 히미코였기 때문이라는 사이토의 주

장은 이 질문에 대한 대답이 되기에 충분했다.

그렇게 이 긴 이야기가 시작되었다.

어떤 독자들은 왜곡되고 무시당한 역사가 불편할 수도 있을 것이다. 하지만 나는 역사연구가가 아닌 이야기꾼이며, 이 글은 히미코의 전기가 아닌 '소설'이다. 아직은 많이 모자란 이야기꾼의 능력에 대해 독자들의 너그러운 이해와 용서를 바란다.

그 행복한 꿈이 이루어지길……

소설이 나온 지 몇 년이 지난 지금 개정판을 내며 많은 생각이 들었다. 서투르고 모자란 글 솜씨가 거슬리기도 하고 부끄럽기도 했다. 하지만 그 서투름조차 나의 일부이기에 버리고 싶지 않았다.

내 나이 스무 살, 나도 히미코처럼 내 꿈을 위해서라면 무엇이라도 희생할 수 있었다. 스무 살의 꿈은 이유를 알 수 없는 절대성을 지니고 있었다.

한 사람의 꿈이란 결코 한 사람의 힘으로 이루어지는 것이 아니다. 히미코의 꿈을 위해 의후가, 와타나베가, 수많은 등장인물들이……, 그리고 이름조차 언급되지 못한 백성들이 희생했던 것처럼 내 꿈도 많은 이들의 꿈을 밟고 이루어졌다.

엄마는 이름을 잃어버렸다. 내가 태어난 이후로 엄마의 이름은 '유경이 엄마'였다. 엄마가 이름을 잃던 순간 엄마의 꿈도 사라졌다. 하나씩, 하나씩······, 엄마는 자신의 모든 것을 버리고 날 위해, 내 꿈을 위해 '나'라는 꿈을 꾸며 살아왔다.

엄마의 꿈까지 얹힌 어깨는 항상 무거웠다. 그래도 그 꿈을 내려놓을 수 없다. 지금까지도······.

벗어날 수 없는 꿈이 섬뜩한, 차마 버릴 수 없는 꿈이 저주스러운, 그래서 아직도 꿈꿀 수밖에 없는 사람들의 무겁게만 느껴질 꿈이 가벼워질 수 있는 이야기를 쓰고 싶었다. 그래서 그 사람들이 더 이상 그 꿈을 악몽이라 느끼지 않길, 끝까지 그 꿈을 포기하지 않길 바랐다. 모자라기만 한 내 능력으로는 다소 무리가 있었지만······.

아직도 '나'라는 꿈을 꾸시는 어머니, 나보다 더 내 책에 관심을 보이며 조언을 아끼지 않으신 아버지께 사랑과 감사를 전한다. 서점만 보면 달려가 내 책을 사 모으는 선영, 내 부탁이라면 한밤중에도 들어주던 세용이, 언제나 내가 대단한 사람이라고 생각하는 혜경이와 재성이, 새벽 4시까지 글을 읽어보셨다는 다차원북스 황인원 사장님과 꼼꼼하게 교

정교열을 봐주신 황운순 님, 편집디자이너 최정인 님, 그리고 내가 가장 절망스러웠던 순간에 사랑으로 나를 다시 일으켜 세워준 제이미에게 감사의 인사를 전한다.

　마지막으로 모자란 제 글의 마지막 한 줄까지 읽어주신 당신께 감사드리며, 당신이 언제나 행복한 꿈만 꾸시길, 당신이 꾸시는 그 행복한 꿈이 꼭 이루어지시길 기도하겠습니다.

2012년 3월 1일
저자 최문정(유경) 드림

■ 주석

1) 천황 지위의 상징인 삼종의 신기 중 구슬 목걸이에 있는 구슬은 영혼의 정수로, 구슬을 지닌 자의 몸속에 들어가서 그를 아마테라스 오미카미와 완전한 영적 교접이 가능한 현인신(現人神)으로 만들어주므로 꼭 통치자가 지닌다.

2) 신사에 들어가면 입구에 손을 씻어 몸과 마음을 깨끗이 한다. 그리고 손뼉을 두 번 치고 상자 안에 돈을 바치고, 합장을 한 채 두 번 절하면서 소원을 빌고, 또다시 손뼉을 한 번 친다.

3) 거울: 일본에서는 거울이 태양신을 상징하지만, 대부분의 나라에서는 거울이 비춰보는 사람이나 그 사람의 영혼이라 생각했다. 그래서 동서양을 막론하고 거울을 깨뜨리는 것은 자신의 영혼이 부서지는 것이라 생각해 악운이나 불운이라 여겼다.

4) 원시사회에서는 생식기를 농업 생산력의 상징으로 여겨 생식기와 관련된 도조신, 인형, 돌 방망이 등을 많이 만들었다. 이바라기 현 나메가타 군 미후네신사의 나하바나가시의 신을 섬기는 제사에서는 모심기가 끝난 뒤 짚으로 남자와 여자의 생식기 형태를 만들어 매달고 바람이 부는 대로 접촉하도록 세워두었다고 한다.

5) 계모와 혼인: 자식은 자신의 어머니와 동거하므로 어머니를 달리하는 형제자매는 혈족의식이 약해 이복남매의 혼인은 평범하게 여겼다. 또한 여성의 사회적 지위가 높았으며 모계상속이 이루어졌다. 하지만 지배계층에서는 부계상속이 이루어졌다.

6) 안라국(아라가야, 아나가야, 아시라국): 함안 부근에서 성장, 발전한 나라였다. 한반도 육상교통의 요지인 함안, 해상교통의 요지인 마산항과 진동항 덕분에 안라국은 중계무역에서 독보적 존재였다. 또한 이 지역은 철광

355

산이 많아 철기문화가 일찍 발달할 수 있었으며 생산된 철기의 대부분이 한, 예, 왜에 수출되었다. 하지만 작은 나라였던 안라국은 항상 신라와 백제 틈에서 시달렸고, 왜를 이용해서라도 독립을 유지하려 왜 사신들을 함안에 주재시키기도 하는 등 외교에 총력을 기울였다.

7) 일본 사학자들은 『일본서기』, 광개토대왕비와 칠지도, 『송서왜국전』 등을 근거로 임나일본부가 야마토 정권이 한반도 남부를 지배하기 위해 설치한 조직이라 주장한다. 『일본서기』는 진구황후의 정벌군이 369년 한반도의 7국 4읍을 점령하고 임나에 일본부를 설치하였다가 562년 신라에 멸망당했다고 기록하고 있다. 하지만 당시에는 일본이라는 명칭이 쓰이지 않았으며, 『일본서기』보다 8년 전에 편찬된 『고사기』에는 그와 비슷한 기록조차 없다는 사실을 들어 한국학자들은 반박한다. 또한 광개토대왕비문은 조작설이 끊이지 않는 데다 보이지 않는 글자를 무엇으로 보느냐에 따라 전혀 다른 내용이 된다.

임나가 대마도라는 설, 북방 기마민족인 부여족 군사기구라는 설, 백제 지배 아래 있던 가야의 반백제파 망명집단이라는 설, 백제 용병이었던 왜군을 가리키는 말이라는 설, 백제의 가야 방면 파견군사령부라는 설, 가야지역에 거주한 왜인들의 자치기관이라는 설, 왜인이나 왜인과 한민족 사이에 난 혼혈인을 통제하는 행정기관이라는 설 등, 임나일본부에 대한 학자들의 견해만으로도 책 한 권을 쓸 수 있을 정도다. 최근에는 왜가 안라국에 파견한 문물교류를 위한 사신집단으로 보는 견해가 유력하다. 임나일본부라는 말에 설(說)이라는 말을 붙이는 것은 그만큼 두 나라 학자 간의 주장이 대립되는 데다 확인된 사실이 별로 없기 때문이다.

8) 궁형: 중국의 5대 형벌은 묵(墨), 의(劓), 비(腓), 궁(宮), 대벽(大辟)이 있다. 묵은 얼굴에 글자를 새기는 것, 의는 코를 베는 것, 비는 정강이뼈를 자르는 것, 궁은 생식기를 자르는 것, 대벽은 목을 자르는 것이다. 『한서형법지』에 따르면 주나라에는 궁형에 해당하는 죄목이 500가지나 있었다고 한다. 거세에 해당하는 궁형은 생식기를 자르는 극단적인 방법, 고환을 자르는 방법, 고환을 주무르거나 고환에 충격을 주어 기능을 잃게 하는 방법, 생식기에 명주실을 감아 혈액순환이 안 되게 만들어 기능을 잃게 만드는 방법 등이었던 것으로 추정된다. 이런 인위적 거세는 매우 위험했지만 형

벌이나 환관배출을 위해 행해졌다. 환관이 왕실의 권력층으로 부상하면서 부모가 아이를 환관으로 만들기 위해 태어나자마자 거세하거나 환관이 되기 위해 스스로 거세를 택하는 자도 있었다. 하지만 우리나라는 중국과 달리 이미 거세된 사람을 환관으로 뽑았던 것으로 보아 궁형을 행하지 않았던 것으로 추정된다.

9) 미코토: 아마테라스와 스사노오는 거의 모든 설화에서 적대적 관계이다. 역사학자들은 야마토와 이즈모의 전쟁이라는 현실이 반영되어 야마토의 신 아마테라스와 이즈모의 신 스사노오가 신화 속에서 대립하고 있다고 주장한다. 그리고 전쟁에서 야마토가 이겼기 때문에 아마테라스가 최고신으로 받아들여졌다고 해석한다. 하지만 둘이 좋은 사이였다는 신화도 있는데, 아마 이즈모를 설득하기 위해 만들어낸 신화였을 것이다. 아마테라스와 스사노오는 동시대 인물로 묘견공주와 선견왕자라고 주장하는 한국 학자들도 있다.

10) 초치검:『고사기』와『일본서기』에 따르면 제12대 게이코천황의 셋째아들인 야마토 타케루 노 미코토가 남구주와 이즈모를 정복한 것으로 되어 있다. 다케루는 이즈모 정복 후 백모인 왜희(倭姬)를 방문했을 때 천총운검과 부싯돌이 든 주머니를 받는다. 사가미국의 호족들에게 수풀이 우거진 들판에서 포위당했을 때 다케루는 천총운검으로 주위의 풀을 베고, 부싯돌로 불을 질러 위기를 모면하고 사가미 호족을 정복할 수 있었다. 이때부터 천총운검을 초치검이라고 부르게 되었다. 초치검은 삼종의 신기로 천황에게 세습되었다.

11) 오세치요리: 정월을 맞이하기 위해 준비하는 것을 오세치(お節)라고 하며, 정월에 먹는 음식을 오세치요리(お節料理)라 한다. 관동지방에서는 연신처 일할 수 있도록 기원하는 검은콩, 자손들의 번영을 기원하는 가즈노코(말린 청어알), 풍작을 기원하는 고마메(멸치새끼)를 반드시 넣지만 지방마다 요리 종류는 다르다. 에도시대부터는 평소 주부들의 노고를 생각하여 사흘쯤 편안하게 지낼 수 있도록 미리 만들어놓은 요리를 먹는 습관이 생겼다.

12) 오토소: お屠蘇. 길경, 산초나무 등 8가지 약초로 만든 음료다. 설날에 1
년간의 나쁜 기운을 털어내고 무병장수할 수 있기를 기원하며 마신다. 3
단으로 되어 있는 잔에 나이가 어린 사람부터 순서대로 따라 마신다.

13) 젓가락: 일본에서 젓가락이 사용된 것은 야요이시대 후반이며, 이때 사용
한 젓가락은 한 개의 나무를 U자형으로 구부려서 만들었다. 지금도 천황
의 즉위의례인 다이죠사이를 행할 때는 대나무 가지를 구부려서 만든 U
자형 젓가락을 사용하고 있다.

14) 후토바시, 다와라바시, 하라미바시라 불리며 번영의 상징이어서 설날에
는 특별히 이런 젓가락을 사용했다. 삼나무, 대나무, 회나무 등으로 만들
기도 하지만 버드나무는 잡귀를 쫓고 부정을 물리치는 신성한 것으로 여
겨 특히 많이 쓰였다. 버드나무는 야나기라 불리는데, 이 말은 집안에 기
쁨이 가득하다는 뜻의 '屋內喜'와 발음이 같다.

15) 호동왕자와 낙랑공주의 이야기는 『삼국사기』의 기록 외에도 다양한 전개
를 보이며 전해졌다. 낙랑공주가 스스로 자명고를 찢었다는 설, 호동왕자
와의 혼인을 허락받기 위해 대무신왕의 명대로 자명고를 찢었다는 설, 다
른 나라를 정복할 때 호동왕자가 자주 자신의 뛰어난 외모를 이용했다는
설, 호동왕자가 왕후의 모함에 궁을 떠났다는 설, 끝까지 왕후의 모함에
대해 억울함을 호소하다 왕에게 처형당했다는 설 등도 있다.

16) 왜(倭)라는 말의 유래에 대해서는 여러 설이 있다. 우리나라를 뜻하는 我
(わが : 우리)에서 변했다는 설, '순종하다' 또는 '따르다'라는 의미의 말
에서 유래했다는 설, 일본인의 체구가 작아 왜인(矮人)이라는 말이 변하
여 '倭'가 되었다는 설, 위(魏)가 변화한 명칭이라는 설, 고대 교통 중심
지였던 후쿠오카 현에 있는 이토(伊都)의 약칭에서 비롯되었다는 설, 동
이(東夷)에서 유래했다는 설 등이 있다.

17) 고가쓰닝교장식: 五月人形. 단오에는 남자아이들의 용맹과 기상을 북돋
우기 위해 무사인형, 무기, 깃발, 북, 부채 등을 실내에 장식했다. 인형은
역사나 전설에 등장하는 영웅호걸들을 본떠 나무나 종이로 만들었다.

18) 고이노보리장식: 鯉のぼり. 단오에는 남자아이들의 건강과 출세를 빌기 위한 잉어인형을 실외에 장식한다. 잉어는 거센 강물도 잘 거슬러 올라가기 때문에 출세의 상징이다. 헝겊으로 잉어 모양의 자루를 만드는데 잉어 입과 꼬리 부분을 터놓으면 바람이 몸체를 부풀리며 휘날린다. 장대 끝이나 지붕 위에 아침에 장식하고 해가 지기 전에 내려놓는다. 잉어의 수는 가족의 인원을 뜻하며 득남할 때마다 수가 늘어난다. 하지만 맨 위에 마고이(眞鯉, 검정색)와 두 번째의 히고이(緋鯉, 빨강색)를 기본으로 다는 경우도 많으며, 바람개비 등의 장식품을 달거나 색색의 잉어를 달기도 한다.

19) 칠지도(七支刀): 나라현 덴리시 이소노카미 신궁에 전래하는 철제 양날검이다. 일본학자들은 백제왕이 야마토 정권에 대한 복종의 표시로 헌상한 것이라 주장한다. 하지만 한국 학자들은 백제왕이 일본에 하사한 것이라 주장한다. 또한 동진이 백제왕을 통해 왜 왕에게 하사했다는 설, 왜와 대등한 관계를 맺고 있던 백제가 왜 왕에게 증여했다는 설도 있다. 검 앞뒤에는 60여 자의 금 상감 명문이 새겨져 있는데, 이 명문 중 몇 글자가 보이지 않아 해석의 차이를 보이는 것이다. 광개토대왕비문 조작설처럼 칠지도 조작설도 끊이지 않고 있다. 칠지도를 처음 연구한 간 마사토모는 칠지도의 금 상감 명문을 해독하려 예리한 칼로 녹을 긁어냈는데, 그가 임나일본부설의 신봉자라는 점에서 검을 긁어 명문을 조작했다는 설이 아직도 계속되고 있다.

20) 제사 도구: 오스이(襲)는 제사할 때 입는 가사의의 일종이고, 다스키는 멜빵처럼 생긴 것으로 제사할 때 쓰는 도구로 추정된다. 유물이나 사료를 종합해볼 때 무녀는 얼굴에 붉은 분을 바르는 특이한 분장을 했던 것으로 추정된다.

21) 마쿠라메시: 사람이 죽으면 곧바로 음식을 준비하여 사자의 베갯머리에 바치는데 이를 마쿠라메시(사잣밥)라 한다. 이때의 밥이나 떡은 일상생활에서 사용하고 있는 불이 아닌 특별히 설치된 불로 만들며 만들어진 음식은 남기지 않고 그릇에 모두 담는다.

22) 유칸: 옛날에는 유칸이라 하여 죽은 사람을 미지근한 물에 넣어 씻어주었는데, 이때 사용한 물은 햇빛이 비치지 않는 그늘진 웅덩에 흘려보내는 것이 일반적 관습이다. 지금은 뜨거운 물이나 알코올을 사용해 닦아준다.

23) 시치고산(七五三): 11월 15일을 전후해 아이가 무사히 자란 것을 조상신에게 감사하고 미래의 행복을 기원하는 행사다. 기원은 정확히 알 수 없지만 대략 무로마치시대에 시작되어 에도시대 무가사회에 들어서면서부터 정착된 것으로 보고 있다. 3, 5, 7세에 행해져 시치고산이라 불린다.
  – 가미오키 : 3세 때 하는 시치고산. 머리카락을 자르지 않고 기르기 시작한다.
  – 하카마기 : 5세 때 하는 시치고산. 무사들이 의례를 행할 때 입는 바지인 '하카마'를 입혀 바둑판 위에 세워놓고 사내답게 씩씩하게 자라기를 빌었다.
  – 히모오토시 : 7세 때 하는 시치고산. 신사를 찾아가서 조상신들에게 어린이의 성장을 고하고, 신과 사회로부터 이치닌마에(一人前), 즉 한 사람의 개체로서 완전한 자격을 인정받는다. 히모오토시 전에는 인간으로 인정하지 않고 신의 아이라 여겼으며, 죽어도 장례를 치르지 않았다. 여자 어린이는 이날 '오비토키'를 한다. 간단히 끈으로 옷의 허리를 조여 매던 돌띠에서 처음으로 헝겊으로 만든 띠, 즉 오비를 허리에 매고 지내게 된다.

24) 고하루: 시구레(時雨)는 우량은 많지 않지만 내리다가 말다가 하며 오랫동안 내리는 비다. 시구레가 끝날 무렵이면 겨울이 시작되기 때문에 음력 10월을 나타내는 말로 정착되었다. 문학적으로는 눈물, 외로움을 암시하는 경우가 많다. 또한 음력 10월에는 스산하던 날씨 사이에 봄날처럼 따뜻하고 화창한 날씨가 찾아오기도 하는데, 이 기간을 고하루(小春)라 하며, 날씨를 고하루비요리(小春日和)라 한다. 가련한 아름다움을 비유하는 말로도 쓰인다.

25) 기미가요: 히노마루(日の丸, 일장기)는 16세기경부터 일본을 상징해 배에 게양되기 시작했으며, 1870년에 국기로 제정되었다. 1945년 연합군사령부가 히노마루를 침략과 전쟁범죄의 상징으로 간주하고 공식적인 게양을

금지시켰다. 그래서 일본은 황실의 어문인 국화를 국장으로 대신 사용한 적도 있었다. 1999년 일본 중의원에서 '국기는 히노마루로, 국가는 기미가요(君が代)로 한다'는 국기·국가법안을 찬성 403, 반대 86이라는 압도적 표차로 통과시켰다. 어쨌든 이 법안의 통과로 일본은 기미가요를 부르고 일장기를 흔들면서 밀레니엄을 맞을 수 있었다.

26) 천황폐하: 7세기 초에 중국 수나라에 사신을 보낼 때 황제라는 말과 대등한 말을 찾다 쓰게 되었으며, 689년 아스카기요미하라령으로 정식으로 사용되기 시작했다. 도교에서는 우주지배자를 천황대제라 하는데 그 말을 줄인 것이다. 천황이란 말이 생기기 전 5, 6세기에는 오오기미(大王)라 하였다.

27) 쇼토쿠: 요메이천황의 제2황자인 쇼토쿠 태자의 이름을 따랐다. 쇼토쿠는 스슌천황이 시해된 후 592년에 여자인 스이코천황이 즉위하자 소가노 우마코와 함께 섭정을 했다. 일본 역사상 가장 위대한 인물 중 하나로 꼽힌다.

28) 치토세아메: 천세엿(千歲飴). 쌀과 보리를 고아서 소나무, 대나무, 매화, 거북, 학 모양으로 만든 엿이다. 경사스러운 느낌이 들도록 하얀색이나 빨간색으로 만들며, 봉지 또한 화려하게 꾸민다. '치토세'란 천년의 세월을 의미하고 학과 거북은 장수를 상징한다. 신사참배 후 신사에서 나누어 주거나 팔기도 하기 때문에 부적같이 여긴다.

29) 가시와모치: 떡갈나무잎으로 싼 팥을 넣은 흰 찰떡. 떡갈나무가 가시와이다. 과거 일본에서는 떡갈나무잎을 그릇으로 사용했기 때문에 제사 음식이나 전통과자에는 떡갈나무잎이 사용되는 경우가 많다.

30) 릿칸호도키: 한 되 정도의 소금을 싼 종이와 흰 부채를 넣은 것을 릿칸호도키(立願解き)라 하며, 장례식 당일이나 다음 날, 생전에 고인이 신에게 기원하던 소원을 취소하는 의식에 사용된다. 통째 지붕 위로 던지거나, 부채심을 떼어버리고 지붕에 던지거나, 쌀을 먹거나, 작은 돌멩이를 던져 찻잔을 깨거나, 고인이 입었던 옷을 거꾸로 흔들면서 '소원을 취소합니

다' 라고 외치는 지방도 있다.

31) 옻나무와 누렁개: 옻나무는 우수한 방부제이며 살충제로 갖가지 난치병 치료에 이용된다. 뱃속의 적병, 즉 암이 되기 전단계에 있는 어혈이나 염증이 뭉친 것을 치료하는 데 탁월한 효과를 보인다. 백 년이 넘은 야생 옻나무와 내장을 발라낸 누렁개를 여러 약재와 오래 달여 먹으면 효과가 좋다고 한다. 옻의 독성을 개고기가 중화하므로 옻을 타는 사람이 먹어도 옻이 오르지 않는다.

32) 태황태후(太皇太后): 황제의 살아 있는 할머니나 전전대(前前代) 황제의 정실을 칭하는 말로 여기서는 수인이다. 황태후(皇太后)는 황제의 살아 있는 어머니나 전대(前代) 황제의 정실을 칭하며, 태상황후나 태후라고도 한다. 황후(皇后)는 황제의 정실이다.

33) 수인(殊絪): '하늘과 땅의 일을 결정하다' 라는 뜻인 동시에 '천지의 기운을 죽이다' 라는 뜻의 이름으로 지었다.
   殊 – 결정하다, 결심하다, 죽이다, 끊다
   絪 – 천지의 기운 또는 그 기운이 성한 모양

34) 히미코의 죽음은 일본 고대역사 연구에서 가장 큰 비중을 차지한다. 워낙 위대한 여왕인 데다 히미코의 사망원인에 대한 기록이 전혀 없기 때문이다.
   우선 히미코가 자연사했다는 주장이 있다. 히미코는 여자들만 있는 폐쇄된 상황에서 외부인물로는 남동생만 접촉했다. 게다가 강력한 권력을 지닌 신으로 여겨졌고, 워낙 고령이었기 때문에 자연사했다는 것이다.
   하지만 마쓰모토는 구나국과의 전쟁에서 패했기 때문에 히미코가 처형되었다고 주장한다. 고대에는 왕이 천재나 인재의 책임을 지고 처형당하는 경우가 종종 있었다. 또한 위의 교묘한 조정에 의한 민중봉기로 살해되었다는 주장, 위에서 보낸 자객에게 살해되었다는 주장도 있다. 하지만 일본 역사학계에서 히미코 살해설은 그다지 지지를 얻지 못하고 있다.
   사이토와 이자와 모토히코는 고천문학자답게 다른 주장을 펼친다. 히미코가 죽었던 248년 9월 5일에는 개기일식이 일어났고, 전쟁 패배의 악조건에 천재까지 겹쳐 살해당했다는 것이다. 그들은 신화에서 아마테라스가 하늘의 동굴에 숨어 천지가 어두워졌다는 것은 개기일식을 의미하며, 동굴이란 무덤을 의미한다고 주장한다.

35) 야마토 정권(야마토 조정, 야마토 왕권, 야마토 국가): 율령제 국가가 성립하기 이전, 야마토(현재의 나라현, 기나이설) 혹은 규슈(규슈설) 부근의 여러 나라들이 연합해 만든 정치체계를 말한다. 야마토가 하나의 통일된 정권으로 성립한 것이 언제쯤인가에 대해서는 여러 가지 설이 있지만 4세기 전후라는 주장이 지배적이다.

36) 신토: 神道(신도, 신토, 신들의 길). 신과 인간의 경계가 모호하며, 미신과 관습 등이 뒤범벅이 되어 종교라고 정의하기도 어려운 독특한 종교지만 일본인들의 생활을 지배하는 절대적 힘을 지니고 있다. 죽은 조상들의 영혼까지 '카미'라고 부르며 신앙의 대상으로 삼고, 대략 8백만 명의 신들이 있는데, 일본의 개국신인 아마테라스 오미카미를 최고신으로 모신다. 아마테라스는 일본에서 가장 유명한 신도 사원인 이세신궁(伊勢神宮)에 모셔져 있다.

37) 태양신: 세계 여러 곳에서 볼 수 있지만 잉카, 마야 같은 고도의 문명을 가지고 정치적으로 조직화된 수준에 달한 민족에게서 구체적인 신화로 발전했다.

38) 우리나라도 태양과 관련되어 〈연오랑세오녀설화〉, 호랑이에게 쫓겨 해와 달이 된 오누이 민담, 무가인 일월노리푸념 등이 전해 내려오고 있다. 또한 태양, 까마귀(태양을 상징), 빛, 불과 관련된 지명도 많다. 하지만 이것들을 신화라고 보기엔 무리가 있다.
『삼국유사』에 수록된 〈연오랑세오녀설화(延烏郎細烏女說話)〉는 많은 연구가 이루어졌다. 157년, 연오랑과 세오녀가 차례로 왜로 가버리자 신라 하늘에는 해와 달이 사라졌다. 왜의 왕과 왕비가 된 연오랑과 세오녀는 아달라왕(阿達羅王)이 보낸 사신에게 세오녀가 짠 생초비단을 주었다. 아달라왕이 영일현(迎日縣)에서 그 비단을 놓고 제사를 지내자 해와 달이 돌아왔고, 왕은 비단을 국보로 삼아 귀비고(貴妃庫)에 간직했다.

연오랑은 신라 왕자 천일창(天日槍)이며, 그가 살았던 곳이 요고(연오랑과 발음이 비슷함)라는 학설도 있다. 요고의 신사에서는 아직도 천일창을 신라의 태양신으로 받들고 있다고 한다. 또한 어떤 학자들은 세오녀가 떠난 후에야 해가 사라졌으므로 세오녀가 태양신이며, 아마테라스 오미카미의 모델이 된 히미코가 세오녀라고 주장한다.

■ 참고 문헌

- 『역설의 일본사, 역설의 한일 고대사』(이자와 모토히코, 고려원)
- 『일본사 – 선사시대부터 현대까지』(존 W. 홀, 박영재 옮김, 역민사)
- 『역사를 버린 나라 일본』(양지승, 혜안)
- 『한 권으로 보는 일본사 101장면』(강창일·하종문, 가람기획)
- 『연표와 사진으로 보는 일본사』(박경의, 일빛)
- 『이야기 일본사』(김희영, 청아출판사)
- 『일본인도 모르는 천황의 얼굴』(스털링 시그레이브·페기 시그레이브, 강만진 옮김, 신영미디어)
- 『하룻밤에 읽는 일본사』(카와이 아츠시, 원지연 옮김, 중앙M&B)
- 『일본문화의 이해』(최관, 학문사)
- 『가야가 세우고 백제가 지배한 왜국』(이본하, 보고사)
- 『일본문화사』(이에나가 사부로, 이영 옮김, 까치)
- 『일본은 한국이더라』(김향수, 문학수첩)
- 『젓가락 사이로 본 일본문화』(노성환, 교보문고)
- 『일본의 역사와 문화』(손대준, 시사일본어사)
- 『일본 역사와 정치 그리고 문화』(박동성·박진우·최영호, 좋은날)

- 『일본의 역사(이야기로 배우는)』(가쿠 고조, 양억관 옮김, 고려원미디어)
- 『일본사』(박석순 외, 대한교과서)
- 『노래하는 역사 (이영희의 한·일 고대사 이야기)』(이영희, 조선일보사)
- 『상식 밖의 일본사』(안정환, 새길)
- 『하룻밤에 읽는 한국사』(최용범, 랜덤하우스중앙)
- 『쏭내관의 재미있는 궁궐기행』(송용진, 두리미디어)
- 『역사스페셜』(KBS 역사스페셜 제작팀, 효형출판)
- 『유물로 읽는 우리 역사』(이덕일, 세종서적)
- 『한국사 100장면』(박은봉, 실천문학사)
- 『복식』(조효순, 대원사)
- 『백제의 사회풍속사』(권태원, 충남대)
- 『백제인의 문화활동일고』(홍사준, 공주사대)
- 『백제문화의 특성』(윤무병, 충남대)
- 『백제사회와 그 문화』(김철준, 문화재관리국)
- 『백제사』(신형식, 이화여자대학교 출판부)
- 『전남의 모정문화』(전봉희, 한국건축역사학회)
- 『백제의 복식』(김동욱, 백제문화개발연구원)
- 『백제 관제와 관식, 백제문화 20』(이남협, 공주대백제문화연구소)
- 『백제문화21』(윤세녕, 공주대백제문화연구소)

- 『한국복식사』(유경옥, 수학사)

- 『한국복식사』(이순애, 한국방송통신대학 21)

- 『한국복식사』(안명숙·김용서, 예향사)

- 『한국의 복식』(백영자, 경춘사)

- 『백제의 역사와 문화』(유원재, 학연문화사)

※ 이외에 읽은 지 오래되어 제목조차 기억나지 않는 책이나 기사,
출처가 불분명한 인터넷 사이트가 바탕이 된 경우도 많았음을
양해 바랍니다. – 저자

최문정 장편소설

태양의 여신

2 사랑, 죽음보다 투명한

지은이 | 최문정
펴낸이 | 황인원
펴낸곳 | 다차원북스

신고번호 | 제313-2011-248호

초판 1쇄 발행 | 2006년 9월 15일

개정증보판 1쇄 인쇄 | 2012년 3월 22일
개정증보판 1쇄 발행 | 2012년 3월 29일

우편번호 | 121-897
주소 | 서울특별시 마포구 독막로 10(합정동 373-4) 성지빌딩 510호
전화 | (02)333-0471(代)
팩시밀리 | (02)334-0471
E-mail | dachawon@daum.net

ISBN 978-89-97659-02-9 04810
ISBN 978-89-97659-00-5 (전2권)

값·12,000원

이 도서의 국립중앙도서관 출판시도서목록(CIP)은
e-CIP 홈페이지(http://www.nl.go.kr/ecip)와
국가자료공동목록시스템(http://www.nl.go.kr/kolisnet)에서
이용하실 수 있습니다.
(CIP제어번호: CIP2012001314)